僕の親になってくれる？

脳性まひ夫婦の養子縁組み・子育て

The Question of David by Denise Sherer Jacobson

デニース・シアー・ジェイコブソン［著］
桑名敦子［訳］

現代書館

はじめに

『デービッドの質問』（本書原題）の執筆は、私を長い旅に出ているような気分にさせた。行き先がわからなくなったり、この旅をどうやって終えようかと迷ったことが何度もあったが、困難な道程の中、先を案内してくれる人や淋しい道中を助けてくれる人たちに会えたことは私が幸運だった印だ。

最初に、私が七歳のときに初めて書いた詩を聞いて私が作家になるに違いないと確信した母、リリアン・シアーなしでは、私がこの長い旅に出ることもなかったはずだった。また、その二五年後、すでに作家として成功を収めていた遠縁のいとこにあたるエドウィン・ゴードンが私の背中を押してくれなかったら、一歩も進むこともできないでいたはずだった。ぶつぶつ不平を言いながらやっと重い腰を上げ、フェミニスト作家のサンディ・バウチャーの主催する教室に通い始めたのは、その数カ月後だった。サンディの指導と私たちの忍耐によって、私は書くことの楽しさを学び始めたのだった。

その四年後に家族を必要としている、障がいのあるかもしれない生後六カ月の子の物語が誕生したのである。その子の家族探しというとんでもない計画は、私が会ったこともないキャサリン・ダケットとコリーン・スタークロフという二人の独創的な女性によって生まれようとしていた。あちこち捜索した結果、コリーンは障がい者運動のリーダーとして有名な、私たちの共通の友人であるジュディ・ヒューマンへ一本の電話をかけたことにより、ジュディがコリーンに私とニールを紹介したのだった。

その電話がきっかけで私の人生が大きく変わったのだから、彼女たちには感謝してもしきれない。

私たちの息子のデービッドの養子縁組みについて書き始めたときは、この話がこのような本になることは考えてもいなかった。書くという作業は私を満足させることもあれば、時にはとてつもなく困難に思えることもあった。特にこの本は私の家族について書かれているため、シアー家、スピーゲル家、ジェイコブソン家という私の周りの家族について詳しく描かなければならなかった。姉のシェリー、私の両親、そしてニールの家族の間で培われた私の歴史は、私の物語の題材になっただけではなく、彼らに感謝の気持ちを伝える絶好の機会ともなった。

この本を書き上げる上でお世話になった方々のことを考えると驚くべきものがある。私の書くという作業を信じ、常に励ましの言葉を惜しみなくそそいでくれたマーシー・アレンクレイグ、ギャブリエル・ケリー、アラン・ゴールドスティン（この本を首を長くして待っていてくれた）、ジョン・ラサイド、マーサ・キャセルマン、キャンディス・ファーマン、ミミ・ロース、そしてアディア・ララに感謝の気持ちを表したい。

また、この十年間いろいろな形で私を支え、育ててくれたノーマ・ゴードン、ジャネット・キャプラン、バーバラ・レイナー、アン・コポーロ・フリーマン、ジョニー・ブレイブス、ナンシー・ベイリー、チェド・マイヤー、フレイダ・エンゲル、ジャン・サントス、バラリー・ビボナ（『カラーパープル』を私に紹介してくれた）、コーベット・オツール（ジョン・ラサイドのクラスに私を連れて行ってくれた）、ジュディ・ロジャーズ、マージ・マディガン、イレイン・ポマンツらの素晴らしい友人たちや家族に囲まれて暮らすことができたことは幸運だったとしか言いようがない。そして特別な感謝をサンディ・バウチャーと私の言いなりになって最終的な原稿の編集、校正を一手に引き受けてくれたドイル・セイラーとスーザン・ドリスコルに捧げたい。

クリエイティブ・アート・ブックスのスタッフと、中でも常にビジョンと知識を持ち続けていたダン・エリスと彼の編集補佐をしていたジェニー・マルニックには心から感謝するとともに、コピー編集をしてくれていたナンシー・リディオにも感謝の気持ちを伝えたい。

私の可能性を信じ続けてくれた友人であり、宣伝係を担当してくれたタリー・スーザン・ハートマンへも感謝の気持ちを贈ろう。

最後に、最愛の夫、ニール、そして息子のデービッドがいなければこの本を書き上げることもできなかったし、彼らなしでは何の物語もありえなかったことをここに記したい。

デニース・シアー・ジェイコブソン

序文

あなたはあなたの母親にとって、母親として何が一番大変な仕事だったかということや、母親としてしている毎日の細かい仕事があなたの成長にどんな影響を与えたかということを考えたことがあるだろうか?

『デービッドの質問』の著者、デニース・シアー・ジェイコブソンは初めて母親になった人間が、良い母親になろうとして起こる詳細な感情、恐れ、不確かさをその著書の中で明らかにしている。彼女が重い障がいをもつ母親だというちょっと変わったことを除いては、新米の母親にとってそれらの感情は万国共通のものであるはずだ。しかし、シアー・ジェイコブソンの真の言葉で織られたタペストリーは、彼女の障がいが力強い糸となって母親という生地に深く織りこまれて出来上がっている。彼女が母親になるということは、多くの母親が体験することのない社会の古臭い懐疑論と偏見と向き合わなければならないことを意味していた。

それこそが『デービッドの質問』の重要なポイントになっている。本書は障がいに焦点を当てて書かれてあるのと同時に、読者にはページを追うごとに女性の、妻の、新米母親の、そし子育てをする人間の日常の問題が次々に呈示されていく。デニース・シアー・ジェイコブソンは、彼女が女性から母親になる様を彼女の思考の中へ、心の中へ、そして自分をさらけ出し、普段人に見せることのない彼女の寝室の中へまで読者を導いて示しているのである。彼女の視点は絶えず他の人のものとは異なる彼女の経験を明らかにしているが、読み進むうちに多くの読者はそれらのことが自分たちにとっても共通のことだということに気づかされるのである。

働く母親として、そしてテレビのニュースキャスターとしての私は、デニース・シアー・ジェイコブソンには自分と似たような魂があるように思えた。私自身の身体的な違いは日常的にカメラの前で常に公にさらされている。私は私であることがよくわかるように、それでいて自分の障がいが自然に見えるように、意識的にカメラの前に座っている。しかし、このありのままの鋭く大胆なやり方で明かにされる私の心の奥の思いや恐れ、喜びは、視聴者や友人たち、家族にさえも気づかれていないようだ。

シアー・ジェイコブソンの著書は、障がい者の権利が我々の最後の偉大な公民権となって現れ続けるであろう二十一世紀に突入する私たちを、はっきりと覚醒させるものとなった。アメリカにおいて、今世紀は今までに見られないほど、女性と少数民族の社会的発展がめざましいものとなった。しかし、未だに五千四百万の障がい者は「ハンディキャップ」という否定的な意味をもつ名称で呼ばれ、そのレッテルを貼られ苦闘させられているのである。社会は障がい者が大多数の中に自然に溶け込もうとしていることなどは理解せず、私たちの「状態」で分類したり、定義づけをするのである。私たちは障がいによって意味づけられるのではなく、障がいが私たちを豊かなものへと作り上げてくれるのである。

十年前、娘のアンドレアが生まれたとき、私はこれ以上目立てないというほど皆の注目を集めていた。ニューヨークのCBS系列のテレビ局で、一日二回ニュースアンカーを務めていた私は、毎日何百万という視聴者の目に、見るからに普通ではない手、脚をさらしていたので、それ自体は周りからも容認されていた。テレビに映る私の妊婦姿が余計な批判や祝福を世間に広げたのである。私は私を仕事の上では誉めたたえている同一人物が、私の産む権利に対して真向から批判的であることに気づいていたし、その多くの人たちが遠慮なしに私に忠告してくれるのであった。

三年後にロス・アンジェルスで息子のアーロンが生まれたときも同じような状況であったが、反響はさらに激しいものとなった。私の許可や予告なしに、全国ネットのラジオ番組で司会者が、私が子どもを産むということが道徳的に正しいのか否かを論じ始めたのである。その時、私は社会の私たちを見下げる態度や、私たちの産む権利・産まない権利、ひいては私たちの生き死の権利という個人生活が、誰かの「許可」なしではできないこの世の中と、そこにはびこっている深い偏見をはっきりと認識することができた。私たちは一致団結し、違いを超えて強く大きな声を出していかなければならない。

デニース・シアー・ジェイコブソンはその強く大きい声の持ち主のひとりに違いない。私のもつ日常的な不便さとCP（脳性まひ）として生きることの複雑さを比べればかなりの違いがあるが、障がいのある、なしにかかわらず子育ての難しさを私たちは共有できるはずである。社会の中のひとりの母親として、デニースと私は姉妹と呼び合うことができる。車椅子を使う者、聾唖者、難聴者、盲人、弱視者、発達障がい者、言語障がい者、杖・補装具・補助具を使う者、そういった母親すべてが私たちの同志である。言い換えれば、子どもたちの人生をより素晴らしいものにするという永遠の夢を叶えようと、異質で創造的な方法を探っている私たちだからこそ、子どもたちの人生を豊かなものにできるのかもしれない。

『デービッドの質問』は読者の心にまともにぶつかって身もだえさせるかもしれない。しかし同時に、読者を笑わせ、泣かせ、母親としての喜びを味わわせもするであろう。

本書は単なる子育てについてだけ書かれた本でもなければ、障がいについてだけ書かれた本でもない。すべての人間に権利として与えられる普遍的な挑戦と勇気について書かれた本である。『デービッドの質問』は現在、そして将来的に私たちが人間としてお互いの絆を深め合うために私たちが必要としていた文学上画期的な事件となった。

ビリー・ウォーカー・ランプリィ

僕の親になってくれる?＊目次

装幀　渡辺将史

第一章　デービッドの質問

一九八七年一月

電話のベルが鳴った。

私ははきかけのジーンズを足首と膝の間で宙ぶらりんにしながら電動車椅子のスイッチを入れた。手のひらを車椅子の操縦棒の上におくと、風を切ったように車椅子がベッドルームの中を動き出した。三回目のベルで「もしもし」と電話に出る。

電話の向こう側からちょっと驚いたような女性の声が「もしもし、ニール・ジェイコブソンさんはいらっしゃいますか」と尋ねた。

「彼は職場のほうですが」

「ああ、ご自宅と会社の番号を間違えてしまったのね」と深い彼女の声がちょっといら立っているように聞こえた。彼の職場にかけ直すだろうなと思いながら、それでは、と電話を切ろうとすると（早く着替えも済ませたいし）、「デニースさんですよね」と彼女が尋ねた。

「そうですけど」

彼女は自分の名前がコリーン何がしで私の友人の友人であると自己紹介をし始めた。ここオークランドから二千マイルも離れたセントルイスから電話していると言う。

「私が電話するということを、ジュディから聞いていませんでした？」

「そんな話はこれっぽっちも聞いていませんでした」と皮肉っぽく言ってやろうと思いながら、「いいえ」と答える。あらゆる所にネットワークを張りめぐらしている全国区のジュディは、相手の気持ちにおかまいなしに人と人をくっつけたがる悪いくせを持っている。用心しなくちゃと思いながらも、ジュディがこの女性にニールに電話するようにと言ったのなら、何か私にも関係のある話かと想像をめぐらしていると、「えーと」と言いながら冷たいプールに飛び込む前のようにコリーンの声が途切れた。が、そのすぐ後に「養子に出したいという、もう少しで生後六週間になる男の子がいるの。脳性小児まひ（CP）の疑いがあるんだけど、ジュディからあなたとニールさんが子どもを探していると聞いたので電話しているのですが」と思い切ったように一気に続けた。

彼女の予期せぬ言葉が私の頭の中で「赤ちゃん、養子、CP」とこだましていた。

かつては、生後間もない子がCPであるかどうかということは、はっきりとした兆候でもない限り、筋肉が自然に発達するまで誰も気づくことができなかったものである。少なくとも私の母が私の発達の遅れに気づいたのは、私の姉が九カ月でできた寝返りやハイハイが私は全くできないためであった。それに反してニールは生まれてすぐにはお乳を吸ったり、飲みこむことがほとんどできなかったそうだ（その点に関して今はまったく問題はないけれど）。この赤ちゃんは私やニールがそうだったように、へその緒が首に巻きついて脳に行くはずの酸素が不足して、その結果脳に損傷が起きて生まれてきてしまったのだろうか。それとも何か他の理由があってCPと医者が判断したのだろうか。身体的るのかしら。

な症状は何か現れているのだろうか。何か発作でも起こしたのだろうか。お乳は哺乳瓶から吸いこめ

「どうしてこんなに早い時期にCPだということがわかったのかしら」と私が尋ねると、「エバンは生まれたとき、首が片方に曲がっていたの。つまり斜頸があるんです」とコリーンは初めてその子の名前を出して話し始めた。「筋肉のしこりも他の新生児に比べると大きいようです」。

彼女はその子の実母が妊娠八カ月のときころんで内出血を起こしたことが大きな不安材料になったこと、生まれる前にすでに養子にもらわれていく先は決まっていたが、お腹の中の子がどんな状態かCTスキャンと脳波検査をすることを医者が指示した結果、脳の前頭部が少々はれているのが見つかったこと、もちろんこれが何を意味するかは誰にもわからない、などということをより詳しく話し続けた。

「彼を養子にしようとしていたご夫婦がちょっと考え直しているんです。彼らはCPについて何の知識も持っていないし」。「もちろんCPは進行性のものや生命に危険をおよぼすような障がいでもないことを彼らに説得しようとはしたんですが」などということをコリーンはより詳しく続けた。「私は自立生活センターで働いているので、CPの子どもを持つ親ごさんを紹介しようともしたんですが、もう怖がってしまって。だから万が一のためにその子を育てることができる御夫婦を探しているんです」と障がいについて他には何の兆候も症状もないということを息をもつかせない早さで話したのであった。

彼女の話を聞いているうちに、部屋の中をただよう冬の冷たい湿気で素肌の腿に鳥肌がたった。ほ

とんど自由のきかない右手の指でジーンズの腰ひもをぎゅっとつかみ、むらさき色がかった膝までそれを持ち上げようとした。

「この子、周りのことに対して敏感で反応もちゃんとあるし、何といっても笑顔がとてもかわいいの」と最後に付け加えるとやっとひと呼吸おいた。しかしそれは私が何か言ったり、何か言おうと考えるほどの長い沈黙ではなかった。

コリーンは医者と理学療法士がすでに機能訓練を始めていることを伝えた。

「彼の里親と私が筋肉を柔らかくするため、一日三回首と手足の伸縮運動をしているの」

彼女がその伸縮運動について説明している間、私は鏡の中の自分の顔がゆがんでくるのを見逃せなかった。私やニールが子どものときに受けたのと同じような痛くてどうしようもない機能訓練を未だにセントルイスの理学療法士がやっているかと思うと、お腹から喉にかけて苦いものがこみ上げてくるのだった。私の受けた機能訓練は筋肉を伸ばすかもしれないけれど、同時に身体に重い負担と緊張を強いるものだったし、訓練自体が身体をリラックスさせるものではまるでなかった。多くの研究でCPの子どもにはもっと身体に優しい機能訓練こそが効果が現れるという結果が出ているにもかかわらず、未だにそんなことをやっていることが考えられなかった。

「効果は出ているようよ」と疑いもなくコリーンは言った。「斜頸もほとんど気にならなくなったわ」。私はその子の首の骨が折れなくて本当に良かったと思った。

「でもデニース、本当にとってもかわいい赤ちゃんなのよ」と私を説得するかのようである。

私は時計をちらりと見た。三〇分後にはニールの最初の結婚生活からの相続品である音のちょっとはずれたピアノを買ってくれるかもしれない人と会うことになっている。服も着替え終えなければならないし、どうしたらこの電話を切れるのだろう。

「ああ、もう少しで忘れるところだった」と彼女は付け加えた。「その子の誕生日だけど十二月十九日なの」。

冬の寒さが部屋に入りこんだのだろうか、それとも私の背すじを何かが走ったのだろうか。ニールとその子の誕生日が同じですって！

「ニールと相談しなければ」という自分の声がどこからか聞こえてきた。「折り返しかけ直します」とコリーンの電話番号を書きとめる。

十二時十五分になっていた。ニールは昼休みに入っているはずだ。とにかくこの電話のことを考えるのはよそう。自分の着替えとピアノが今の先決事項だ。セントルイスはあまりにも遠すぎるし、ニールだって子どもを貰うことは二九年間も待てたんだから後二時間くらいどうってことないに決まってる。

「赤ちゃんですって」。電話を切った後、鏡を見ながらつぶやいた。

「セントルイスからですって」。顔にしわがよる。

「冗談じゃないわ」と首を振りながら再びジーンズを上げ始めた。

初めてニールと私が子どもを貰うことについて話し合ったのは最初のデートのときだった。それは俗に言う「知り合いになる」ための単純な会話というものではなかった。何気ない話題から会話が盛り上がるというのではなく、ニールの子どもの頃の思い出——英語をほとんど話すことのできない、ホロコーストの生き残りの両親に育てられたこと、そして彼らは悲観的な意見しか持たない医療関係者をことの他恐れていたこと、などを私は彼から聞かされた。

「僕が五歳のとき、医者は僕を施設に入れることを両親に勧めたんだ」とニールは車椅子に身をかがめるようにして座りながら説明し始めた。「僕はそこがどんな所かと父と一緒に見学に行ったんだよ」と彼は頭を振った。「そこにいた子どもたちはほとんど裸のような状態で床に座って、ただ身体を意味もなくゆり動かしているだけだった。本当にひどい光景だったよ。僕の父は、それを見て気分が悪くなったそうだよ。その後、両親は僕がそこに無理やり連れて行かれるんじゃないかと恐れて、母は僕たち三人の子どもを連れてフロリダの親戚の家に一年間住んでいたんだ」。

私はお腹の中がきゅっとなった。皆それぞれに「苦労話」というものがあるのだろうけど、それにしても信じられない話である。今、私の目の前に座っている男の人が、一流企業でコンピューターの専門職という高い地位にある人が、もう少しで施設に送られそうになったなんて、私は改めて怒りがこみ上げてきた。が、彼はそれを淡々と話している。

「あなた腹が立たないの？」

「別に」と彼は答えた。「怒る理由なんてないよ。ずっと昔に起きたことなんだ」。

ウエイターがほとんど手をつけていないとっくに冷たくなったキエフ風チキンカツを運んでいくと、その後すぐに二人分のコーヒーを持ってきた。私たちは彼にストローとコーヒーにミルクを入れてくれるよう頼んだ。再び二人きりになると、私は砂糖入れの蓋をとって白いテーブルクロスにそれを置こうとしているニールをみつめた。すると彼はゆっくりと何かの儀式でもあるかのように角砂糖を親指と中指で一個一個つまみながらコーヒーの中に落としていったのである。それもなんと一一個も。

私は何事もなかったようなふりをした。

「どうしてこの場所を選んだかわかっただろう?」と半分からになった砂糖入れを見ながら、彼の茶色がかった緑色の目が私を見て笑った。

「こんなのが見つかったらバークレーじゃ白い目で見られるだけだからな。あそこじゃ皆、身体に良いことばかり考えているんだから」

「とにかく」と彼はコーヒーを一口飲むと話し続けた。「その施設を見学したときから障がいのある子どもを養子に貰おうと決心したんだよ」。

私は驚いて彼をみつめ直した。たった今一一個も砂糖を入れる彼に仰天したというのに。

「どうして?」

「家族や家庭を求めている子どもたちが施設にはたくさんいるんだよ。障がいを持っている子どもたちならなおさらだよ」

熱っぽく語る彼に驚かされる。自分のこと以外のことに一生懸命な人を偉いとは思うが、私はマザー・テレサではない。自分のできる限度は知っているつもりだ。「障がいをもっている子どもを育てることを大変だとは思わないの。あなたが経験したと同じことをまたすることになるのよ」。

「でも僕は生き延びたよ」と何も恐れていないかのように彼は答えた。「それを子どもに伝えることができると思うし、とにかく十分考えた結果なんだ」。

「そうね、少なくとも二四年間ね」と私は彼をちゃかした。

「うん」。彼は彫りの深い鼻にしわをよせながら笑顔を見せて微笑んだ。「でも僕は現実的だよ。重度な身体障がいをもった子は育てられないと思うし、知的な障がいをもった子もだめだと思う。あまり気は長いほうじゃないんだ。実行できることじゃないとね」。

私とニールは親しい間柄ではなかったが、長い間の知り合いだった。ニューヨークにいた子どもの頃からレクリエーションセンターやキャンプのときに顔を合わせたことは何度かあった。そして現在、サンフランシスコの周辺に住むようになって共通の友人も多くいる。彼が離婚して以来あちこちでばったり出くわしたこともあるが、その彼とデートするなんてことは考えたこともなかった。CPの障がいをもつ女性とのデートは、彼も私と同じように考えられなかったにちがいない。私は障がいのない女性とばかりいる彼しか知らなかった。ほんの数週間前、ジュディの家であったパーティーの席で彼が本当に魅力的な人だと気づくまでは。

以前までは、私はニールをCPの障がいをもつ男の人、不必要な身体の動き、言語障がい、そして電動車椅子、という型にはまった目でしか見てはいなかった。つまりはひげをはやした自分の姿、形である。鏡を見るたびに私のなめらかな卵形の顔、青緑色の目、赤かっ色の髪、そして適当にくびれた身体は私の障がいのせいですべてぼやけてしまうのだった。私の障がいが私の一部になるまでには、苦痛を伴う長い時間がかかっていたし、私自身が障がいの一部になるんだと思っていたこともあった。ニールを見ているとそれらの私自身の危険な偏見からやっと抜け出せるという思いがあった。

それにしても障がいを持つ子どもを養子に貰うだなんて。

「養子を貰うなんて考えたこともなかったわ」と言いながら、テーブルの下で手を握りしめながら「子どもはほしいとは思っていたけど」と口にすると「僕もだよ」とニールの顔が輝いた。「それが本当になったらどんなに楽しいだろうね」。

それが私たちの子どもに関する最初の会話だった。今では月々のものをきちんとチェックするようになったが、ニールは妊娠に関しては科学的なものより運命的なものを信じているようだし、私が計画的な妊娠を試みているのに反して彼は気まぐれなところがある。毎月、生理の兆候があるとがっかりして絶望の淵に立たされているのは私だった。ついに家族計画診療所に相談にも行って調べてみると、医学的には大きな問題はないとのこと。精子の数の検査、子宮のレントゲン、ニールの精子が私の卵巣まで泳ぎきれないという理由での四カ月もの人工授精とあらゆるものを試してみたが、結局何も起こらなかったのである。次に残っていたのはニールの精子を浄化する「精子洗浄」だった。これらすべてが妊娠のための治療だったのだ。

私はこれらのばかげた治療に疑問を抱き始めると同時に、もしかするとニールの考えもそう悪くはないかなと思い始めた。年齢の大きな子を養子にするのはどうかしら、三歳や四歳の子なら現実的かも。哺乳瓶やオムツの手間も省けるし、そのぐらい成長していたら障がいだってはっきりしているはずだ。五カ月前の九月にAASK（特別な子どもの養子縁組み援助団体）という障がいや人種の理由で養子に出しにくい子どもたちを紹介する機関のローカル支部に電話をしてみた。

長い長い面接、身元の照会、指紋のチェック（CPの私のきれいな指紋を採るのは至難の業であった）、健康診断というプロセスがやっと完了したが、AASKが最終的に認める書類上の手続きにはまだ間があった。そしてそれが終わったら今度は私たちに適した子どもが見つかるのを待たねばならないが、私たちに障がいがあるということを考慮に入れるのも忘れてはならない現実だ。

「子どもが見つかるまで三カ月から一年は待たなければならないでしょう」と担当の職員から恩を着せるような笑顔で伝えられた。「あなたたちの場合は状況が特別だし、あなたたちが親として適しているということを子どものソーシャルワーカーにも説得しなければいけないし」。

「大丈夫」と励ましてくれる他の機関の職員もいたが、その後、先の職員が言ったような言葉を何度も聞かされることになった。そして私の中でその恐怖はますます深刻になっていった。子どものソーシャルワーカーの偏見と闘った後は、その子どもがどんなふうに障がいをもつ親に対するか正面から向き合わなければならないことを私は肝に銘じていた。

生まれたばかりの子ならもっと話は簡単なのに。どんな親に対しても何の先入観もないだろうし。でも赤ちゃんを育てるのは障がいのない夫婦にだって大変なことだ。ニールと私にとって養子を貰おうということは、犬が自分の尾っぽを追いかけることのようにばかげていて無駄なことように感じることであった。

私がニールの職場に電話したのは二時をちょっと過ぎた頃だった。

「もしもし」

「あのー」。耳元で電話を握りしめながら、電話をした理由をとちりそうになってしまう。「ニール、二時間ほど前に電話があったの。セントルイスに住んでいる女の人からで、この人ジュディの友達らしいんだけど、養子に出してもいいっていう六週間になる男の子がいるんですって。CPかもしれないんだけど、コリーンってその電話してきた人が言うには、その子を養子に貰おうと思っていたご夫婦が気が変わったとかで、代わりにその子を育てられる夫婦を探してたら、あなたの友達のジュディから私たちのことを聞いたんですって。ああ、もう何がなんだかわからない。どうしてジュディ、私たちに言ってくれなかったのかしら。ニール、この人ったら機関銃みたいにものすごい早さでしゃべり続けたのよ」。高まる気持ちを抑えようとしてさらに続けた。「何をどういうふうに尋ねたらいいかわからなくて、とにかくこちらから電話をかけ直します、とだけ言ったんだけど、あなたかけてくれるわよね。だってジュディがあなたと話すようにってその人に言ったんだし」。

「デニース、とにかく落ち着けよ」と私が息をついたときに彼が声を発した。「君がうれしいんだか怒っているんだか、僕にはよくわからないよ」。

「頭にきてるのよ」

私は涙が出そうになりながら答えた。私の声を聞いてそんなことも彼はわからないのだろうか。

「どうして？」

自分でもそれがどうしてかはわからないことだった。涙が頰を伝って流れ落ちてきた。彼の質問に答えようと気持ちを抑えようとしてみた。「ジュディは、私たちに先に言うべきじゃなかったのかしら」。

「でも、僕たちが子どもを貰おうとしているのはジュディもよくわかっていたからね」とニールは根気よく私に言い聞かせようとするのだった。

「でも知らない人が突然電話をかけてきて、子どもはいりませんか、だなんて」と私は彼の理屈を無視して怒鳴りちらした。「彼女の話だとその子の障がいもそんなに重度のようじゃないみたいだし、その夫婦の気持ちが落ち着いたら、またその子を貰いたいって言い出すに決まってるわ」。

誰かが私をたちの悪い冗談でからかっているようだということをニールにわかってもらうにはどうしたらいいのだろうか。子どものことは考えるまいといろんな理由を持ち出しても、何かが私につきまとっているようなのは何なのだろう。

「その人に僕から電話してみようか」と感情的になってどうしようもない私に彼は言ってくれた。

鼻をすすりながら走り書きした電話番号を彼に伝えながら、私は「ニール、その子の誕生日ってあなたのと同じなのよ」と付け加えるのを忘れなかった。

二〇分後にニールからの電話があった。新しいニュースは特になかったが、彼の声が妙にかん高くなっているのを聞いて、論理的で分析家の夫が興奮していることに気づき、ますます気持ちが落ち着かなくなってきた。

もうこのことを考えるのはよそう。彼の電話を切ると、レインコートを羽織って本棚から読みかけのミステリーを見つけると表のスロープを走り下りた。たぶんこの雨とおいしいコーヒーが私の中のどうしようもない気持ちを溶かしてくれるにちがいない。

ニールがその晩帰ってくると、目が輝き、にこにこしてどうしようもないような顔をしている。

「夕食を先に頂きましょう」と言いながら、彼のうれしくて仕方がない様子が目に入る。でもいつもうわついて何を考えているかわからないお手伝いのチャバラが帰るまでは、何の話もしたい心境ではなかった。

私たちふたりには大きすぎるテーブル（これもニールの最初の結婚の遺物である）についてコーヒーを飲んでいると、夕食に食べたピーマンと玉ねぎをいためた匂いがただよってきた。流しでは汚れた食器を食器洗い機に入れながらチャバラがイスラエルの歌を口ずさんでいる。彼女の鼻歌がガチャガチャいう食器や水のザーザー流れる音よりもうるさく聞こえてくる。笑いをこらえきれなくなりそうで、私はニールを見ないようにしていた。一〇分後、棚の上を拭き終えるとやっと彼女は帰っていった。

ドアが閉まると同時にニールが声を上げた。気持ちをコントロールしようとしながら、私はだしぬけにこう言った。「赤ちゃんは貰いたくないって言ってなかった？　赤ちゃんはどうしていいかわからないっていつも言ってたじゃない。触るのも怖いくせに」。

「そんなことなんとか解決できるよ」。彼は生意気そうな笑顔を私に見せた。

「シャツのこと覚えているだろう？」

私はニールのシャツが私とニールが深い関係になることを妨げていたことを思い出して、笑いをこらえようとした。結婚前、彼が週末以外の夜に私と過ごすことをあきらめなければならなかったのは、朝、私たちがふたりとも彼のシャツの一番上のボタンをかけられないのが理由だった。彼は仕事にはネクタイをしめて行かなければならないのだ。普通家では彼のルームメイトが夜明け前に半分眠りながら彼のボタンをかけるのが日課になっていた。私の家では、もちろん私たちふたりと不器用な私たちの指しか頼りにはならない。ふたりともたった一個のボタンが私たちのセックスをはばむのかと思うと我慢がならなかった。解決策をいろいろと考え、最初に思いついたのはボタンかけを使うのはどうかということだった。でもこれは私の不器用な手で使うとなると、針金が間違って彼の首にでも刺さったら生死にかかわることになるのであきらめざるを得なかった。もうひとつの方法としてマジックテープがあったが、これは洗濯機で洗うとだめになるという理由で（他の洗濯物の糸がテープにくっついて離れなくなってしまう）使いものにならなかった。ある晩のこと、ニールが晴れやかな表情をして私の家にやってきた。見せかけだけのボタンの下にジッパーが縫いつけてあるのが指でネクタイをよけるとよくわかった。それこそが彼が考えた完璧な解決方法だったのである。

「ええ、よく覚えているわよ。でもどうやってそのジッパーと赤ちゃんをくらべるわけ？」

彼は、くすくす笑ってこう言うのだった。「本当に赤ちゃんが欲しいのなら、育てられないことなんかないわ、といつも言ってたのは君なんだよ」。

「わかってるわよ」。私はいやいや認めざるを得なかった。でも突然その自信がなくなってしまったのだ。オムツを替えているときに間違って子どもをあごなんかで殴ってしまったらどうしよう。もし病気になったら、熱はどうやって測ればいいのだろうか。正しい量の薬をどうやって飲ませるのだろう。子どもは粒の薬なんか飲まないはずだ。

「その子の障がいの程度がまだどのくらいなのかよくわからないのよ」と指摘した。

「コリーンが診断書を送ってくるよ」

「この養子縁組みってお金がかかるのよ」とまた私がつめよる。「私たち、払えるのかしら」。

彼は茶色の髭をなでながら、「払えないなんてことはないよ」。

「ニール！」時々彼は私を猛烈に怒らせる。私は彼へのアプローチをちょっと変えようとした。「あなた、本当にクリスチャン系の養子縁組機関にいる人が私たちのようなユダヤ人でそれも障がいをもつ夫婦に子どもをあげると思ってるの？」

「とにかくどうなるかやってみるしかないんじゃない？」

彼からは絶対にまともな答えが返らない。私はますます彼につっかかっていった。

「コリーンがもしかするとこの子には知的障がいがあるかもしれないって言ってたじゃない。そういう子は育てられないってあなたが言ってたのよ。発達障がい（最近ではこういう言い方をする）があれば、目や耳や他にもいろいろと障がいがでてくるかもしれないじゃない。ニール、もしその子のCPが本当に重度で私たちの手には負えなかったらどうするつもりなの。自分で食事をしたり着替えをしたりすることができない子かもしれないのよ。どうやって私たちがやってあげるのよ。その子が私たちのように自立できる保証なんてどこにもないのよ」

ここまで言うのはひどいかもしれないが、でも誰かが言わなければならなかった。

「とにかく今、僕にわかっていることは、その子には家庭が必要だってことだけだよ」と彼は寂しそうに言うだけだった。

家庭が必要な子どもが出てくるたびにこんな思いをしなければならないのだろうか、と思わずため息が出そうになる。

「話が早く進み過ぎてるわ」。私は怒ってため息をついた。

「ピアノだって売ってないし。ここにはベビーベッドを置くスペースさえないんだから」

「どうなるか成り行きにまかせようよ」とニールがやっと口を開いた。

ニールが机で仕事をしている間、私はソファに寝そべって木曜日の夜にやるテレビのコメディ番組を見ていた。番組を見て笑ったせいか、首や肩にあった緊張がほぐれ、その晩ベッドに行く頃には気分も心なしか軽くなってきていた。

「僕たちがエバンに名前をつけてあげなくちゃね」とニールが靴を脱ぎながら言った。（彼は母音で始まる名前を言うときにどもるくせがある。）

「わからないわ」と、人指し指をタートルネックのえりの内側にひっかけてあごまで伸ばしながら、どうしたらいいのかと私も考えた。セーターの後ろをつかんで引っ張ると、やっと頭がでてきた。服を脱いだ後の肌に冷たい空気が貼りつくと、何気なく鼻をならして腕を腰にあてる。手首を口に持っていき袖口をかみ、片腕ずつ抜いていくと、タートルネックセーターがやっと床の上に落ちた。洋服にやつあたりをしていた私がそこにいた。

「子どもができたら、あなたのお父さんの名前をもらってジェイコブにしようといつも言ってたわよね」と寒さに震えながらニールに話しかけた。（ユダヤ教の習慣では一番思い出のあるすでに亡くなっている親族の名前を子どもにつけることになっている。）

「でも、Jで始まる名前はあまりよくないよ」と車椅子のはじに座って背中を丸めながら彼は答えた。彼の厚みのある長い指がズボンのベルトをゆるめて簡単そうにそれを脱いだ。

「そうね、甥のラリーは私の母の名を貰ってるし、誰か他の人の名前じゃないとね」とブラジャーの肩ひもから腕を抜くとそれをクルッと回して後ろのホックをはずした。ネルのナイトガウンに着替えてまた話し続ける。「ねえ、叔母のダイナには子どもはいなかったけど、私と姉をいつも可愛がってくれていたのよ」。

ニールは眉毛を上げてこう言った。「子どもにダイナって名前をつけたいの?」

「違うわよ」と私は笑う。「Dで始まる名前をつければいいわけでしょう。デービッドはどう?　ヘブライ語では同じ意味だし」。

「デービッド」と彼はどもったり口ごもったりしないで繰り返した。大きな微笑みを見せてこう言った。「デービッド。気に入ったよ」。

「私もよ」と、夫よりも丸みのあるおしりのほうのジーンズを引っぱるために、ぐらぐらする足でバランスをとって立ち上がりながら微笑んでみた。もしかするとこれってそんなに悪い話ではないかもしれない。

でも、ベッドに座ってジーンズを脱ぎ終えるまでには、私の冷静な考えがまた戻ってきたようだ。前に倒れてカーペットの上にちらかっている汚れ物をつかんで、近くにある洗濯物のバスケットの中に投げこむ。「セントルイスの養子縁組機関に誰が電話するの?」

初めての場所に電話をするのは、私たちにとってあまり得意なことではなかった。ニールと私は面と向かってなら南部の人たちよりもっとゆっくりした話し方でなんとかわかってもらえるように話すことができた。顔の表情やジェスチャーもそういうときには役に立つ。いったん私たちの話し方に慣れてくれれば、疲れていたり発音を正確にするエネルギーが残っていないとき以外は、電話でもだいたい聞き取ってもらうことができる。私たちは時々は大学や医大などから障がいについて講義をしに来てくれと頼まれることさえあるのだ。でもデパートやガス会社に用事があって電話をしなければならないときは、電話に出た人に私たちの言葉を理解してもらおうという努力をして、かえって自分のプライドが傷つけられたり、電話を切られたりするかもしれないので、友達に頼んでしてもらうことが多い。今回は見ず知らずの人に電話をするだけではなくて、その人に子どもを貰うことをお願いしなければならないのだ。

驚いたことに(ホッともしたが)、ニールが電話をすることをかって出てくれた。「でも、コリーンが向こうの夫婦がはっきりとデービッドを貰わないと決めないうちに電話してはいけないって言ってたよね」。

私は黙ってしまった。なんと彼はすでにその子をデービッドと呼んでいるのだ。

二、三日後、ポラロイド写真と一緒に男子新生児Kという名で診断書の写しが送られてきた。ニールが写真を見ている間に私は診断書を手にした。私はしかめっつらなのに、彼はもちろん喜びの悲鳴をあげていた。

「難しい言葉が並んでいるけど、全部私たちが知っていることじゃない。五〇%のチャンスでCPで、もしかすると知的障がいがあるかもしれないってことしか書いていないわ」

「写真を見てごらん」とニールがポラロイド写真を私のほうに押しやる。クッションに寄りかかった赤い毛をした青い目の赤ちゃんがまっすぐにこちらを見て微笑んでいるのが見えた。

私は「可愛いんじゃない」と肩をすくめると、ニールのように単純には喜べないと思った。「でも頭がちょっと大きすぎない? 脳水腫でもあるんじゃないかしら」。

「デニース!!」ニールの目があきれたように私をみつめた。私は診断書を三回も読み直したが、そんなことはどこにもみつからなかった。

私は気弱そうに微笑むと、「ちょっといじわるな言い方だったわね」と言った。

自分でもどうしてこんな否定的な見方しかできないのか理解できなかった。ただ、どうしていいのかわからなかったのだ。こんな私が母親になれるのだろうか、それも障がいをもつ子の。子どもを育てることによって自分が経験した苦しかった〝機能訓練〟、〝特別な教育〟、障がいをもたない子どもたちの輪に入ることができなかった寂しさなど、子どものときのいやな思い出がまたよみがえってくるのではないだろうか。(大人になった今でもその寂しさは感じているのに。)それにもし、その子に障がいがなかったら。もしその子がキッチンの窓の外から見える梅の木に登って降りられなくなったら誰が助けられるのだろう。大きくなったとき、友達を家に呼ぶのが恥ずかしいと言われたらどうしたらいいのだろう。私に解決できるだろうか。どうしてそんなことしなければならないんだろう。

ニールの気持ちはもう決まっているようだ。彼にとっての決断はいかにも簡単なことのようにしか思えない。それはそうだろう、これからだって彼は少なくとも一日一二時間は職場で過ごすのだから。偏屈で、変わり者で、変わった趣味を持っていて、ちょっと頭のおかしいチャバラのような住み込みのベビーシッターやお手伝いなどとのこまごましたことは何もしなくていいのだから。私はものを書く人間だし、自分のプライバシーは大切にしたいのだ。小さい頃から身体的自立をしようと努力をしてきたし、細かい仕事(足の指の爪を切ったり、食べ物を細かくきざんだり)や注意深い仕事(ろうそくに火をつけること)、長時間の肉体労働(床に割れたアップルソースの瓶を片付けること)をする以外は、それをなんとか実現しているのだ。今までの三六年間、自分のことに夢中だった私が突然献身的な母親になんかなれるのだろうか。

一週間後、例の夫婦が養子縁組みを取り消したという知らせが届いた。

私たちは親類たち、特にニールの母親には私たちがこれからしようとしていることを知らせるのをちょっと遅らせようと思った。彼女は私がCPだという理由で、もともと私たちの結婚をよく思ってはいないのだ。でも友人たちには話をした。何人かは心配そうだったが、ほとんどの友達は私たちの味方だった。何人かの友人たちからは有り難いアドバイスをもらった。「弁護士を雇ったほうがいいんじゃない」とひとりの友人が言う。もうひとりの友人は「障がいは軽そうじゃない。でも州の障がい福祉課からの年金はもらえる資格があるんじゃないのかしら」。「心配することはないわよ」と最近母親になった友人はこう元気づけてくれた。「その子の顔を見た瞬間どうすればいいかわかるものなのよ」。

私はいつだって自分の直感を信じることがなかなかできなかった。本能的に何かを感じる前に、いつだって罪の意識や恐怖がそれをはばむのだった。

時間ばかりがどんどんとたっていくようだ。ニールは、すべてがうまくいけば子どもを後四～六週間で迎えることができるとセントルイスのソーシャルワーカーに言われた、と喜んで私に告げにきた。「ピアノだってまだ売っていないのよ。あなたの机やコンピューターだってどこに置いたらいいの」と私は怒鳴り立てた。「住み込みのベビーシッターはどこで探せばいいのよ」。「チャバラはどうなの？」

「チャバラですって⁉」と私の声が響き渡った。「あの人はここで働くようになって以来この二週間、私の言うことなんて一度も聞いたことがないのよ。全部自分のやりたいようにやっているんだから。家具だって自分の動かしたいように動かしているし、私が母から教えてもらったミートローフには何か変な物を入れたにちがいないわ。私は母のレシピどおりに料理してって言ったのよ。何が入っているのかわかりゃしないわよ」。

ニールは知っているよとでも言わんばかりに苦笑いをした。笑顔で彼の鼻とそばかすのある頰にしわを寄る。

「何も言わないで」と怒鳴らないようにしながら言葉を続けた。「あなただって彼女のことは嫌いなはずよ。彼女が私たちの出した広告を見たと言って電話をかけてきたときから何か変な予感はしたのよね。あの時も妙に厚かましかったし。でも、あなたは気に入ってたようだから、私は何も言わなかったのよ」。心の中で「嫌いな人なんか、あなたにはいないのよね」と言いながら、私は彼からの責められたような微笑みに圧倒されてしまっていた。

「少なくとも彼女はおいしいコーヒーをいれるよね」

私は彼に冷たい視線を投げかける。テーブルの上に置いた私の手の上に彼の手が、強くなだめるように置かれると、「心配しなくていいよ。絶対に彼女を辞めさせるから」とささやいたのだ。

チャバラを辞めさせるのはそんなに簡単なことではないはずだ。この何年間か私たちは介護人を雇ってきたが、雇い主としてもう少し彼らに対して強気にでてもいいはずだった。今回はチャバラを辞めさせるだけではなくて、住み込みのお手伝いさん用にと裏庭に建てた離れからも立ち退いてもらわなくてはならないのだ。

「全然フェアじゃないわ。普通だったらいろんな準備をするのに九カ月はあるのよ」と私は首を振った。

「ニール、私たちでも使えるベビーベッドってどこで手にいれたらいいの。洋服やオムツや哺乳瓶は?」

「また、細かいことばかりだ」と夫のいつもの口癖が聞こえてきた。

疲労こんぱいでテーブルの上につっぷしながら、腕時計で時間を見る前にもう一度彼をにらみつけてやった。七時になるところだ。子どもの里親のケイトに電話をして様子を聞く時間だ。この二週間、ひと晩おきに彼女に電話するのが日課になっていた。

実はこのケイトが、子どもを貰うというこの大がかりでちょっと変わった話の仕掛け人のひとりだったということを私は後で知った。当初の養子縁組みがうまくいきそうにないと感じたとき、彼女がコリーンに電話で相談したそうだ。(ケイトはコリーンの一番下の息子——彼も養子である——が生まれるときに世話をしている。)ケイトは自立生活センターに勤めているコリーンなら、障がいのある子をどうしたらいいか知っているにちがいないと思ったのだ。

「赤ちゃんはとっても元気よ」

初めて電話で話したとき以来、彼女はいつも温かく私を元気づけてくれている。彼女の声はとてもはっきりしていてアイルランドなまりがちょっとまじっているように聞こえた。私はまだ会ったことのない彼女を、赤茶色の長い髪の体のがっしりした肝っ玉母さんのような人で、自分の子どもを含め何人もの子どもたちがいつも彼女の周りをとり囲んでいるんだろうなと想像していた。

彼女は私の昔からの友人のようにとても思いやりがあった。「この子は周りにとても敏感で、いつもにこにこしているの。だって生まれて二週間で笑ったんだから」と自慢をする。「皆にそのことを言ったら、皆はお腹にガスがたまっているんじゃないって言ったの。でも長い間小さな子どもの世話をしているんだから、私には違いぐらいわかったわよ。あれは絶対に笑顔だったわ」。

彼女と話をし終わった後、涙が出そうになった。それは子どもが、私の子どもが本当にいるんだということが実感としてひしひしと伝わってきたからかもしれない。柔らかくてまん丸で微笑む赤ちゃんが実際にそこに存在する。

私はその場に座りこんでいた。母が私の発達の遅れを気にして初めて病院に連れて行ったときの話を思い出していたのだ。医者の集団が私を取り囲み、意味不明の医学用語で話し合いをした結果、私には知的障がいの兆候があるという判断を下したのだそうだ。(まだ脳波検査やCTスキャンなどがなかった時代だ。)内気で恥ずかしがり屋の母でさえ、彼らの会話を聞いてそんなはずはない、医者たちのほうがおかしいんだと思ったそうである。「あの人たちには、あなたの輝くような瞳が目に入らなかったのよ」と母は私に教えてくれた。

「ニール、私セントルイスに行ってみようと思うんだけど」と喉にひっかかっていたものを飲みこむようにして思い切って言ってみた。

「もちろんだよ」。彼は簡単に同意してくれた。「僕たちのどちらかが、いつかはどんな様子なのか見に行かなくちゃとは思ってたんだ」。

私は淋しそうな微笑みを彼に向けて、私たちって本当に波長がずれている夫婦だなと思った。

一週間後、ニールが空港まで送って行ってくれた。星が灰色の夜明けの空にかすみそうに輝いていた早朝だったが、残念にも一番前の席が取れるほどの早さではなかった。結局ずっと後ろの、前から三二番目の通路側が私の席だった。車椅子から離された私にはその席が本当に遠く感じられた。

三時間後に飛行機がセントルイスに到着すると、私はシートベルトをはずしてじっと待つしかなかった。ニューヨークに行く乗客以外は、私の移動を手伝うスタッフが来る前に外に出なければならなかった。普通、そのスタッフが現れるまでには非常に時間がかかる。私は自分が降りるまでどうかこの飛行機が次の目的地に向かって飛ばないようにと祈っていた。もちろんそこで会うことになっていたコリーンがそんなことをさせないことは十分承知のうえだったが。

おかしくなっていた耳を治そうとつばを飲みこみ、頭の上の小さい穴からしゅうしゅう流れてくるむっとするような空気を吸いこんだ。冷たくてべとべとした手で雑誌や本をバックパックの中に入れて、私の隣の席に置く。上着を着て、機内用の窮屈な車椅子（まるでお人形の椅子のようなものだ）と私を私の車椅子まで運ぶ気の短いスタッフを待っていた。

二〇分後、私のお腹はごろごろ鳴り出し、指はセーターの襟元を引っ張っていた。私は頭上の空気孔の間にある電気の光の下で次第に落ち着きをなくしてきていた。口が開いていたバックパックの中にぼんやりと片手を入れてみると、雑誌の角と毛皮で覆われた〝鼻〟に手がかすった。その柔らかい物をつかんでみる。

両手でその茶色の熊のぬいぐるみを抱きかかえると、その人なつこそうな顔をよく見てみた。それは昨日、ためらいとうれしさの複雑な気持ちで買ったものだ。空しい痛さが身体の中に感じられた。私はここに、子どもを欲しいか、いらないかを確かめるためにやって来たのだろうか。

やっと機内用の車椅子がやって来た。熊のぬいぐるみをバックパックの中にしまった。それが私の物だと人に思われたくないわけではなかった。スタッフが私を移動するときに落っことしたくなかっただけだ。ひとりのスタッフが機内用の車椅子を私の座席の隣に止めると、私を抱える準備をした。本当は座席から機内用の車椅子に自分で移動することができたが、そのスタッフにいちいち説明しようとはしなかった。今までの経験から、彼らが私の言うことを理解するよりは直接移動させたいと思っているのがわかっていたからだ。

「私の鞄」と私の胸に神経質そうに安全ベルトをしめているスタッフに向かって声をかけた。彼は私の座席に目をやると、私の頭の上でこう言った。「その鞄を忘れるなよ。このお客さんが心配しているから」。私は自分のバックパックが後ろの人から前の人に放り投げられるの見つめていた。「準備はいいかい」と彼は、私に声をかける代わりに自分の同僚に尋ねると車椅子を前に押し始めた。

私はまるで荷物のように傾けられて機内を移動させられていた。移動しながら左に目を向けると冬の青空が機内の窓から目に入る。右側には次の目的地に向かう乗客がいた。白髪の混じった親しげな笑顔を浮かべた男の人が私に「さよなら」と声をかけた。きっとカリフォルニアからの人にちがいない。

やっとファーストクラスのほうに移動すると、「デニース」と呼ぶ太く、ちょっとなまりのある声に驚かされた。

真っすぐの方向に首を向ける。想像していたケイトとは全く違う小柄で身ぎれいな五十代の女性が目に入る。彼女は私のすぐ前に立っていたが、私の目は彼女の抱いているおくるみに釘づけになってしまった。そのおくるみに包まれたその子はちょうど私の目の高さにいた。

「ああ」と私は息が止まりそうになった。

「あなたの息子よ」と彼女が両腕を広げて私に差し出した。

彼の小さいがどっしりとした身体が私の膝の上にいごこち良さそうに乗っかった。私は彼をゆすってあやし始めると、彼を見つめながら熱いものがこみ上げてきた。彼はちぢれた金色の頭を傾けている。額には赤い斑点、丸みを帯びた頬はなめらかでまるで百合のように白かった。彼の青い目が微笑みながら私を見つめると、まるで「やっと迎えにきてくれたんだね」とささやいているように思えた。「本当に遠くで生まれたのね」と私も彼を見つめ返す。「早く家に帰りたいよ」と彼の笑った目が言っているようだった。

私たちのこの沈黙の会話を通して、彼の明るい、落ち着いた眼差しで私の心の奥深くに槍で刺したように穴が空けられると、言葉や気持ちでは表せない痛いほどの喜びがわきあがってくるのだった。そして涙が滝のように私の頬を流れ落ちた。

「私の子なのね」と私は泣きながらその子を自分の側に引き寄せた。

彼の髪の毛に口をつけると甘く優しい香りがただよってきた。私たちの頭の上ではがやがや言うのが聞こえてきたが、私には関係なかった。私はただ私の可愛いデービッドを抱き寄せるだけだった。

第二章　昼下がりの甘いひと時

「この子を抱いて行ってもらえませんかね」。私たちが飛行機の出口に着くと空港ターミナルのスタッフがケイトに声をかけた。

「どうしてですか？」

ケイトが尋ねる。

「私たちがこの人の椅子を押している間は子どもを抱いていてもらっては困るんです」

「どうして？」

ケイトは質問し続ける。

そのスタッフは肩をすくめながら、「規則です」と答える。

ケイトがなおも質問し続けようとするのを、私は止めた。長い間飛行機に乗って疲れていたのだ。

「いいのよ、ケイト」と彼女を安心させた。

「そんな規則いつできたのかしら」と彼女は私の腕からデービッドを抱き上げながら私に耳うちした。

しぶしぶながら私はデービッドを手放し、しぶしぶながらケイトがデービッドを抱きかかえた。

私に息子がどこにいるかわかるように、ケイトは私の車椅子を押し続けている乗務員に遅れをとらないよう渡り廊下を大またに歩き続けた。私を待つ車椅子の近くからゆっくりと歩いてくる背が高く黒髪の女性が目に入った。ターミナルに到着すると、その女性が私を抱き締めてきた。その女性こそ、あのコリーンだった。

「ここから私たちが付き添います」

彼女が私の後に付いてきた空港ターミナルのスタッフにそう告げると、数秒後に彼らはどこかに消えてしまった。コリーンは私のシートベルトをはずすと、「車椅子にひとりで移れるわよね」と私に尋ねた。私はうなずいて微笑む。彼女は常識のある人のようだ。

自分の車椅子のひじかけをつかみ、足を踏ん張って身体を反対側にして、やっと茶色の座席に移ることができた。その間、ふたりの女性はお互いに冗談を言い合っていた。コリーンは、ケイトが規則を無視して勝手に子どもを飛行機の中に連れて行ってしまったということを教えてくれた。

「見つからないように自然に振るまわなければならなかったのよ」とケイトはきどって言い訳をした。「仕方がなかったのよ。足が勝手に動いちゃって、気がついたら機内にいたのよね」。

車椅子の座席に深く座り直して、このふたりの女性をじっくりとながめてみた。見るからにおもしろいコンビのようだ。ケイトは三、四センチ私より背が低いように見えるし（私の身長は一五五センチよりちょっと高いくらいだ）、コリーンはケイトよりは一五センチは高いようだ。でこぼこコンビのふたりなのだ。

私が車椅子の足おきに足をのせると、ふたりが同時に振り向いた。ケイトが私のほうにやって来て「さあ抱っこして」と子どもを私に差し出した。

私はちゅうちょした。車椅子を操縦するためにはコントロールしやすい左手を使わなければならない。右手で子どもを抱きかかえることは無理なことは十分知っていた。生後二カ月の子どもがいやがるかどうかわからなかったが、シートベルトを使うことをとっさに考え、大きく深呼吸をして、「シートベルトを使ってみようと思うんだけど」と思いきって言ってみた。

ケイトはデービッドを私の膝の上に座らせると、きつすぎないように注意してシートベルトをしめた。彼はうまくバランスをとりながら私の上に座っていた。車椅子が走るたびに傾かないように私は彼の身体を右手でしっかり支え、歩行者を避けながら荷物引き取り場へと向かった。

膝の上に乗っている大事な荷物を落とさないようにと、車椅子をゆっくりと動かしたが、私の頭の中ではいろんなことが同時に浮かんでいた。

「本当に可愛い子だわ。写真はうまく撮れてなかったのね。CPであろうとなかろうと、こんな可愛い子を手放すだなんて信じられないわ。それにどこがCPなんだろう。ちょっと身体は硬いかもしれないし、緊張もあるかもしれない。足の動きも鈍そうだけど腕と手の動きは正常のようだし、これじゃきっとバレリー（私の友人）と同じようなタイプかもね。もうひとり車椅子の家族が増えるって思えばいいわけだわ。いやもしかするとスーザン（もうひとりの友人）のタイプかも。身体の片側に麻痺があってちょっと足を引きずりながら歩いたり、片方の手でピアノ（今、売ろうとしているピアノ）をひくようになるかもしれないわ」

空港ターミナルの人込みの中をあっちこっちに走っても、デービッドは真っすぐに座っていた。前の車輪の調子が良くないので時々車椅子に振動が感じられたが、彼は急発進にも、ちょっとした上下運動にも驚く様子はまるでなかった。彼の身体が想像以上にしっかりしているのに驚かされる。私は二カ月の子どもは簡単にひっくり返るか、おとなしく寝かしておかなければいけないものだと思っていた。しかし彼のちぢれた赤みがかった金髪は私の胸元でじっとしていて、私のあごに彼の頭が触るたびに、甘く何とも言えない香りがするのだった。

ふと、自分がどこに行くのかわからなくなって車椅子を止めると、ケイトとコリーンの声が後ろから聞こえてきた。私がくるくると車椅子を回していると、彼女たちが近づいてきた。彼女たちがかけ足で私たちに追いつくのを待つ。「こっちが荷物を引き取る場所よ」とコリーンはちょっとあえぎながら右側のほうを指さした。

「あら、出発ゲートのほうに戻るのかと思ったわ」とにやにやしながら言ってみた。「ここに来た目的は達したわけだし、このまま家に戻ろうと思うわ」。

「だめ、だめ」とコリーンがきゃーきゃー大笑いしているそばで、ケイトが一生懸命首を振った。「そんなことをしたらリタ・スーにどう言い訳をしたらいいのか知ってるの?」（リタ・スー・ジェイムズは養子縁組機関のディレクターである。）「私たちがこうやってこの子を空港まで連れてきたことが知れたら、取り乱すにきまってるわ。何でも大騒ぎするんだから。だからそんなこと考えちゃだめよ」と彼女は茶目っ気たっぷりに言った。

茶色のスーツケースを見つけると、早速その中からポラロイドカメラを取り出した。そのカメラはこの旅行に持ってこれるように、ニールがバレンタインデーの自分用のギフトにと先週の土曜日に買った物である。私が彼にあげたプレゼントはハートを抱えたパンダだけだったが、このカメラを買ったときも私はそれほどわくわくしていたわけではなかった。コリーンが送ってくれた子どもの写真を小切手入れからニールが取り出し、その写真を見た店員が「可愛い赤ちゃんね」と言ってくれたときも私には面倒な思いしかなかった。そしてニールがにこにこして「僕の息子なんだよ」と言ったときも、私は「まだだけどね」とぶつぶつと付け足すのを忘れなかった。

しかし、今の私は、車に向かう前に外に出て、コリーンが私と息子の写真を撮ってくれたことに大喜びをしているのだ。

コリーンの車は私たちの車と同じリフト付きの改造車だった。私たちのと違うのはコリーンのご主人のマックスのために、屋根が普通より高くできている点だった。彼は二〇年以上前に交通事故で頸椎損傷を負ったのだが、身長が一八〇センチ以上あった。彼らのこの車のおかげで手動式の車椅子ではなく自分の電動車椅子（折りたたみができない）を持ってこられたので、今回のこの旅行がずっと楽に感じられた。私の電動車椅子は座り心地が良いだけではなく、自分で動かすことができるので私に自立や自主性まで与えてくれるのだ。

二月の外気はさわやかでとても冷たかった。コリーンがドアを開けて、キーキー音を立ててリフトが出てくるのを待っていると、コンクリートの上に黒くすすけた残雪を見つけた。私は寒い冬の日を忘れていた。ケイトは助手席から乗りこんでデービッドを子ども用のカーシートに座らせると、車の中にあった空き缶を窓から捨てた。私は指がかじかむ前に、リフトを使って車に乗りこんだ。リフトが上がって子どもの隣の空いている所にうまく車椅子を止めた。ブレーキをかけると私の隣の席に注意深く腕をからみつかせ、デービッドの小さなピンクの手のひらに私の人さし指を割りこませた。

ケイトとコリーンはハイウェイを走っている間おしゃべりをしていた。車のエンジンの音とがたがた走る騒音で、私がその会話に入り込むのは難しかった。そこで私は新米ママの目で今しがた眠りについた息子を観察しながら、セントルイスの郊外の様子をじっくりと見てみようと思った。

セントルイスを訪れるのは今回が初めてであったが、空港からケイトの家まで続く落葉した木々、なだらかに延びた道の両側の残雪、ハイウェイのそばに建つレンガ造りの住宅などの風景が、ニューヨークの郊外の街並みを思い出させた。現在はカリフォルニアが気に入ってそこに落ち着いているが、ニューヨークが私の生まれ育った故郷なのだ。建物が高くなって道幅が広くなってきた街の住宅地に車が入るとますます懐かしさがこみあげてきた。かつて両親と姉、時には、叔父（母の一番下の弟）と私とが最初の一八年間暮らした、三つ寝室があった五階建ての茶色いレンガ造りのエレベーターのないアパートへ向かっているかのような錯覚を覚えていた。そのアパートに一生住むのだろうと思いながら、松葉杖を使って歩いていたのが大昔のように思える。

セントルイスには昔のことを思い出させる何かがあるようで、そこに滞在していた四日間は、良い意味でも悪い意味でも昔に戻ったような気にさせられるものがあちこちにあった。

ケイトの家は大きく、温かみがあって居心地の良い所だった。私の育ったアパートよりはずっと広いのだが、匂いや感じが何かしら似ているのだった。そこには木製の床や飾り、現代風ななめらかな家具、きわだって安っぽく見えるような物は何もなかった。その代わりによく手入れされたグリーンのじゅうたんが敷きつめられ、それが二階、三階にと続いていた。部屋には温かさと耐久性がかもし出されて、マホガニーの家具によく合う骨董品が飾られていた。家具はライオンの手のように複雑に彫られていたり、素晴らしくうねり立つ渦巻きのように輝いていた。まるで祖母から母へと代々受け継がれた私の母の家具のようだった。母が亡くなったとき、それらの持つ品位や地味さを有り難く思うには私は少々若すぎたようだった。まだ一八歳と一五歳だった私たち姉妹は、金箔で飾られた物以外は売ってしまうように父を説得したのだった。

四日間の間、私はケイトの家の一室でほとんどを過ごした。厚いカーテンが引かれたその居心地の良い部屋には、ベビーベッド、ベビーパウダーの香りがする子ども用品が置かれたテーブル、テレビのリモートコントロール、二人掛けの長椅子、そして私が座ると埋もれそうになるほどふかふかのピンクのクッションが置かれたソファがあった。ジャケットを脱いで、デービッドを自分のそばに寝かせると、コリーンとケイトが待ちきれないように「子どもの名前は何にしたの？」と同時に尋ねてきた。

私は一瞬言葉につまった。今までの二カ月、この子は二つの名前で呼ばれていた。一つはこの子を産んだ母親がつけた名前。もう一つはこの子を貰おうとした夫婦がつけた名前。それにもしコリーンとケイトが彼の新しい名前を気に入らなかったら、私には闘わなければならない不機嫌な「伯母」が二人もいるような気分になるだろうと思ったのだ。が、二人を注意深く見ながらやっとの思いで「デービッドなの」と口を開くと、ケイトは「気に入ったわ。しっかりした良い名前じゃない」と言ってくれた。

私がすぐにケイトに引かれたのは、気前が良くて、情が深く、人を励ますのが上手だった私の母を思い出させてくれたからだ。しかし、ケイトはもっと自分というものを持っているように見えた。私の母が五〇歳を超えても生きていたら、きっと彼女のようになっていたかもしれない。（ケイトはまだ五二歳だったが。）私の母は父の後ろに隠れていながら、いざというときには力を発揮する縁の下の力持ちタイプだったし、また頑固な性格の持ち主でもあった。（私もそういう点はそっくりだと父から言われている。）ケイトの強さはもっと強い情熱からきているように思える。空港で私に子どもに会わせるというような、規則があってもそれを破る意味があると思ったときは悪びれずにやってしまうようなところが彼女にはある。

コリーンが用事があると言って帰ってしまった後、ケイトは私にオムツを渡して「今から慣れておいたほうがいいでしょう」と言うと、私が何も言わないうちに部屋を出て行ってしまった。

私はオムツを握りしめて歯を固くくいしばった。赤ちゃんのオムツを替えたことなど一度もなかったのだ。もちろん、どうするのかは人がやるのを何度も見てわかってはいた。しかし、今まで誰ひとりとして私にそれをやってくれと頼む人はいなかったし、誰かが私にそれを頼むだろうということを思ったことすらなかった。だから練習したことがないのはもちろん、自分がそれをするということすら想像できないことだった。それがケイトときたら、私が子どものオムツを替えることに何の疑問も抱かずに部屋を出ていってしまったのだ。

私は自分が子どもの頃、理学療法士がボタンのついた板を使ってボタンの掛け方などの洋服の着替えの仕方を教えてくれたことを考えていた。そのボタンのついた板が人形であったことは一度だってなかった。それはまるで将来、私が自分の子どもの着替えをするという夢を持ってもらっては困るという思いが理学療法士にあったとしか思えないことだった。それがどうしたことだろう、彼らの意に反することを私はしようとしているのだ。それによくよく考えてみると、あの理学療法士たちがそんな創造的なことができる集団だとも思えない。もし彼らの指導した多くの訓練（歩行訓練も含めて）が私の性生活に少しでも役立つものであったのなら、もう少し一生懸命あの訓練に耐えることができたのにと思うのだった。もちろん、彼らの頭の中にそんなことがこれっぽっちもあったとは思えないが。

オムツを広げて近くのテーブルにそれを置く。デービッドのほうを向くと「準備はいい？」と彼のそばに寄ってささやいてみた。彼をじっとみつめていると彼が微笑み返してきた。「デービッド、あなたに自分の置かれている状況がわかるといいんだけどね」。

まずは、できるだけ優しく彼を私のほうに引っぱってみた。彼の身体は丸っこくて小さいけれどしっかりしていて、筋肉が強いせいか、ばたばたと動くようなことはなかったので私には好都合だった。彼を壊れ物を扱うようにしなければならないという恐怖はもうなかった。

次のオムツ替えまでボタンをかける必要はないなと思いながら、デービッドの白いつなぎのベビー服を脱がせた。つなぎのつま先の布の部分を口で噛んで彼の太腿に私の左手をすべり込ませると、彼の足が上手に出てきた。もう一方の足も同じようにして出した。

裸になった彼の下半身は真っ白でまるまると健康そうに見えたし、彼の身体が硬そうだとはまるで思えなかった。

オムツを脱がせるのは簡単なことだったけど、この最初の体験から、彼におしっこをひっかけられる前に素早く新しいオムツをつける訓練をしなければ、という教訓を得た。それと私の身体が柔らかいソファの中に沈んで座ってしまっていたのもあまりよくなかったようだ。私の身体は汗でびっしょりになり、首からつま先まで筋肉が緊張して痛みが走った。香ばしいアーモンドの匂いがするデービッドのおしっこが花柄のソファにもれないよう、どうにかしてやっと紙オムツのテープをちょうどいい具合に留めることができた。

二〇分が経過した頃、ケイトが戻ってきた。

私はソファが柔らかすぎて座り方が良くなかったにもかかわらず、なんとかデービッドのオムツを替えたことをケイトに示したかった。ケイトに私にはできないと思われることを非常に恐れていたし、私には母親になる資格がないと思われたくはなかったのだ。

「手助けがあればなんとかなると思うわ」とため息をついて、私はクッションにもたれかかった。

「工夫すればいいと思うわ」と私たちをまたぎながら彼女は事務的に答えた。

私の筋肉は自分に課した精神的なプレッシャーから突然解放された。ケイトは私の味方のようだ。

「私もデービッドも床に座っていたほうがいいと思うんだけど」とケイトが二カ月の赤ちゃんをじゅうたんに寝かせるのをどう思うかと心配しながら言ってみた。ケイトは突然そこからいなくなると、何枚もの毛布を持ってすぐに部屋に戻ってきた。テーブルを部屋のすみにどけると、彼女はその毛布を床の上に敷き始めた。あっという間に私とデービッドは色あせた毛布の上に座っていた。私たちは午後のほとんどの時間をそこで過ごし、そこでもう一度デービッドのオムツを替えてみた。もちろん、まだ彼の次のおしっこに間に合わないくらい時間はかかってしまったが。

私はデービッドを最初に貰おうとしていた夫婦のことを考えていた。デービッドを見ていると、子どもを欲しがっていた夫婦がどうして彼を貰うのをあきらめてしまったのか、どうしても理解できなかった。私は今まで一度だってこんなに可愛い赤ちゃんを見たことがない。彼に障がいがあったとしても、今となってはそれはあまり重要なことではなくなっていた。（少なくともニールと私にとっては。）もし私の予想が間違っていて、彼の障がいが重度だったとしても、それでも何とかやっていけるような気になっていた。ニールはこれ以上車椅子を使う人間は我が家には必要ないと言っていたが、それだってどうなるか今の段階じゃわかりはしないのだ。

ケイトが例の夫婦（彼女はピートとリサと呼んでいた）、特にリサのほうが最終的に決断を下すまでにはとても時間がかかったと教えてくれた。「リサはここに毎日やってきて彼を抱っこしていたわ」とケイトが言った。「ピートのほうが先に気持ちは決まってたみたい。リサはとても悩んでいたし、コリーンが紹介してくれた人たちとも会ってたのよ。でも縁がなかったのね。恐怖のほうが先に出てきてしまったのね」。

何事にも現実的なニールは経済的な問題が彼らの決断の最終的な理由になったんじゃないかと推察していた。生まれてまだ二カ月しかたっていないのに、デービッドの医療費はすでに八千ドルにものぼっていた。このままいったら、ますますその額は上がっていくだけだ。障がいをもつということは本当にお金がかかることなのだ。ニールと私も車椅子の維持費に年間二千ドル、それに介護人のために八千ドルもの金額を払っている。この金額には私たちの医療費（慢性的腰痛の治療や健康診断など）は含まれていないが、幸いにも健康で自立をしている私たちでさえこの状態なのである。

しかし、ニールの想像が道理にかなったものだとしても、私には人間の感情として納得いかないものがあった。彼らがデービッドを引き取らなかったのは彼に障がいがあるかもしれないという残酷な理由からだった。その後も長い間、私はそのことを考えるたびに腹が立って仕方がなかった。私はその理由を自分のことのように受け止めた。ケイトやコリーンと違って、私は特にリサに対しては同情する気持ちを持つことは全くできなかった。たぶんそれは、彼女がコリーンから紹介された障がいについて詳しい人たちと話したというのにそういう決断しかでてこなかったことに腹を立てているのかもしれなかった。

「リサがあなたに会いたがってるのよ」と、電話で話していたときコリーンが言ったことがあった。私はどう答えていいかわからなかったし、それは質問以前の問題だった。彼女に何を言えばいいのかわからなかったし、彼女が私に何を求めているのかも理解できなかった。もし彼女があんなに可愛いデービッドを認めることができないのなら、私の姿やぎこちない動作は彼女を助けるどころか、余計反発を招くだけではないのだろうかと思った。

それとも私に会ったら、デービッドの障がいを私のと比べてそんなに悪くないんだと、彼を貰うことを考え直したのだろうか。そんなことはまずありえないと思っても、私にはそんな冒険をするつもりは全くなかった。

ケイトはその日の午後、コーヒーとおやつ、心地良い枕と楽しい会話で私をなごませてくれた。その合間、合間に、風邪で家にいる息子のダニーやもうすぐ自宅に戻る里子の世話をしていた。

「あなたのお母さんに、あなたが赤ちゃんだったときどうだったのか聞けるといいんだけどね」と部屋に戻ってきたケイトが口を開いた。

「私もそう思うわ。けど、母は私が一五のときに亡くなったの。腎臓病だったの」

「大変だったでしょうね」

私はうなずいて、「そうだったわ。洋服の着替え、食事の世話、宿題をみてくれたり、医者に連れていってくれたり、何でもしてもらっていたから」。

「そうなの」と言ってケイトがこう続けた。

「あのね、自分でも驚いているんだけど、ここには何人か子どもがいるのに、どうしてかデービッドに目がいつも向いちゃうのよね。全然手がかかるわけじゃないのによ」

「障がいをもつ子どものいる家族によくそういうことがあるのよ」と私は答えた。「私の母も私に時間も手もかけたみたいよ。少なくとも私の姉はそう感じたみたい。ちょっと淋しいことよね」。

「でも、わかるような気がするわ」と彼女は答えた。「デービッドを安心させたかったの。何が起こっても彼が一番大切だってことをね。きっとあなたのお母さんも同じだったはずよ」。

私は眉毛を上げて静かに尋ねてみた。「どうしてそう思うわけ？」

「あなたを見てたらわかるわよ」と彼女は淡々と答えた。

ケイトは自分の気持ちを正直に相手に伝えられる人のようだ。私は彼女を信じることができた。彼女と午後中ずっと一緒に過ごしていると、人生、特に養子縁組みに関して今までと違った見方ができるような気がしてきた。

今まで私には、子どもでも大人でも、養子として貰われてきた人の知り合いはあまりいなかった。

私の人生の中では、養子というとセックスと同じように秘密めいたイメージしかなかったのだ。大人の世界では声をひそめて語る話題だったし、子どものなかではからかいの材料になっていた。私が小さかった頃住んでいたアパートの近所にも、子どもを貰った夫婦がいたが、そのすぐ後にどこかに引っ越してしまった。その当時は何も考えもしなかったが、一九五〇年代（今でもそうかもしれないが）の当時は、養子と言ったら「親なし子」という悪いイメージしかなかったのだ。姉と喧嘩したときなど私たちはお互いに対して、意地悪く「貰われ子のくせに」とか「そのうち本当の家に送られるんだから」などと言い合ったものだった。

でも貰われる子は本当に欲しいと思って貰われるはずだ。その日の午後、ケイトは私に養子縁組みを人生のひとつの道として紹介してくれた。彼女は「このあたりに住む子どもたちの半数は私の家の里子として人生をスタートしているのよ」と彼女の住む近所のことを説明した。自慢気に「デービッドは五九番目の子だし、うちの一番下のアンドレアは最初に預かった子だったのよ」と言った。

アンドレアを貰う八年前に長男を交通事故で亡くしたという話をしたケイトを、私は畏敬の目で見つめていた。

「ずーっと落ち込んでいたわ」と私たちが座っているそばのテーブルにコーヒーを置くと、こう話し始めた。「自分で自分をどうしていいかわからなかったわ。でも秋のある日、チャリティかなんかのカクテルパーティーがあったので無理して行ってみたの。そしたらそこにいた知り合いの人がルーテル教会で里親を探していると私に話し始めたの。そして私に興味があるかどうか尋ねてきたわ。私は考えてみる、と言ったけど、まさか次の日に彼女が私の家に来るとはこれっぽっちも思わなかったわ。

三カ月間の研修を受けた後に生後三日目のアンドレアがやってきたの。あの子は混血の子で、黒人の裕福な夫婦に貰われていく予定だったわ。彼らが二日後に引き取りにきたのだけど、次の日には私の家に戻されてきてしまったの。その人たちが親になる準備がうまくできていなかったのね。あの子がここに戻ってきたとき、もう二度とあの子を手放したくないと思ったわ」とケイトは首を左右に強く振った。

「あなたがそう言ったとき、ソーシャルワーカーはびっくりしたんじゃない?」

ケイトは笑って、「もちろんよ。ソーシャルワーカーがやって来たとき、家族全員が集まって彼女を説得したの。彼女は目を大きく開いてこう言ったわ。『ケイト、子どもを引き取るはずではないはずよ』。でもね息子のダニーが、七歳だったんだけど泣きながらこう言ったの。『僕たちみんな、アンドレアが好きなんだよ。それはどうでもいいことなの?』って」と言った。

「アンドレアは自分が貰われたことを何か言ってないの?」とためらいながら聞いてみた。

「もちろんよ。怒ったときなんか、自分は間違った家族に育てられたって怒鳴ったり、わめいたりしてるわよ」とにやっと笑ってケイトは答えた。

ケイトと過ごしたその日の午後、蜂が蜜を集めるためにあちこち飛び回っているように、ケイトやコリーンのような人たちが人と人を結びつけて、養子縁組みの世界をより奥の深いものにしていることを知った。その蜜がどこから集められようとも、それはとっても甘いものだということがわかった私は本当に幸せ者だった。

デービッドは私のそばで一日中うとうととしていて、決して深い眠りにはつかなかった。「いつもはちゃんと昼寝をするのにね」とケイトが言った。ケイトが部屋を出て行くたびに、デービッドは目を開けて私を見つめているような感じだった。

赤ん坊はこの世の中で一番力強い生き物だということを聞いたことがある。食事、お風呂、オムツ替えといろんな世話が必要で人に頼ってばかりの何もできない赤ん坊がそうであるということは、ちょっと信じ難いことである。でもデービッドと数時間一緒に過ごしていて、彼にもそういった力があるように思えてきた。彼の魂はもう何千年も生きていたように、彼の輝く瞳が何か目的や深みを持って私の顔を追っているようだった。彼の誕生が本来会うはずでなかった遠く離れていた私たちを結びつけたのだから、とてもすごい現象と言っても言い過ぎじゃない、信じられない状況が作り出されたのだ。

デービッドのすぐそばに寄りかかるようにして近づくと、私とデービッドの目がぶつかり合った。すごい力を持ったエネルギーがわき出すのを感じながら、「これって全部あなたの仕業なのね」とデービッドにささやくと彼は私に微笑み返した。

もうすぐ五時になろうというとき、部屋の電気をつけ、デービッドの訓練の時間だとケイトがやって来た。彼女は訓練の仕方を描いた図のコピーを私に手渡した。彼女がテーブルを移動してピンクの柔らかい毛布を床に敷いている間に、私はその紙にさっと目を通した。彼女はデービッドの洋服を脱がして、オムツと白い下着だけになった彼を毛布の上に寝かせる。私が彼女と訓練の仕方の紙を順を追って見ていると部屋がだんだんと暖まってきた。

今日の午後中、私はこの時間のくるのを恐れていた。私はコリーンが戻ってきて、この訓練をする前に出かけられればいいなと思っていたが、ケイトは訓練に対する私のもっているいやな思い出のことなど気づきもしないで、どうやってデービッドに一生懸命訓練していたかを見せたくてしかたない様子だった。私は彼女が彼の片足を下に押さえながらもう一方の足をなるべく高く上げている様子をただ黙って見ているしかなかった。私は顔を無表情にし、喉にこみ上げてくるものを飲みこもうと必死だった。

「こうやっても痛みはないそうよ」とケイトが言った。

私は何も答えることができなかった。

「最初はそう言わないと私が訓練をしないと思っているんだなと思ったけど、実際デービッドもいやがってはいないみたい。泣かないしね」と続けた。デービッドはそわそわして、握りこぶしを空中に突き出していた。私は彼の額にキスをすると胸が痛んで仕方がなかった。

私はジェイ・コブロフのことを思い出していた。彼は私より年上だったが、私たちは同じ小学校に通っていた。ジェイに比べると私の身体はバレリーナのように柔らかだった。理学療法士のローランド先生は、私の足をあまり抵抗もなく一〇数えながら四五度に開くことができたのだ。ジェイの足はもっと曲がっていて硬直していた。彼の補装具が膝を押さえていても最高一〇度くらいしか足を上げることができなかった。時々私たちの訓練の時間が同じになることがあった。ローランド先生がジェイの屈伸運動をしているとき、私は平行棒を使って踵をつけて歩く練習をしていた。

「ああーこの野郎」とジェイは悲鳴を上げる。

「言葉に気をつけなさい」とローランド先生が彼を叱りつける。

「そんなに痛いはずはないわよ。それに筋肉をリラックスさせたらその痛みもなくなるわよ」

私はいつもピーンと張った輪ゴムがゆるんだらどうなるんだろうと思っていた。輪ゴムがゆるんだり、使い古したゴムひものようになるとは思わなかった。輪ゴムは伸ばしすぎたら切れてしまうはずだった。

ある日、ローランド先生がその訓練をやりすぎてしまってジェイの足を骨折させてしまったのだ。「先生は申し訳ないと思っているわ」と私の母が他の母親に言っているのを耳にした。私の母とジェイの母親は友達同士だった。「ローランド先生、ちょっとやりすぎてしまったのね」。

ジェイがどんな気持ちなのか話す人はいなかった。車椅子をいつものように使ってはいたが足にはギブスが巻かれていた。その事故の前、彼は松葉杖をついてちょっとなら歩くことができた。でもそのギブスをはずした後、彼は二度と自分の足で立つことはできなくなってしまったので、その松葉杖は必要がなくなってしまったのだ。

ケイトは自分のやっていることにこれっぽちも疑問を持ってはいなかったし、コリーンにしてもそうだった。もっと優しい訓練があるはずだと思ったが、私は専門家ではなかったし、それは私の直感でしかなかった。自分がたったひとりのような気がしてニールがとても恋しくなった。

他の訓練はそれほど厳しいものではなかった。足を曲げたり、ケイトの膝の上に座らせながら腕を上下に運動させたり、前腕を曲げたり、伸ばしたりする訓練だった。好き嫌いを伝えようとしているかのように彼の銅色の眉毛が意味のあるような表情をしながら上に上がった。最後の運動になった。「これが一番いやがるのよ」とケイトが教えてくれた。

それは今ではほとんど目だたなくなっている彼の首の曲がり具合を矯正する訓練だった。

ケイトはデービッドの可愛らしい顔を両手で押さえて彼の首を右に左に、そしてまた左に右にとゆっくりと回した。デービッドはぶつぶつ言っているようだったし、私は怖くて身体がすくんだ。

「コリーンには言わないでね。これは私もあまりやらないの」とケイトがそっと打ち明けてくれた。

「良かった」と私は体全体で喜んだが、ケイトは私の反応をどう思ったろうとちょっと心配になった。

「コリーンは理学療法士だし、CPについては私よりはよく知っているということはわかるけどね」、ケイトは私の反応がまるで彼女自身の思いでもあるようにこう続けた。「ほとんどの新生児の首には筋肉の引きつりがあるのよ。考えてもみてよ、赤ん坊って狭いお腹の中に九カ月も閉じ込められているのよ。デービッドの実母のマリエって本当に小さい人なのよ。私と同じくらいかしら。事前にあった検査の結果がなかったら、こんなに小さい人から三千グラム以上の大きい子が生まれたんだからこんなの当たり前だし、だからデービッドはこんなに硬いんだと思っただけだと思うわ」。

私の反抗心が一気に刺激されたが、デービッドを引き取れなくなったら大変なので、ここはじっと我慢をして口を閉じておこうと思った。

「でも訓練はちゃんとやっているのよ」と彼女は確かめるように言った。「それにこの子はこうやって注目されるのが好きみたい」と服を着せながら、ケイトは「これが好きなんだよね」とデービッドをあやした。

彼の顔が明るくなっているのがわかった。喉を鳴らしている音がお腹が笑っているように聞こえた。私の気持ちもうれしくなってくるようだった。

電話がかかってきた。電話に出る前にケイトからデービッドを手渡されたので彼を抱っこしていると、「ニールからよ」とコードレスの電話を持ってケイトがやってきた。

デービッドと電話を交換し、ボタンを押し間違えて電話を切ってしまわないようにして電話に出る。

「ニール」

「もしもし」

彼の太いがらがら声が電話の向うから聞こえてきた。「ねえ、お金のために何でもしてよね。借りても盗んでもあなたの体を売ったっていいからお金を作ってね。この子は私たちの子だわ。リタ・スー・ジェイムズが一〇〇万ドルかかるって言ったってかまわないわ。とにかくお金を用意してね」と私はまくしたてた。彼は笑いながら「いつ担当の人には会うの?」と養子縁組機関の担当者について聞いてきた。

「明日の朝よ」と答える。「彼女の職場には車椅子で入れないからコリーンの家に来るのよ」。

「お願いがあるんだけど。その人には一〇〇万ドル払えるって最初からは言わないんだよ」

「わかったわ」と私は答える。私がお金にうといことはふたりともよくわかっていた。

「真面目な話、どうしていた?」

私はケイトの家でデービッドと午後中ずっと過ごしたことを話した。「今、訓練が終わったところなの」。

「どうだった?」

「大変そう。私たちが子どもの頃にやらされた同じような訓練だもの」と悲しそうに答えた。「ケイトが訓練をするように、これはデービッドにとっては痛いことではないんだって言われたんですって。もちろん彼、泣いてはいないわよ。でも足を押さえたり、上げたりするのを見ていたら私の身体のほうが痛くなってくるようだったわ。痛いに決まってるわよ」。

「がんばるんだよ」と彼の声が私を慰めてくれた。

「わかってる」と彼がすぐそばにいてくれたらなと思いながら答えた。昔のことが思い出されて仕方がなかった。今、私の周りで起こっていることがずっと昔に忘れていたと思っていた子どものときのことや、そのときに受けた痛みを思い出させていた。今、この世の中でニールだけがそれをわかってくれる人だった。

コリーンがその日の午後遅く迎えに来てくれた。暖かい毛布にくるまって私があげた熊のぬいぐるみとベビーベッドの中でぐっすりと眠っているデービッドを後にする。小さな声で「バイバイ」と彼にささやくと、私の心はちょっと痛んだ。

第三章　見解の相違

ケイトは私に彼女の家に泊まるように勧めてくれていた。私がその日ずっといた部屋で寝れるように、二階のベッドルームからマットレスを引きずり下ろす準備もしてくれようとしていた。でもその日はコリーンの家に行くのが最善なことだと私は思っていた。まず第一に、コリーンの三階建ての家にはエレベーターがついていたし、車椅子で使えるバスルームもいくつかあった。それともう一つの理由は、デービッドを産んだマリエの存在が気になっていたのだ。まだ一九歳で、短大の一年生、パートで店員をしていた彼女はデービッドの父親（可能性として高い相手）にあたる男性と結婚するつもりも子どもを育てるつもりもなかったし、その相手にしても同じ状況であった。

マリエは自分が妊娠していると知った直後にその子を養子に出そうと決めていた。養子縁組みを勧めているリタ・スー・ジェイムズには彼女が自分から連絡をし、唯一の条件としてカトリックの家庭に子どもを貰ってほしいという希望を出してきていた。もちろんピートとリサが彼女の子を養子にすることには何の問題もなく、話も順調にいっていた。マリエの妊娠は八カ月目に梯子から落ちて内出血を起こすまでは正常だった。がその後、胎児にその事故がもとで損傷があるかもしれないと赤旗が振られたのだった。

マリエが子どもを養子に出すという決心はそれでもゆるがず、子どもを産んだ一カ月後には裁判所に出向いて必要な書類にサインをする準備もしていた。ところが、事情が変わったということでマリエにもう二カ月考える期間を与えることを裁判長が決定した。このためマリエには子どもに面会できる許可も与えられたが、これはますます子どもの行く先に対するマリエの決定権が強くなったことを意味していた。

誰もが私に障がいがあることをマリエに伝えることは良いことだとは思っていなかった。私がユダヤ人であることすら十分悪い材料なのだ。私はリタ・スーの勧めで「クリストファー（マリエが付けた名前）にはキリストについて教える機会も与える」というマリエを安心させる手紙をすでに書いていた。私が住んでいるカリフォルニアで彼が育てば、あらゆる宗教に接する機会があるのは事実だし、それは私の本心でもあった。そして私はユダヤ人であることよりよっぽど強い要因だと思ったので、「障がいをもつ人たちとの経験も豊かになるはずだ」ということも書き加えた。

マリエにはまだ迷いがあったらしく、そこにケイトが救いの手をさしのべたのだった。マリエがやっとケイトの通う教会の神父様と話をする決心をしてくれたのだが、それは金曜日でまだ二日あった。私は自分とデービッドの距離はある程度に保っておこうと考えていた。コリーンの家に滞在することはこれらのことから自分を避難させることでもあったのだ。

コリーンの家はケイトの家のように静かな場所ではなかった。私がジャケットを脱ぐ前にコリーンは部屋を横切って階段を少なくとも三回は上がったり、下りたりを繰り返していたが、それは生後一一カ月になる息子のジェファーソンを追いかけるためであった。彼はそうやって母親の忍耐力を試すのを楽しんでいるようでもあった。（たぶんデービッドに障がいがあれば、私にだって追いかけられるはずだ。）彼女はちょっぴり怒りながらも、ジェファーソンに負けてはいなかった。彼の深い海のように青い目と彼女の茶色の目はどちらもいたずらっぽさを含んでいた。彼らは他の家族と違って、同じような激しい気性を持っているように見えた。夫のマックスは体格がよくて落ち着いた熊のようだし、七歳になるそばかすだらけのマギーは何か考え込んでいるような灰色の目をしていた。

二回目にしてやっと階段の三段目のところで彼を抱きかかえると、コリーンは「さあ、ジェファーソン、ママがご飯の用意をしている間椅子に座っておやつを食べていてね」と言い聞かせていた。

彼を木製の椅子に座らせると、台所の周りをあちこち走り回り、もうすでにあふれ返っている流しの中に昨日の汚れた食器を重ねっていったかと思うと同時に、リタ・スー・ジェイムズがどんな人なのかという私の質問に答え始めた。

「ちょっと抜けているような人よね。まあ、そこが私たちには好都合なんだけど。今回だってけっこう私やケイトのやりたいようにやらせてくれているし。前にデービッドをクリスチャンに生まれ変わったっていう家族に養子に出そうと思ってたときも私がやめさせたのよ。この子は本当に欲しいって言ってくれる家族に貰われるべきだって説得したのよ」

ケイトが空港でデービッドを突然手渡してくれたときに初めてこの子を我が子にしたいと思った私は、それを聞いてちょっと心苦しくなった。それをコリーンやケイトに知られるのはやっぱりまずいかもしれない。

翌日の十時、コリーンの家の黄色い壁紙が貼られた隙間風の入る食堂で私はリタ・スーに会った。

「デニース、お会いできてうれしいわ」。彼女は踵の高い黒革のブーツをカツン、カツンいわせながら部屋に入ってきて私に挨拶をした。握手をするために右手を差し出してきたので、私はちょっとためらってしまった。あまり自由のきかないことを気にしながら右手で応えたほうがいいのか、それともしっかりと確かに（簡単でもあるし）左手でしたほうがいいのかしら。結局、しっかりした印象を与えるために後者を選んだ。

彼女は金色に縁どられた栗色の書類ケースと黒革のハンドバッグを白いレースのテーブルクロスの上に置くと、膝丈までのクリーム色のカシミヤのコートのベルトをはずし、コートを脱いで椅子の背にきちんとたたんで掛けた。

彼女が茶色のニットのワンピースの形を整え、カメオのブローチを真っすぐに直している間、私は自分のセーターのしわを伸ばしながら居心地の悪い気分になっていた。台所の隙間から入ってきた風が彼女の高級できつい香水の香りをあちこちにただよわせた。私もワンピースを着て、イヤリングをして、裕福な義理の姉がくれた翡翠とピンクの水晶でできたネックレスをして正装するべきだった。

「ところで、赤ちゃんには会った？」と上品そうに椅子に座ると話を始めた。

「かわいいでしょう？」

私は両方の質問にうなずき、「はい」と小声でつぶやいた。彼女は微笑みながら歌うような声で話したが、その声には温かみは感じられなかった。

私たちの会話はだいたい四五分くらいで終わった。驚いたことにそんなに多くの質問もされなかった。たぶん、私たちの調査はＡＡＳＫを通してすでに終了し、すべてが順調にいっているからかもしれなかった。あるいは、彼女自身が私とあまりかかわりたくはなかったのかもしれない。コリーンの見方は彼女はデービッドのことを一刻も早く片づけてしまいたがっているということだった。しかし、商売上手な彼女は、ありがたくも身上調査代の五〇〇ドルを差し引いた六、二〇〇ドルを請求するのを忘れてはいなかった。

私宛ての請求書を横に置くとリタ・スーは（妊娠や堕胎という言葉を用心深く避けながら）こう続けた。「デニース、私たちの仕事ってとても大切なことだと思うの。私たちの所にくる女の子たちは本当に自分の子どもを思ってやってくるの。とても勇気のいることだわ。とにかく生まれてくる子どものことだけを考えているんだから。可哀想にマリエはクリストファーのことについてはとても動揺しているわ。すべてがうまくいくという希望は持ち続けているみたい。とにかく祈りなさいと私は勇気づけたわ」と上機嫌に微笑み、「あなたがここにいるのは、私たちの祈りが通じたんだわ」と言った。

私は気絶しそうになりながらぼんやりとした微笑みを浮かべた。次に彼女は聖書の文句でも唱えるのではないかと思った。

「ニールと私がユダヤ人だということをマリエはどう思っているのかしら？」

リタ・スーは思い悩んだようにため息をついた。「そうね、デニース、彼女がクリストファーにカトリックとして成長してほしいと強く思っているのはわかってるわよね。もちろん私は彼女を説得しようとしてはいるんだけど」。

それは私にもわかっていた。肘をテーブルについて笑いをこらえようとしながら、その子の名前はデービッドよと、私は思わず口をすべらせるところだった。

「私はマリエにこう言ったのよ。イエス様も改宗してクリスチャンになる前はユダヤ人だったのよ、と」とリタ・スーは正直に言った。

イエスが改宗したのではなかったはずだ。キリスト教はイエスが生まれる前には存在しなかったと思うのだが。まあ、今神学的な論争をしても始まらない。

腕時計を見て、リタ・スーはもうそろそろ失礼する頃だと言いながら、もう一つ私にアドバイスをしてくれた。「もう一つなんだけど、障がいをもつ子どものためのプログラムについて言っておきたいの。このセンターってあなたの家からそう遠くないポロアルトという町にあるのよね。ここにそこの記事があるわ。とても素晴らしい所のようじゃない」。

患者やその家族を再教育、洗脳することで有名なそのセンターについては私もよく知っていた。そこでの治療の目的は障がいをもった子どもをいかに「正常」に戻すかということであった。リタ・スーはそこを勧めたくて仕方がない様子であった。

「数年前、私の息子に学習障がいがあるってわかったとき、そこのスタッフが一生懸命に助けてくれたの。そのおかげで息子はだいぶよくなったわ。そこのプログラムってとても組織的にきちんと作られているの。子どもにとってそういうことって本当に大事なことなのよね。今じゃ、スティーブンも何でもないわ」

操り人形としてはね、と私は静かに付け加えた。そして「ちょっと調べてみるわ」と嘘をついた。

「そうしてみてね」とカシミヤのコートを着ながら彼女は懇願した。「そこでならなんとかしてくれると思うわ。信仰と祈りさえあればどんな奇跡が起こるか誰にもわかりゃしないわ」。

「誰にもね」と障がいをもった人を前にしてよくそんなことが言えるもんだと思いながら、私は愛想よく繰り返しながら、奇跡はとっくに起きている、デービッドがすでに私を見つけてくれたのだからと思った。

　私は恩着せがましく自分を子ども扱いする人を上手に見分けることができる。それは私に知的障がいがあるからだと思われているからではない。リタ・スーはそうは思わなかったはずだ。多くの人たちは私がCPなので子どものような純粋さを持っているとか、普通の常識が通用しないと判断しているかもしれない。多くの場合、多くの人たちが私と会話をするのを避けようとするのは、ゆっくりと大変そうに話す私の話し方のせいのときもあれば、私の言っていることがよく理解できないけれど、それを聞き返すのは恥ずかしいと思うときもある。けれどリタ・スーの私に対する態度は、私の障がいのためという印象ではなかった。きっと彼女のあのような態度は「勇気のある女の子たち」にも子どもを探している夫婦にも同じなのではないだろうか。ケイトとコリーンには彼女の上品さの裏にある本性がよくわかっているようだった。ピートとリサに対しても次の子どもを紹介すると約束しながら、今回の話がうまくいかなかったことを良く思っていないために、今後彼らに対して何もする気はないようだ、とコリーンが教えてくれた。でも二日後に迫っているもう一つのことと比べると、彼女との話し合いはたやすいことだったのかもしれなかった。

　蛍光灯の灯りとうす暗いビニール樹脂製の床が患者や面会人を迎え、威圧的な消毒のアンモニアの匂いが鼻についた、町の真ん中にある病院に小児科の診療棟はあった。自分の子どもの頃に見たり嗅いだりしたこれと同じような光景と匂いを、私は母親として今、感じているのである。いずれにしてもそれは未だに恐れにも似た感情であったし、消そうと努力しても消せない思い出が戻ってくるようだった。私はデービッドを膝に抱きかかえながら、二〇年前という遠い昔の全く違う場所でのことを思い出していた。それは母が病気になる前の最後の通院の日のことだった。私はちょうど一五歳になったばかりの時だった。

母と私は病院の廊下にある冷たく、白い壁で囲まれた待ち合い室に座っていた。見覚えのある白髪で白衣を着た医者が私たちのほうに向かって歩いてくるのが目に入ると、母は私の口から流れているよだれを拭いて真っすぐに座るように私をそっと突ついた。医者は私たちの前で立ち止まった。「どうも、お母さん」と私のカルテを抱えていながら今日までの一二年間一度も私たちの名前を覚えることなくこう声をかけた。「娘さんはいかがですか?」「お陰様で変わったことはありません、先生」と母は答えると、私が恥ずかしがるのも構わず、「学校では優等生です」と私の自慢を始めた。

「それは素晴らしいですね」と彼は私にさっと作り笑いを投げかけた。「でもね、お母さん、将来のことをもうお考えですか?」

母の眉間にしわが寄った。母の言いにくそうな声が私にはわかった。「たぶん、大学に進学すると思うのですが」。

母の答えが間違っていたかのようにその医者は首を振り、舌を打つと、「どうしてですか?」と額にしわを寄せながらわざとらしく尋ねた。

「この子たちは将来、植物人間になるだけですよ。仕事に就くことだって無理だし、施設で暮らすようになるんですから」

彼を呼び出す高いスピーカーの音で彼の声がかき消された。母の日に焼けた顔が青ざめかかると、彼は何も言わずにその場をゆっくりと立ち去って行った。

私は松葉杖で彼の足をひっかけようかと思ったが、不幸にも十代の反抗期の態度が出るまでにはともう少しあった。その代わりに、母がいつも通院のたびに私を慰めてくれた言葉で母を慰めようとしてみた。

「お母さん、あんな人の言うことを気にしちゃだめだよ」。母の腕を引っぱりながら、「あんなこと本当のことじゃないよ。あのお医者さんは年をとっているから、自分が何を言っているかわからないんだよ。お母さんだっていつもそう言ってるじゃない。あんなことだからここの院長先生にだってなれないんだよ」と母を元気づけようとした。母はまるで雷にでも打たれたかのようにただそこに座っているだけで、私の言葉の間違いにも気がつかないようだった。母の細長い顔のしわが一気に深くなり、青い目からは生気が失われたようだった。その数カ月後に、私を産んだとき以来患っていた腎臓病が母の命を奪ったのだ。私にはあの時のあの医者の言葉が母の病状を悪化させたに違いないという確信があった。

あの日、それまでの母の闘争心が絶望に変わったのを私は見た気がした。それまでの一五年間、母は私を育て、勇気づけ、いわゆる専門家の意見などに負けないよう私を駆り立て続けてくれた。彼女は疲れすぎていた。あのよぼよぼのやぶ医者の投げた言葉は母に対する死刑の宣告となり、母はやすらかに死ぬこともできなかったのだ。

そして彼女の娘の私が今、母になろうとしているのだ。


ケイト、コリーン、デービッド、そして私の四人はクリーム色の壁で明るいオレンジ色とグレーのカーペットが敷きつめられた狭い待ち合い室で順番を待っていた。そこはおもちゃも何もない小児科の理学療法室だった。

私たちの番がくると、私は車椅子をうまく操縦してコリーンと一緒に空いている診察室に入っていった。部屋の隅には本棚、おもちゃ箱、そして子どもの頃、歩行訓練を始める前に転ぶ練習のときに使った灰色のビニール製マットが敷かれていた。

五分ほど経つと茶色のカールのかかった髪をした女性が部屋に入ってきた。コリーンが私たちを紹介するとその女性、ダイアンは私からデービッドを抱き上げ、彼をマットの上に座らせた。彼女は診察のためにデービッドの服を脱がせた。

「斜頸はどうなったかしらね」と彼の首をあちこちに動かし始めた。「あら、ちょっと柔らかくなってきたんじゃない?」

私がそれを黙って見ていると、ケイトとコリーンはうれしそうに微笑んでいた。

ダイアンはデービッドを丁寧に取り扱っているようだ。コリーンによると彼女はデービッドを気に入っているようだが、いずれにしてもここでの経験はやはり医療的なものにすぎなかった。規則正しく、彼女は肘、手首、腰、膝、足首とすべての関節をチェックしたが、それはまるで機械の修理工がきしみや欠陥をチェックしているようだった。彼女は脚や腕の筋肉という言い方ではなく、牽引筋や屈筋というような言葉を使っていた。（障がいをもつ友人とよく、どうして私たちは自分の身体を自分の物と受けとめることができないのか話題になることがあるが、それはこういうことが原因にあるのかもしれない。）彼女は診察が終わると私たちに顔を向けた。

「まだちょっと腕と脚に緊張が感じられるわね。前よりは良くなっているようだけど確かに残ってるわ」と彼女が言った。

誰と比べてなの、と私は反抗したくなった。

「二、三、新しい運動をしてもらうことになるけど」

赤いボールが棚から落ちてマットの上にはずみ、彼女の言葉をさえぎると、その突然の動きがデービッドを驚かせた。

「まだモーロー反射作用が出すぎてるわね」とダイアンが言った。

私はデービッドを見てにやりとしてしまった。私たち二人は同じ身体の動きをするらしい。CPにとってこの反射作用はよくあることだし、私は公の場においてその動きをして恥ずかしい思いをすることがよくあった。喫茶店でひとりでコーヒーを飲みながら本を読んだり、物思いにふけっているとき、突然、後ろから声をかけられたりスプーンのがちゃがちゃいう音を聞いて、身体がビクンと反応してしまうのである。そしてそのはずみで膝がテーブルや手にぶつかり、グラスを落っことしてしまうのだ。

「今の段階でどの程度の障がいになるか教えてくれませんか」とコリーンが尋ねた。「それはちょっと難しいわね」。ケイトがデービッドをマットの上に下ろして洋服を着せ始めているとき答えが返ってきた。「軽い障がいかもしれないし、重度障がい者になるかもしれないし」。

重度障がい者という、その言葉を聞いて身体がすくみ、私のお腹の筋肉はきゅっと縮むようだった。この人は今まで何人の障がいをもった赤ん坊を診察しているのだろうか。たぶんセントルイスには比較できるほどの多くの障がいをもつ子どもがいないのかもしれない。私は、自分で頭を支えることができなかったり、哺乳瓶でミルクを飲むことができないＣＰの赤ん坊を何人も見たことがある。実際、ニールが生まれたばかりのときは、彼の母親がスプーンでミルクを口に入れて喉をマッサージしながら飲ませたそうだ。お腹が空いていて気分がすぐれず泣いてばかりいるＣＰの赤ん坊を何人見たことか。デービッドが重度障がい者ですって！　こんなに周りのことに敏感で、発育が良く、よく声を上げるデービッドがですって！

ＣＰや知的障がいのある人間にとって、「重度障がい」という言葉はポリオや脊椎損傷の障がい者とはいくらか異なる意味を持つ。ポリオや脊椎損傷の人間にとって重度障がいということは、その人たちを取り囲む物理的な状況に負うことが多い。つまりその人たちが必要とするサービスによってその障がいの程度が決まってくるのである。介護、移動、治療、改造された技術などの身体障がい者が自立して生活できる手助けがそれである。最近では重度、軽度というレッテルは政治的な意味合いをもって使われることが多くなってきた。しかし、私に対してその言葉が使われるのを聞くたびに、私は気持ちが縮み上がってしまうのだ。医学社会、そして一般社会はＣＰや発達障がいをもつ大人や子どもに対して、彼らは頭が鈍いという見方をもち、その言葉は私を型にはめようとしているのだ。

デービッドの扱われ方から推察してもその言葉がある種のスティグマをもつことは歴然としていた。

私は自分の障がいが重度であることを認めていないわけではなかった。ただその言葉が不適当に不適切に使われていることを遺憾に感じているのである。その言葉は私の能力ではなく、私をCPという障がいの外見から判断していた。その言葉は多くの人たちに誤解を与え、朝、自分でベッドから起き上がることや、インスタントコーヒーをいれたり、飼っている猫のトイレの掃除などの、本来私ができることをもできないような印象を彼らに植えつけてしまっている。子どもと同じレベルというレッテルを貼られた私は、当然私のゴールや私に対する期待度も違ってくると思わずにはいられなかった。

その貼られたレベルはその障がい者がどうやって動き回ることができるかということだけで決まってくるのだ。私が松葉杖をついて汗びっしょりになりながら、かたつむりよりゆっくりと、よたよたと歩いているときはそれでも中程度の障がい者とみなされていた。ところが、電動車椅子を使いだした途端、松葉杖をついていたときよりいろんなことがより多くできるようになったのにもかかわらず、重度障がい者と呼ばれるようになってしまった。階段を上ることはできなくなってしまったけど、一〇分もかからないで建物の端から端へ行ける、それも子どもを膝に抱えながらできるようになってもそうなのだ。

私はダイアンに言いたいことがあった。でも何について言ったらいいのだろうか。この場で私が自分の考えを彼女に明瞭に伝えたとしても、それで彼女のデービッドに対する障がいの見通しが変わるとは思えなかった。その上、デービッドが我が家にやってくるまでは、私の反対意見は差し控えないと大変なことになるという思いもあった。

黙っていることに苦痛を感じながら、ケイトがデービッドに洋服を着せ、ダイアンが新しい訓練のやり方の紙を取りに他の部屋に行くのを見つめていた。

ピートとリサのことが急に鮮明に頭に浮かんだ。どうして彼らがこの養子縁組みの話から手を引いたのがわかったような気がしたのだ。

リサはデービッドを通して今、私が感じているのと同じような経験をしたに違いない。私にとっては、すでに知っていることとはいえ、デービッドの身体をいじくり回されたりするのを見たり、ダイアンのデービッドの障がいに対する推察を聞くのは苦痛を伴うことだった。ダイアンのデービッドに対する予想図と、私の目の前で元気にしている赤ん坊との間には大きな食い違いがあった。障がいについてはほとんど何の知識もないリサが（他のほとんどの親になったばかりの人たち同様）強いショックを受けたのは私にも想像がつくし、「専門家」が言った診断が本当に正しいのかと質問をしたり判断をしたりすることなどはできなかったであろうことも察しがつく。私にとってもたったこれだけのことが非常にきついのだ。これがこれからもずっと続くかもしれないのだから、たぶんリサは自分の力の限界を悟ったのだろう。感情的に自分を消耗させるような経験はできないと思ったのだ。そしてそれがリサがデービッドの母になれず私がなれるという境界線でもあった。

私たちはダイアンと表の待ち合い室で会った。コリーンが私とデービッドに車椅子のシートベルトを締めているとき、ダイアンはケイトに新しい訓練の方法を説明してある紙を手渡した。私達が重いドアを開けて外に出たときは私たちは皆とても疲れ切っていた。

セントルイスでの最後の二日間、私はできるだけデービッドと一緒に過ごした。手続きがすべてうまくいったとしても、デービッドが我が家にくるまでには一カ月以上かかるはずだった。マリエが親権を放棄する手続きをするために裁判所に出向く日は三月十九日と決まった。でも今からその日までにどんなことが起きるか誰にもわかりはしないのだ。私は今までに実母が最後のどたん場で決心を翻して子どもを養子に出さないと決めた、というような話をいくつも耳にしていた。ケイトは、神父様がマリエに子どもは必ず天国に行くことができるし、一番大事なことはその子が愛されて可愛がられることなのだから安心するようにと説得したのだからすべてがスムーズに運ぶと力づけてくれた。マリエは私に障がいがあるということも気づいたらしかった。

彼女は彼女の母親とリタ・スーと一緒に最後のお祈りをするためにデービッドを訪問したときに(何とかそのお祈りからケイトは抜け出したらしいが)、そのことを尋ねたのだそうだ。マリエも詳しく尋ねたわけではなかったようだが、ケイトは何も言わないのが最善の方法という判断をした。でも私には一カ月後のことがずっと先のことのように思えて仕方がなかった。その間にマリエの決心が変わる可能性は十分ある。私たちの宗教、障がいについて再び疑問を持つかもしれないし、第一デービッドはあんなに可愛いのだから。

「ちょっと考えていることがあるんだけど」。私たち全員がケイトの茶の間に落ち着いた金曜日の午後、コリーンが口を開いた。「デービッドを一晩デニースと一緒に過ごさせるってことはどう思う?」彼女の目にはいつもの何かを企んでいるような輝きがあった。

「実は私もそのことを考えていたのよ」とケイトは答えると「もちろんリタ・スーには内緒でね」といたずらっぽく付け加えるのも忘れなかった。

私はくすくす笑い出してしまった。彼女たちは本当に良いコンビだ。もし彼女たちがふたりして何か大きな陰謀を企てたら、相手が見破るチャンスはほとんどないかもしれない。デービッドと私を一晩一緒に過ごさせるという計画を練っている二人はとても楽しそうだったので、私はちょっと心配だという自分の気持ちを伝えるきっかけをなくしてしまった。

セントルイスでの最後の晩、ケイトは大きな夕食会の計画を立ててくれた。コリーン、コリーンの子どもたち、そしてコリーンのご主人のマックスまでが、ケイトが私のために移動式のスロープを玄関に準備してくれたので（ケイトの家の玄関には段があった）その夕食会に出席してくれた。マックスは出無精なので、ケイトは彼も出席してくれることを知ってとてもうれしがっていた。コリーンが彼を仕事場まで迎えに行った。彼はセントルイスにあるパラクオドという自立生活センターを運営している。

マックスは四十代後半の体格の良い物静かな人である。彼はいつも車椅子に堂々と座り、広い肩幅、いかめしそうな白髪がかったあごひげをたくわえた長い顔、そして弓なりになった眉が、とても威厳があるように見えた。そんなふうに見えるのは頸椎損傷のせいで手足が動かないせいと、無口で口数が非常に少ないからかもしれなかった。私自身も恥ずかしがり屋な所があるので、この短い滞在期間に彼と親しくなるのはちょっと難しい気がしていた。

デービッドは赤ちゃん用のブランコに座って私の隣にいる。長いダイニングテーブルの周りに皆が座り、シャンデリアの明かりが皆を照らしていた。私は皆と話をしようと思いながらも、明日でデービッドに長い間会えなくなると思うと、視線がついつい彼のほうに行ってしまうのをどうすることもできないでいた。

夕食の後、私たちは茶の間の暖炉の前に集まり、全員で記念写真を撮った。きっとこの写真がこれからの何週間、もしかすると何カ月間か私を慰めてくれるに違いなかった。しばらくしてジェファーソンの寝る時間になったので、私たちはケイトの家を失礼した。

「子どもたちを寝かしてくるわね」と言うと、コリーンはデービッドを私のそばにあった花柄模様のクッションのあるソファの上に置いた。そしてそのすぐ後に、マックスと私だけを残して二階に飛んで行ってしまった。デービッドを見ると、ソファの上から少しずつずり落ちていた。

最初、私は彼を引っぱり上げようとした。すると彼は口の中におしゃぶりをくわえているにもかかわらず、むずがり始めたのだ。私があやそうとすればするほど、彼の機嫌は悪くなってくるようで、最後にはおしゃぶりを吐き出すと火がついたように泣き出した。彼の顔は真っ赤になり、小さなピンクの舌を出して体中を震わせ出した。私はデービッドを近づけ抱き上げようとしたが、彼は私の利き手の側にいなかったし、私も自分の利き手のほうに座ってはいなかった。彼は泣き続けた。私はその様子をただ黙って見ているマックスに目をやった。私はデービッドの着ている服の端を握って彼を抱き寄せようと思ったが、彼の泣き声と、マックスの眼差しに緊張してうまくできないでいた。

デービッドをやっとの思いで持ち上げると、服が私の指の間を滑り出した。それを私の膝がなんとか受け止めたのだ。デービッドを膝の上に置き、おしゃぶりを口の中に入れてあげると、彼はそれを一生懸命に吸い始めた。

やっとのことで一仕事を終えて一息つくと、冷や汗が背中を伝わって流れ落ちるのを感じた。私はマックスの視線を痛いほどに感じた。彼はきっと「どうやってこの女性が子どもの面倒を見るんだろう」と疑っているに違いなかった。

私はこの重苦しい空気を打ち破るため「怖がらせたでしょう」と口を開けた。

「ほんのちょっとね」とそれだけマックスは言うと、弓なりの眉毛を上げた。私は彼はこのことを後でコリーンに何て言うんだろうと心配になった。

その晩遅く、ちらちらとわずかに流れてくるテレビからのやわらかい明かりが、ソファベッドに横になった私とデービッドを照らしていた。枕に頭をのせ、彼の方を向くと、彼の顔は私から数センチしか離れていず、スヤスヤと眠りについていた。彼の寝息を聞きながら指で彼の髪をかきあげると、オムツかぶれ予防のクリームと彼から出てくるアーモンドのような匂いがしてきた。デービッドの顔をじっくりと観察してみる。彼の巻き毛の香り、金髪のまつ毛に縁どられた半透明のまぶた、リンゴのような赤いほっぺ、夜の静かな空気を気持ちよさそうに吸っているちょっと上を向いた鼻、時折乳首をくわえているような口をするピンクの唇。私は彼の柔らかでじっとしている身体にそっと手をまわしてみた。私はこの子を心からいとおしく思い、この子のためなら何だってできると思った。そんな気持ちが自分自身を驚かせた。今までそんな利己的でない愛があることに気づかなかったのだ。

睡魔が柔らかい毛布のように私を襲ってきた。意識はしっかりしているようだったけど、テレビの低い音が私を軽い眠気に誘ってきた。二時頃、デービッドがミルクの時間だと起こしてくれた。さあこれからが長い間していなかった運動の時間だと私は自分をふるい立たせた。何も考えずにまず、自分とデービッドの位置を定めるためベッドに近寄ると枕を正しい位置に置いた。彼にミルクを飲ませ、ゲップをさせ、またベッドに寝かせると、私はあっという間に深い眠りについた。翌朝早く灰色の空が明るくなる頃私は目を覚ました。そして何も映っていないテレビを消す。

一時間ぐらい経つとコリーンの足音や家のきしむ音、ジェファーソンの「ママ」と呼ぶ声が聞こえてきた。彼女は私たちの部屋のドアを開ける前に小さな声で彼をなだめていたようだ。私は彼女に「うまくいった」というように親指をたててみせると、彼女はカメラを持ってきて静かに寝ている子と無我夢中で疲れ切っている母親の写真を撮ってくれた。

ここを離れるという悲しみは、混雑した空港の中をコリーンと勢いよく進んでいるときまで感じるひまがなかった。私たちは空港に少し遅れて着いたので、ケイトとジェファーソン、デービッドを車の中に置き、出発ゲートで会う約束をして私とコリーンは席を取るために先に車を降りた。人込みの中を車椅子を急がせていると急に涙がこぼれてきた。ここを離れたくなかった。私はまるで、サマーキャンプかなんかで遠くへ行くために母と別れなければならないときのような気持ちになっていた。こんな気持ちは長い間忘れていた気持ちだった。

この四日間、私はよく世話を焼き、理解があって何でも人に与えるという、自分の「空間」なんてことばかり考えている人が多くなった今の時代には貴重とも言える二人の女性に出会った。「空間」。なんて陳腐な言葉だろう。なぜか私はコリーンもケイトも家の中の空間ならいざしらず、「自分自身に空間が必要なの」なんていう文句が言える人のようには思えなかった。その上、彼女たちは自分の人生にとても余裕があるようだった。それは今の私に一番必要なことだった。彼女たちはどんなことでもうまくさばいているようだったし、リタ・スー・ジェイムズのような人とでもうまく付き合っていた。私もそんなふうにできるように、自分のためでなく息子のためになりたかった。コリーンとケイトは私にでもできるきっかけを見せてくれた。私にもそれができるように、その秘密をちょっとでもいいからおみやげとして持って帰りたかった。

そして私はデービッドも家に連れて帰りたかった。

泣きたいのを我慢して人込みの中を進み、やっと出発ゲートに着いた。ケイトと子どもたちの姿はどこにも見えず、スタッフが私を飛行機の中に連れて行こうとした。私は我を忘れてコリーンを見つめる。さよならも言わずに自分の子どもと別れるのだけはどうしてもいやだった。

「もうすぐ来るわ。心配しないで」と彼女は彼らがやって来るほうを見ながら私を落ち着かせようとした。

「今、席についてもらわないと、車椅子を飛行機の中に積むことができなくなります」とスタッフは私の車椅子のハンドルを握ろうとした。「やめて下さい」と私は叫ぶと、彼が車椅子を押せないように電動車椅子のスイッチを反対側に押した。これで彼は私の車椅子を簡単に押すことはできなくなった。彼は二つの小さなスイッチを押せば電動車椅子のモーターが切れることは知らなかったし、私はそれを彼に教える気もなかった。この時ばかりはどうしても彼に車椅子を押してもらうのはやめてほしかった。

「来たわよ、来たわよ」

それから、デービッドは私の膝に乗り、私たちは飛行機の入り口に向かった。車椅子を入り口に止め、コリーンの力を借りながら入り口からそう遠くない席に歩き出した。乗務員は（常識のある人だった）私を空いているファーストクラスの席に座らせてくれた。シートベルトをしめると、デービッドを抱いていたケイトが他の乗客が席に座るまでの間彼を抱かせてくれた。

「毎週、彼の写真を送るからね」と彼女は約束してくれた。「それに彼があなたの家に行くのはすぐよ」。

皆に別れの挨拶をして最後の記念写真を撮ると、私は我慢しきれず泣き出してしまった。涙が頬を流れ落ち、嗚咽が出てどうしようもなくなってしまった。その上興奮したせいか、私の前歯がデービッドの頭にぶつかってしまったのだ。彼も泣き叫び始めた。

「けがさせてしまったわ」と私も今まで以上に泣き叫んだが、周りの騒ぎにかき消されて私が何を言っているか理解する人はいなかった。私はデービッドをしっかり抱きしめて私たちふたりの痛みを消そうと思った。コリーンがもう一枚写真を撮ってくれた。それはデービッドも私も真っ赤な鼻をしてひどい顔になっていた。

涙が尽きると眠気が襲ってきて、彼らがそこからいなくなった途端、私は赤と青の広いシートにもたれかかった。ケイトがくれたくしゃくしゃになったティッシュで涙を拭いた。いろんなことを考えなければいけなかったし、いろんなことをしなければいけなかったが、今はとにかくゆっくり休みたかった。この四日間の間にいろんなことが起こりすぎたようだ。セントルイスに心のひとかけらを残してきてしまった私は、ただ休息を必要としていた。

第四章　パッチワークキルトのような子どもの成長

サンフランシスコで他の乗客が飛行機を降りると、車椅子がゲートで私を待ち受けていた。乗務員が出口まで私が歩くのを助けてくれ、私が車椅子に座るまで見守ってくれた。車椅子のモーターにさっさとスイッチを入れると、ニールが待つターミナルに続く通路を急いで車椅子を走らせた。彼は私の顔を見るとにこにこと微笑み、私が車椅子を止めた途端、私を温かく強く抱きしめてくれた。

「会いたかったよ。やっと帰ってきてくれてうれしいよ」と彼は叫ぶ。

「私もよ」と私も彼の首に抱きつきながら繰り返した。

時折力が入りすぎて空気や身体の器官の流れが止まるくらい強く抱きしめられても、私はニールに抱きしめられるのが好きだった。彼の強く硬い腕が私に回されると、彼からの愛を感じ安心するのだった。でも一日中働いて家に帰ってきた後、彼がそんなふうにするのはたまにしかなかった。普通、帰ってきて玄関のドアを開けると、彼はひげの生えたあごを胸の上で休ませて今にも倒れそうなかっこうをしている。敷居をまたいでゆっくり家の中に入ると、彼の足は床の上をやっと引きずっているような状態だ。彼の電動車椅子までもが疲れ切ってるように見える。私を抱きしめる力どころか、彼におかえりのキスをしようにも彼自身自分の身体を支えるのもやっとの様子なのだ。でもそれは疲れのせいだけでもなかった。はっきりした理由もなく私が彼に寄り添おうとするたび、彼はどうしていいかわからなくなるのだ。愛情を態度で示すのが苦手な人なのだ。

私は愛情をいろんな形で表現する家族の中で育った。父方の祖父母はいつも隣同士に手を握りながら座っていた。私の両親は私たちの前でも平気でキスをし合っていた。私の母は機会さえあれば愛情たっぷりの言葉と抱擁とキスで私を包んでくれていた。子どもを育てるのが苦手だった父でさえ毎朝、仕事に行く前、そして帰ってきたときに私たちにキスをするのは忘れたことはなかった。私と姉が毛を引っぱり合ったり、ひっかき合うけんかをしても「キスして仲直りをする」のが決まりだった。

ニールはそういう家庭で育たなかったのだ。ジェイコブソン家ではキスをするのではなく頰を軽く合わせることが挨拶だった。彼らの電話の会話を聞いていても「愛してるわ」とか「会いたいよ」というような言葉はもちろん、「さよなら」という言葉さえ聞くことはまれだった。ニールが家族と電話で話をしていても、相手が会話を終わった途端に電話を切ってしまうのだった。

ニールとの口げんかの原因の多くは、彼が無口すぎることや感情の表現が足りないことだった。これからデービッドを育てようとしている今、ニールがどんなふうに子どもと接するのかとても興味(心配でもあるが)のあることだった。

「どうしてた?」とニールは私から離れると尋ねた。

私はデービッドと過ごした晩のこと、ミルクをあげたこと、ゲップをさせてあげたこと、枕や毛布そしてデービッドをあちこちに動かした私のエアロビクスについて話し始めた。「全然眠れなかったわ」。私は彼の目が輝くのを見逃さなかったし、彼が何を考えているかわかったような気がしたが、私は次の質問に移った。

「あなたのほうは変わったことはなかったの?」

「母と話したよ」と何気なく彼は答えた。

私はお腹がぎゅっとなったようだった。「何て言ってた?」

「別に」と彼はやっと言った。

私はもっと詳しく聞きたかったが、それを聞くのが怖い気もした。彼の母が言った言葉で、やっと家に帰ってきたうれしい私の気持ちや、息子と一緒に一晩過ごしたという幸福感を壊されるのがいやだった。次の言葉を探すため喉にひっかかっているものを飲みこもうとした。「ところで」とニールは彼のよく使う言葉で話題を変えた。「スーツケースを取ってきて家に早く帰ろうよ」。

私たちはこれ以上彼の母親の話題には触れず、茶色のスーツケースを取りに荷物引き取り所へと向かった。その話題に関してはこれからいくらでも話す機会はあるし、次の土曜日の朝八時三十分に彼女から電話がいつもどおりにかかってくるまで彼女と話すことはないはずだった。

家に帰る途中、ニールは他のニュースを知らせてくれた。「弟と話したよ」。

「何か言ってた?」

「別に。母親のことばかりだよ」と彼は肩をすくめた。「弟にもいろいろ言ってるみたいだよ。ガールフレンドがユダヤ人じゃないのが気にいらないみたいだな」。

「いつものことじゃない」といらいらしてきた。「お義母さんはいつもそうじゃない。デービッドの叔父さんになることを何か言ってなかったの?」「そんなに長い間話したわけじゃないからね」とニールは言い訳をした。

話にならないと私は首を振る。ニールと弟のスティーブ、そして姉のエタの間は距離のある関係だった。ニールが彼らをとても自慢にも思っているのにだ。スティーブはワシントンにある国立保健研究所でウイルス学者をしているし、エタはロングアイランドの高級住宅地に五〇万ドルもする家を持つインテリアデザイナーだった。しかし、ニールが彼らとする電話の会話はいつもとてもよそよそしいものだった。まるで最近知り合いになったばかりの人と話すように、質問や答えを口ごもったり、会話を相手にまかすような話し方をするのだった。ニールがほとんどの人と話すときのやり方だったし、それが彼が一番話しやすい方法で、自分のことが話題になることもそれで避けられるのだった。でもそれが身内同士の会話だということが、私にとっては不思議なのだった。

「スティーブがきっとエタに知らせると思うよ」とニールが言った。

私は彼らがどんな会話をするんだろうと思った。

「シェリーも電話してきたよ」と茶色の屋根の我が家の前にようやく車が着いたときニールが言った。

「彼女に電話したほうがいいよ」

姉のシェリーは唯一の身近な身内であり、彼女とはいつも連絡を取り合い、一週間に一度は電話で話していた。私たちの間には三千マイルの距離があったが、他の親戚とはそれ以上の距離があるようだ。時々、短い手紙や電話が父やリタ叔母さんからあったし、私も何かの折に彼らとは連絡は取っていた。手紙を書こうといろいろと書いてはみるのだが、時間ばかりかかって結局詳しい近況報告が面倒くさくなって手紙での連絡は怠っていた。ここ何年間かは父と叔母の耳が次第に遠くなってきたのと、直接話をする機会が減ってきた（私の話を聞き取るのが不慣れにもなってきたようだ）せいで、電話での会話がお互いに難しくなってきていた。その上、父や叔母が聞きたいような話題もあまりなかった。私には定職はなかったし、学校にも戻ってはいなかった。彼らにとって物書きは趣味という考えしかなかった。物を書いてお金を儲けない限りそれは仕事ではなかった。時々教えたり、カウンセリングの仕事をパートですることもあったが、それも彼らのがっかりする声を聞きたくなかったからしているようなものだった。

シェリーの他には他の家族とは親しいつながりはあまりなかった。父と叔母が私のことを自慢に思っているのはよくわかっていた。彼らの期待以上のことを私はやっていた。カリフォルニアに移り、自立をし、銀行で高い地位にあるコンピューターの専門家である人と結婚までしたのだから。CPでありながらそんな仕事をしているなんてすごいことだ。しかし、私は家族のことになると一種の空虚感をいつも感じるのだった。それは母が亡くなったときに彼女が残していったものだった。

私が生まれてからの一三年間というもの、母はいつも私の世話をしてくれていた。母は父からは浪費家などと言われながらも（父にはインフレーションの実態がよくわかっていなかった）、家の中のことをきちんとやっていた（それもユダヤ人的に）人だったし、私の姉には宿題を早くやりなさいとか、自分の部屋をきれいにしなさいとうるさい人だったようだ。でも私にとっては、金曜日の夜のマージャン以外はいつも私のためにそばにいてくれるような人だった。

母は、私が四歳半のときから学校のある日は毎朝、カビ臭い普段着を着て、コーヒーをのんでタバコを吸った後、私のベッドの縁に座っているのが日課だった。

「ほらほら」と私にやさしく声をかけると、毛布の下に手を伸ばして私の足をやさしく引っぱるのだった。「もう起きる時間よ」。

私は母にわざと足を探らせて膝の上にのっけてもらっていた。腹ばいでもう二、三分眠ったままでいるとまだ薄暗くてよく見えない中、母は足の裏を上に向けて靴下をはかせてくれると、踵とつま先が真っすぐになっているか、後ろの縫い目をいつも確かめていた。

私が自分で服が着れるようになっても、母はその毎朝の儀式を続けていた。母は寒くて暗い朝早くに靴下をはくことで私をわずらわせるために一時間早く起こすのは意味のないことだと思っていた。どっちみち六時半になるまで暖房は入らないのだし、寒さで筋肉が萎縮するだけだと考えていたようだ。洋服を着る練習なら週末にいくらでもできるし、理学療法士にさえ知られなければ何の問題もないと判断をしていた。

午後、学校から帰ってくると、私は台所の隅にあるテーブルに座った。母が鞄の中から教科書や学用品を取り出している間、私はミルクを二杯飲みクッキーを四枚食べるのが習慣になっていた。母は教科書とノート、算数の道具などをテーブルの片方に置き、鉛筆を取り出すと鍋置きの棚に置いてある古い手動式の鉛筆削りに向かって歩き出す。そして勢いよく鉛筆の先が針のようになるまで細く削るのだった。母の上腕の肉が軽く揺れて、あごまでのびた黒い髪が細い顔の周囲で上下にはずんでいた。彼女の胴体がリズムを取るように規則正しく動く。私の母は平均的なサイズとはいえちょっと大柄だったので、いつも体重を気にしていた。亡くなる二、三年前には二七キロも減ったので洋服のサイズが一〇号になったと自慢をしていた。でも私にとっては痩せていようと太っていようと、魅力的であろうとそうでなかろうと全く気にはならなかった。彼女は私の母であり一緒にいて気持ちが休まる人というだけで十分だったのだ。

教科書のそばに削ったばかりの鉛筆を置くと、母は空になったコップやミルクのパックを片付け、ビニール製のテーブルクロスをきれいに拭いた。それから宿題をするために私の隣に座った。私が答えを言うと、歴史や国語の問題の答え、新しい言葉を使った短文、国語の作文をきれいな筆記体で書いてくれた。私が次の答えを言う前に母が書き終わるのを確かめるというふうに、ふたりのペースはよく合っていた。私が考えている間、母は決して私を急かすようなことはしなかった。時折、母は鼻の頭にのっかっているキラキラした縁の眼鏡を通してくり色の目を優しく私に向けるのだった。辛抱強く煙草の煙を吹かすこともあった。母のしわのある指が私の口に入りそうになっていた髪の毛を優しくよけてくれた。とにかく私の集中力がなくならないよう気を遣ってくれた。そして考えがまとまらなかったり、文法を間違って使ったりするとすぐに直してくれるのだ。テレビを見ながら宿題をしている姉が茶の間から大声で「手伝って」と叫ぶと、姉にも同じようにしていた。

特に私が高校に進むと、宿題をするのは私より母のほうが楽しんでいるようだった。母は三〇年も前に高校を辞めてしまったことを未だに後悔しているようで、高校生に戻ったような気分だったに違いない。幾何学やフランス語に特に夢中になって、物差し、コンパス、分度器を使ってグラフ用紙に二等辺三角形や平行四辺形を描いたり、アクセントの印まで入れて自分のわからない外国語で見出しや文章を書いていた。そんなわけで私の宿題はいつもきれいに仕上がっていた。

土曜の夜は母は私の友達だった。父がベッドでスポーツ紙を読みながら居眠りをしたり、姉が友達と出かけたりデートをしている間、私たちふたりは居心地の良い茶の間でテレビの映画番組を見たり、本を読んだり、クロスワードパズルをしたり、ゲームをして時間を過ごした。

高校一年の春、母が四八歳だったとき、彼女は心臓発作を起こした。無理ができなくなったのはそれからだった。学校の日に朝優しく起こして靴下や靴をはかせてくれることはもうできなくなっていた。代わりに仕事着に着替えて男性用のコロンの匂いをさせた父が私を起こすようになった。そのため今まで誰も起きないうちに仕事に出かけていた父のスケジュールが狂ってしまった。

父は「デニース、起きろ」とさっさと私の足にかけてあった毛布をはぐのだった。「上を向かないと靴下がはかせられないだろう。俺のやりやすいようにしろよ」。

私の顔についたチョコレートを拭き取るにしても足の爪を切るにしても、父のやり方は乱暴だった。実際、父が私の爪を切っているとき、爪切りで肉まではさんだと文句を言ったら「心配するな、もう九本あるだろう」と小言を言われたことがあった。父は私が大変そうに何かをしていると母のようにすぐに来て手伝ってはくれるのだが、と同時に自分のほうが「上手」に「早く」そして「簡単」にできるということを付け足すのも忘れなかった。父の朝の仕事は私をスクールバスに乗せておしまいだったが、そのことでいつも仕事に遅刻せざるを得なかった。午後は高校卒業が間近にせまった姉が私の迎えに出て、庭にある二〇段もの石段とアパートにつながる大理石でできた数段の階段を上るのを助けてくれた。母は台所で私を出迎え、ミルクとクッキーのおやつを出して幾何学やフランス語の宿題に取りかかってくれたが、すぐに疲れがでて長くは続けられなかった。

一年がたった頃には母は寝たきりの状態になっていたので、シェリーと父が夕方私と一緒にテーブルについて宿題や学校でやり残した勉強を手伝ってくれた。彼らは数学にも経済にも興味がなく、今日学校でやったことを思い出せなくて宿題の答えがなかなか出せないでいると、私をおいて他の部屋に行ってしまうのだった。私は何がどうなっているのか、母の具合がどうなのかということも知らされないで母からどんどん遠ざけられてしまっていた。

私はアルミ製の杖をついてやっと歩きながら、母を元気づけようと毎日母の寝室に行った。母は私の一番のファンであり、私の子どもじみた詩（「あの犬の体の模様を見た？　はしかみたいでしょう」）をほめたり、しわだらけのナプキンで口ひげやリボン、蝶ネクタイを作って何かの真似をしたときも笑ってくれていた。

その晩も私は母のベッドに寄りかかって歌をうたい出していた。昨日の夜、テレビの「エド・サリバン・ショー」に出演していたバーブラ・ストライザンドの真似をしたら、母もおもしろがるだろうと思ったのだ。

「デニース、ベッドを揺らすのはやめて」と母は厳しく私を叱った。

「でも、お母さん」

「デニース、ベッドに寄りかかるのはやめなさいよ」シェリーがいらついたように鋭く言った。「見せびらかさないで」。

私は唇をかむと涙をこらえた。私がふざけるのを笑って、キスをして抱きしめてくれた母はどこに行ってしまったのだろう。私は母に近づくこともできなくなってしまった。母のベッドに上がることももう無理だったし、おやすみのキスのために母に近づくこともまれになってしまった。

高校二年生になるちょっと前、私が一五歳のとき母は医者の指示で入院した。シェリーと私には母が腎臓病の末期で尿毒症にかかっていて亡くなる寸前だということは知らされてはいなかった。八週間が経とうとしていた。「今日は調子が良かった」とか「あまり良い日ではなかったわね」とか「たぶん来週には退院できるんじゃない」と大人たちは母をお見舞いに行くと、向こうの部屋で何か内緒話をしながらも私に伝えるのであった。

週日に母を見舞うのは難しかったので、週末しか私は母の所に行けなかった。週を追うごとに母の容体は悪くなっているようだった。肌は青白く生気を失っているようで、毒が体中を腫れさせ脚の色も変えてしまっていた。

母は私に会うと細い顔を笑顔で一杯にして明るく振るまっているが、それもすぐに消えてしまうのだった。私を育て温かく包みこんでいた母はいなくなり病人がそこにいるだけだった。私は母が私のもとにいつ戻ってくるのかということを知りたかった。

ある晩、父とシェリーが病院に行っている間、私はベッドのそばにある電話に手を伸ばし、やっとの思いで（いらいらしながら）アパートの上に住んでいるパーリーに電話をした。彼女は私の母とは高校生のときからの友達だった。

「もしもし、パーリー」。胸で息をしながら「下りてきてくれない。話したいことがあるの」と続けた。

茶の間を通って玄関のドアの所までやっと歩いていった。鍵を開けてドアを開けると彼女が立っていた。パーリーが色あせたひじかけ椅子に座り、私は金とオレンジ色の花模様のついた長椅子の縁に腰かけた。

「パーリー、いったいどうなっているの?」私は勇気をふるって聞いてみた。とにかく何でもいいから知りたかったのだ。「母の本当の具合はどうなの?」

彼女は厚いレンズの眼鏡を整えると「見通しは良くないわ」と続けた。

私は息を飲むと、涙を流さないでその事実を受けとめた。これで私も気持ちの準備ができる。

その後母に会うことはなかった。母は三日後の雨の淋しく降る金曜日、ハロウィーンの二日前に亡くなった。その日の午後、パーリーが私を迎えにバス停までやってきた。私は彼女が何か言う前に何が起こったのか悟った。私はシェリーの隣の青い椅子に座って彼女にしがみつきながら声を出して泣いた。ダイナ叔母さんは悲しみと私たちに対する同情一杯の目をしてとまどっていた。

私の知らない多くの人が弔問に来てくれた。家の中は多くの人で一杯だったが、私は何も感じなかった。多くの弔問客は夜遅くまで残って話をしていた。

父と叔父が私たちの寝室で寝ていたので、私と姉は両親のベッドで寝ていたがなかなか寝つけないでいると、台所でひそひそ話す声が聞こえてきていた。

「アル、おまえこのアパートをどうするつもりだ」と誰かが父に尋ねた。

「シェリーも後二、三年で嫁に行くだろうし、そしたら俺とデニースだけがここに残るだろうからこんな大きな場所はいらなくなるな」と父は答えた。

私は皆がそれに同意するようにうなずいているのが見えるようだった。皆はきっと可哀想なアル、これからは身体の不自由な子どもの面倒を一人でみなくちゃならないんだからと思っているに違いなかった。それもこれからどれくらいの間かは誰も知りはしないんだからと。皆の同情心が鏡にかかっているカーテンよりも重くアパート全体を包んでいるようだった。

暗い影の上に横たわるようにして私は怒り、悲しみ、そして痛みで一杯のしょっぱい涙を拭いた。彼らの寂しい声が私を恐怖に落としいれた。もし彼らの言うことが本当になったら……。これからずっと何もしないで父と暮らすようになったら、どうしたらいいんだろう。母はもういないんだ。私を信じてくれていた母はもうこの世にはいない。全部自分でしなければいけないんだ。でも私はまだ一五歳だ。私に何ができるって言うんだろう。私は彼らが考えているよりもっと素晴らしい人生を送りたかった。

姉のシェリーと私は母が亡くなった後、ずっと親しくなった。注目を得ようと張り合わなければいけない人がいなくなって、私たちの間のぎくしゃくしたものが消えていったのだ。シェリーは家族の中で一番私のことをわかってくれていた。私はいつも優しく、天使のようで、勉強好きで、本ばかり読んでいる子と思われていた。(それは他に何もできることがなかったからだった。他の子どもたちと走ったり遊びに行ったりすることができなかったのだから。)シェリーはそれ以外の私もわかっていてくれた。皆の前で話をすることはなかったが、私がいつかは結婚したいと思っていた夢をシェリーが壊すようなことは一度もしたことがなかった。私がニールと結婚したときも、早く伯母さんになりたいと言ってくれていた。彼女は今回の旅行に行く前にデービッドのことを打ち明けたたった一人の身内だった。

デービッドのことを話したくて、上着を脱ぐと急いで彼女に電話をした。「シェリー、とっても可愛い子だったわよ。写真をすぐに送るけど、写真以上の子だったわ」。

姉も興奮していて子育てには何が必要かとか、どんな本を読めばいいとか、はては養子の子にどうやって母乳を与えるかというような余計なことまでまくしたて始めた。彼女の友達が養子に母乳を与えることに一生懸命らしい。それはちょっとやりすぎのように思うが。本を読むことや母乳を与えることが私にとって今それほど大事じゃないことが姉にはわからないのだろうか。

「ところで、お父さんとリタ叔母さんにはこのことを話したの？」と私はちょっと不機嫌になって話題を変えた。シェリーと私が子どもの頃からあった反抗心は未だになくなっていなかった。「何て言ってた？」

「あんまり喜んではいなかったわね」と詳しく話したそうだった。「リタ叔母さんは、あなたが何を考えているかわからないって言うし、お父さんは、どうしてそんなことをするんだ、頭でもおかしいんじゃないか、正気の考えじゃないって、私を怒鳴り始めたのよ」。

彼らの反応に私は驚きはしなかったが、ちょっと淋しい気持ちはあった。私はため息をついた。「叔母さんとお父さんには私から手紙を書いて、写真も送るわ。写真でも見たら気持ちが変わるかもしれないし」。「そうね」と姉は私に同意すると、「わかってもらえるまでちょっと時間をかけるといいわ」と付け加えた。少なくとも私には姉がいた。「シェリー、子どもがここにきたら、手伝いにきてくれるわよね」。「仕事や子どももいるし、まだよくわからないわ」。「シェリー、お願いよ」。私は自分が大の大人だということを忘れて必死で姉に頼んでいた。そして頼みこむ声をぐっと飲みこむと今度は落ち着いた声で「ここに来てくれたら本当に助かるんだけど」と言ってみた。「そうね、たぶんイースターの頃ならなんとかなると思うんだけど」と彼女は言ってくれた。

デービッドはその前にここに来るだろうけど、私はそれ以上頼むことはしなかった。姉が何もかもほったらかしにしてニューヨークからやってくることはできなかった。でも母が死んだ二〇年以上も前から私はずっと一人だった。私はその時のように一五歳の娘に戻ったような心境で誰かにそばにいてほしかった。私が助けを求めて呼んだらすぐに来てくれる母のような人に。なんて皮肉なことなんだろう、デービッドは家族を見つけたというのに私はまだそれを求めているなんて。

電話を切ると、ニールが私を呼ぶ声が聞こえてきた。彼は寝室のベッドの上で下に何も着ないで座っていた。

「これから買い物に行かなくちゃ」と私はドアの所から声をかけた。

「土曜日の夜にスーパーマーケットになんか行きたくないわ」と私はうめくように言った。

「君が買い物のリストを書いたら僕が後でちゃんと行ってあげるよ」

「わかったわ」とうなずくと私も寝室のベッドへと行った。

私は買い物に行く気分でもなかったが、今セックスをする気分でもなかった。でも、興奮しすぎて疲れたせいか、車椅子から降りて温かいベッドに入るのは今の私にとって魅力のあるものでもあった。

ここ何年間の私の性体験からわかったことは、私は実際にセックスをすることよりそれについていろいろと考えていることのほうが好きだということであった。もちろんニールと付き合うまではそんなことに気づきもしなかったが、私は感情なしに肉体的な関係だけに満足できるにはちょっと「堅物」

と言ってもいいかもしれなかった。その上、あまりよく知らない人に自分の身体や心を預けることができるとは思えなかった。結婚してすでに三年半が経っているとはいえ、妻として女性として相手に何を求めているのか、どうして欲しいのかということは、未だに伝えたり理解してもらう努力をしている最中だった。

私にとって恋愛という感情は絶対に不可欠なものだった。でもニールは恋愛とセックスは別々のものだととらえているところがあった。

ニールは確かにセックスに関しては私よりは経験が豊富だった。私との前に四年間他の人と結婚していたという経験もある。彼いわく（わんぱくそうに微笑みながら）、彼の最初の奥さんも私と同じ感想を持っていたらしい。ニールが恋愛うんぬんに関して苦手なのは身体的に制限された環境で育ったということ以外に、自分の身体に対する態度や自分の得意でないことからの逃避によることが大きいのではないかという想像がつく。自分の身体に対する態度に関しては、彼は自分の周りを清潔にする、身ぎれいにするという以外には自分の身体に関してほとんど何の興味も示さなかった。それでも誰かが彼をハンサムだということを耳にしたり、私が彼の腕のセクシーさをほめたときに見せるちょっと得意そうな笑顔も私は見逃してはいなかった。彼のそういった態度が自分のハンサムさを認めていないせいか、それともそういったことは余計なことだと思っているせいなのかは私にもよくわからなかった。

得意でないことという点については、ニールが私の首すじや耳の裏などの一番感じやすいところへのキスや愛撫があまり好きではないということは事実であったが、彼自身セックスが嫌いということはなかった。もちろんキスや愛撫をするときは細かな動きが必要だし、私の細い首に対して彼の手が大きすぎるというのも本当だった。でももうちょっとなんとかしようという努力だけでもあれば有り難いのだが。ニールにはまだそこのところがよくわかっていないようだが、三年半の結婚生活の成果の現れがちょっとずつでてきたのも確かだった。彼が（ベッドの中だけでも）フレンチキスができるようになったことには、彼自身驚いているようだが、けっこうそれが嫌いでもないらしかった。

私が服を脱いで寒さに震えながら布団にもぐりこんだときには、ニールはもうすでにベッドに横たわっていた。彼のそばに近寄ると乗り気じゃなかった気分がもうすでにそうではなくなっていた。それもそのはずだ、私たちは四日間も離ればなれになっていたのだから。最後のほうは、彼のいない夜が本当に長く感じられた。今となっては、久しぶりに一緒にいられることや、私達が親になるということを祝う方法はセックス以外には考えられなくなっていた。

「何か甘い言葉をささやいてくれない？」と私は、はにかんで彼に微笑んでみた。

ニールは筋肉質の長い腕を私の裸の腰にまわしてきた。彼は私を温かい自分の身体のそばに寄せると唇を私の耳につけた。そっとそしてはっきりと「甘い言葉、甘い言葉」とささやいたのだ。

もちろん私は笑い出したが、ここでも彼は大事なことを忘れているようだ。ユーモアは私を興奮させたりはしないことを。

彼のほうに頭を向けると彼の笑った青い目が魅力的に輝いて私を我慢できなくさせた。私の指が彼のあごひげをなでると、私は彼のそばかすにキスをした。

彼は私をぐっと抱き寄せた。私はダイヤモンドの形をした彼の胸毛とその匂いにむせないように私の頬を彼の胸に押しつけた。彼の強くしっかりした心臓の音が聞こえてきた。優しさがそこにはあった。彼のとがったあごが私の首を突ついたり、肘が私の身体にあたったり、私の上に覆いかぶさろうとして（セックスのときの私の一番好む体位）彼の緊張のある骨ばった脚が私の膝を押さえつけたりと、彼の優しさが動作には現れにくいのだ。でも彼のかすかな甘い香り、冷たくてなめらかな肌、青白く半透明な硬い胸に彼の優しさがあった。そして私を受け入れる優しさ、私たちのセックスに対する満足感が彼の優しさだった。私は右脚を彼のねじれた両脚の間にちょっと滑りこませた。彼の背中をさすって、左脚を彼の脚の内側に優しくこすりつけると彼の口が私の胸へとおりてきた。

彼は動きを止めて、頭を上げるとこう尋ねた。「どう、自分でやってみる？」（ニールと私の間ではマスターベーションがセックスの一部になることがよくあった。自分の身体は自分がよく知っているのでその行為がお互いを傷つけるということはなかったし、時にはその行為がお互いの絶頂へと導くこともあった。）

今、彼の身体から離れたくなかった私は「ううん」と答えた。彼が私をどんなに欲しいか想像がつくのでそんなことを尋ねてくれる彼がとても愛おしくなったが、今は彼を私の身体の中に感じたかった。

私は枕の下にあった柔らかい香りのローションに手を伸ばした。ニールがその蓋を開けると私の手のひらにそれを出してくれた。私の手は布団から出るとニールの脚の間へと伸びていった。私が彼を優しく愛撫し出すと、彼が私を強く求めているのを感じ私の身体は震えた。彼はまるで柔らかい革の手袋のように私の中にゆっくりと滑りこんできた。

「とってもいいよ」と彼はつぶやく。

「私もよ」

彼は自分の身体を強い腕で支えながら、やせた下半身で私の脚を包みこもうと身体の向きを変えた。私が彼を見つめるとお互いの目がぶつかり合い、言葉やジェスチャーで表現する以上の気持ちがわかり合えるようだった。彼の規則正しい動きが私に心地よい痛みを与え私の奥から声にならないうめきが出た。私は彼の動きがこのままずっと止まらないことを願っていた。

「もう限界だよ」と切迫したように彼はささやいた。

それはまるで私に許しを請うように聞こえて、いつもその言葉を聞くたびに笑いがこみあげてくるのだった。

ニールは身体を私の中に落とすようにして身震いをした。

「大丈夫?」彼はうめくようにして「ああ」と答えた。

私は彼の身体に自分の腕を回すと浅い眠りについた。数時間後、二人ともっと楽なかっこうで横になった。再び私が目を開けたときはすでに外は暗くなっていた。

ムームードレスを羽織るとニールが服を着ている間に私は台所へと行った。夕食は簡単なものにした。今日はもうすぐ首にする介護人のチャバラは週末で休みなので、私たちだけで気楽なのだ。最近の技術の進歩にこういうときは大感謝だ。私があまり切れの良くないナイフでホットドッグを切っている間、ニールは電気の缶切りを使って豆の缶詰の蓋を開けた。私は鍋の中にバーベキューソース、黒砂糖、そして冷凍の玉ねぎのみじん切りを入れた。それを私の膝の上から調理台の上そしてオーブンの中へと移すと、冷蔵庫の中からちょっとしなびたサラダを出した。オーブンの中の鍋が温まるとニールがそれを取り出して食堂のテーブルへと持っていってくれた。こんなふうに熱い料理を扱うのは私より冷静で、ずっと安定している彼のほうが上手だった。

土曜の夜の込んでいるスーパーマーケットに彼と一緒に行かなかったのはちょっと悪い気もしたが(ニールにとっては楽しいものらしい)、その間私はゆっくりトイレを使わせてもらった。(豆を食べたのも効いてきたし。)その後はクロスワードパズルをしようと長椅子に落ち着いた。

ちょうどその時、電話のベルが鳴った。そばにある黄色の電話を取って受話器を耳にあてようとして、膝の上にあわててペンを落としてしまった。

「もしもし」

長い沈黙の中に長距離電話のざわざわした雑音が聞こえてきた。私のお腹はきゅうっとなった。電話の向こう側にいるのがニールのお母さんだということはすぐにわかった。彼女はいつも私が電話に出ると、ニールじゃなかったことにがっかりするように沈黙するのだった。

「デニース?」

私は深呼吸をすると自分を奮い立たせた。「もしもし、ガータ。お変わりありませんか?」

「あまり良くないわね」とうめき声をあげるように答える。「あまり眠れないのよ」。目を固く閉じると　私はたじろいでしまった。

「どうしてですか?」

「どうしてか、ですって?」と彼女は繰り返した。「どうしてかって、気がおかしくなりそうよ。あなたは十分今の生活で幸せなはずよね。すてきな家だってあるし、好きなことをやってられるでしょう。それなのにどうしてこんなことをしようとするの。何のために病気の子どもを欲しいっていうわけなの？」

私は自分の身体の中に鈍い痛みを感じた。「病気ではありません。障がいをもっているだけです」。「障がいね」と彼女はいやいやながら言い直した。「あのね、そういう子を育てることがどれだけ大変か知っているでしょう。私は知っているわよ。私が全部ひとりでやったんだから。食事の世話も、着替えも、病院に連れて行くのも、訓練もよ。そのために夫と二人の子どもがどれだけ犠牲になったか。可哀想なスティーブ、あの子はまだ一三歳だっていうのに潰瘍からの出血で入院までしたのよ」。

可哀想なスティーブ。ニールの可哀想な弟が二〇年も前に潰瘍を作ったという話はもう何度も聞かされていた。ローランド先生とジェイ・コバロフの話のように、可哀想なスティーブと彼の痛みについては皆が同情をしていた。でもニールに関してはどうなのだろうか。治療のために彼は足のつま先から腰までギブスを巻かれていた。膝の腱（膝の後ろの筋肉）を伸ばすために一カ月もの間ギブスに固定されていたのだ。おかげでニールの脚はその後曲がったきりになってしまったし、その後腰の手術をしたときは六週間もギブスを巻かれていたのだ。その手術がもとで未だにセックスのときに彼の股関節がボキボキいうのが聞こえる。整形外科医はチャンスさえあれば患者の身体を使って実験をしたがるのだ。それがどんなに深い傷を身体にも心にも残すものであってもだ。

「デニース、わかってよ。私のような苦労をする必要はないのよ」

ニールのお母さんはものうげに言った。私は何か言おうとして吐き気がしてきた。

再び彼女は繰り返した。「病気の子どもなんていらないわよ」。私は電話を切った。

そのすぐ後、チャバラが玄関から入ってくる音が聞こえた。私は自動的に「入って」と答えた。

彼女のサンダルの音が床に響くのが聞こえてきた。

「こんばんは、デボラ」と私のヘブライ式の名前を呼んで挨拶をした。（彼女がここで働き始めたとき、そう呼んでいいかと聞かれ私はそれに同意した。彼女のイスラエル式のアクセントでそう呼ばれるととてもすてきな響きに聞こえたのだ。しかし、彼女を嫌いになるにつれて私をそう呼ぶのも彼女の策略のひとつだったのかもしれないと思うようになってきていた。）

「旅行はどうだったか知りたかったし、それにほうきも借りたかったの」

〝ほうき〟が土曜の夜にここにやってきた本当の理由に違いない。

「良い旅行だったわよ」と気持ちをこめてそう言ったが、次の言葉を続けるのを迷った。「でも、今はあまり良い気分じゃないの」。

彼女は長椅子の隣にあるロッキングチェアの端に腰かけると、「どうして？」と尋ねた。私は唇をちょっと噛んで、何が起きたか話し始めた。

「でも、どうしてあなたから一方的に電話を切ったのよ」とチャバラは私を侮辱したように逆らうような言い方をした。

私は泣くのをこらえた。そうよ、電話を切ったのは私だわ。まるで我がままでどうしようもない子どものようにね。彼女にはそんなふうにしか映っていないようだ。でも私の心の奥深くにあるこの気持ちを、彼女が想像できる範囲をとっくに越えているこの私の気持ちをどうやって説明したらわかってもらえるのだろうか。まるで彼女にはパッチワークの布の部分しか見えていないようだった。その布が長い間かけてどんなふうにして縫い合わされているかなんてことは想像もつきはしないのだ。

ニールとの最初のデートのとき、彼は彼の母親がとても「気難しい」人だと説明をした。ホロコーストでの体験を忘れようとしていた父親と違って、彼の母親はそこでの体験、思いを毎日引きずって生きていたそうだ。他の子どもが子守唄や童話を聞いて大きくなるように、ニールは母親からアウシュヴィッツやロッズのユダヤ人地区の話を聞かされて大きくなった。彼は母親の唯一の聴衆だったようだ。

「母は僕の知っている人の中でも一番強い女性だよ。母といたら、自分が何を求めているのかはっきりした気持ちを持っていないと大変なことになるよ。だって母はいつも相手の弱みを握ろうとしているからね。そしてそれがわかったら、それにくらいつくんだ」とニールは身振りを加えながら話した。

私にはそんな母親を想像することはなかなかできなかった。ニールが大袈裟に言っているだけだろうし、そんなに大変な人であるはずがないと思っていた。すべては息子可愛さからくる行動だろうと思った。そして私たちが付き合い始めて三カ月がたった十二月に彼女はここを訪れたのだ。

「母だよ」と、空港の出迎えゲートにある椅子の後ろで待っていると、ニールが教えてくれた。

彼女の写真は見たことがなかったけれど、フロリダからの飛行機から降りてくる乗客の列の中から彼女を見つけることは簡単だった。前後を背の高い人にはさまれた彼女は白い麻のパンツスーツで、シャンペン色をした髪は六十代の人に人気のあるスタイルでまるでマイアミの女性（マイアミではなく、フォートロードデールに住んでいるのではあるが）のようなかっこうをしていた。

ニールを見つけると大きく微笑んで、大きめのハンドバッグを持った手を振り子のように前後に振り回し始めた。もう片方の手には四角いバッグを手にしていた。すると突然、振っていた手が空中で止まり、彼女にしては珍しい（それは後で知ったのだが）微笑みが口元から消え去った。ニールと同じ弓形の眉毛の下の眼鏡の中の目が私をチェックし出したのが私には分かった。彼女の表情は驚き以外の何ものでもなかった。

彼女が驚きの表情をしたことに私はそれほど大きなショックは受けなかった。ニールが母親に送った私の写真はオークの木の下の芝生の上に座ってポーズを取っている写真で、ビニールと金属でできた車椅子に座った姿とはイメージがまるで違っていたのだった。

私たちに近づくにつれて早足になると、彼女は「ニール、会いたかったわ」と大きく叫んだ。当たり前のようにしてバッグをニールの膝の上に置き、小柄な身体を前に倒してニールの顔を両手で包み込むようにすると、振っていたハンドバッグが私の車椅子のスイッチに触りそうになった。慌ててモーターのスイッチを切ると、彼女はニールの額に赤い口紅をつけた唇でキスをしてその跡を残していた。

彼女が離れるとニールは前かがみになっていた。

「あなたのためにクッキーを焼いてきたのよ。どうこの袋。良い考えでしょ。これでいつまでも新鮮さを保てるでしょう」とそのバッグをニールの膝の上に置いて話し出した。

「お母さん、この人がデニースだよ」。彼はどもって言った。筋肉をひきつらせながら彼は私の姿が彼女から見えるように自分の身体を動かした。

彼女は「初めまして、デニース」と作り笑いを浮かべて挨拶をし、軽く私の頬にキスをすると、またすぐに息子に向かって話し始めた。「ニール、行きましょう。荷物はどこで引き取るのかしら、こっちのほうかしら」。

彼女がニールの膝の上に置いたバッグを手にすると、ニールは荷物引き取り所のほうを合図した。彼の母親はさっさとそちらのほうに向かって歩き始めた。彼女の後を追いながらニールの顔を見るとちょっと困ったような表情になっていた。

次の晩、ニールが私のアパートに寄ってくれた。「母親がどうしてせめてポリオの女性を選ばなかったのか、って言っているんだよ」と教えてくれた。「君に障がいがあるので、君が僕を利用したりするようなことはないだろうけど、でもどうしてそんな重度の障がい者なの、だってさ」と彼はにやっと笑いながら言いにくそうに言った。

私もまともに取らないでユーモアで受け取ろうと努力したが、その数日後にはあまりのひどさにおかしさを通りこしていた。

ニールの母親といると、何もかもが詮索されてまるで顕微鏡の標本にでもなったような気分だった。彼女にみつめられていると思うと、私のCPがますます重度になってくるようだった。緊張してストローを口にもっていくのもやっとという有り様だった。

ニールの母親はこの国に住み始めてすでに三〇年以上は経っているが、彼女が自由に話せる七カ国語のうちニールが理解できるイディッシュ語とポーランド語を使って、いつも息子と話をしていた。私は、イディッシュ語もいくつかの単語しか理解できなかった。アメリカで生まれた私の父が時々ロシア出身の彼の両親とロシア語を使って話をしているのを覚えていたが、アメリカ生まれの母の家族たちがそれを使うことはめったになかった。ニールはいつも母親に、私は英語しかわからないということを言い続けなければならなかった。

「あなたのご両親は、あなたに自分たちの言葉で話しかけなかったの？」ニールが初めて私は英語しか理解できない、と言ったとき尋ねてきた。それは彼女から私に話しかけてきた数回のうちの貴重な質問だった。

「はい」と答えるのは、彼女の口調には私が自分の先祖の言葉もわからないという批判が混ざっていただけに簡単なことではなかった。

眉を上げてうなずくと、二言三言、英語で何か言ったかと思うと、またすぐに元に戻ってしまうのだった。私の言語障がいがすべてを悪い方向へともっていったのかもしれなかった。彼女には私の言っていることが全く理解できなかった。二、三度私から彼女に話しかけた（二、三、言葉を言うだけだったが）ときも、ニールが言い直さなければならなかった。彼女が私と親しくなりたくないのは、イディッシュ語も話さない、そして私の家族がホロコーストの経験者ではないということ以外に、私の言語障がいが私と話をしたくないという理由にもなっていた。

私の両親の家族のどちらもがナチの悪夢から逃げることができたし、そんなこともあって私にとって家族の歴史というのはそんなに重要なことではなかったのだ。母方の家族は一八〇〇年代の初期にドイツからやってきて自分たちはユダヤ系アメリカ人ということを誇りにしていた。父方のほうは今世紀の初めに東ヨーロッパでのポグロム（ユダヤ人虐殺）から逃れてこの国にやってきた。反ユダヤ主義がどこか遠い国にあるというのは聞いたことがあった。移民の割り当て制限や差別がこの国でもあるのは知っていたが、医者や弁護士や学校の先生という特定のユダヤ人たちだけにそんなことは起きるというふうに思っていた。私の家族や親戚の多くはユダヤ人が密集している縫製工場や養鶏所の地域に落ち着いたし、政治的なことに関係したのは母の祖父方に数人いるだけだった。学校やキャンプで人種差別の言葉を聞いたこともあるし、口の悪い母方の祖父が直接そんな言葉を言うのも聞いたことがあるが、私たち家族が経験した反ユダヤ主義はアウシュヴィッツに収容された恐ろしさに比べたらほんのちっぽけなものに過ぎなかった。

ニールの母親の私に対する態度が私の障がいのせいなのか、私の生い立ちにあるのかは、はっきりしなかった。彼女は私を嫌いになるほど私のことを知ろうともしなかったし、私の存在そのものを完全に無視していたのだ。本当に我慢のならない人だと思った。

その週、私はニールのもう一面も見たような気がした。あれほど相手を上手に説得することができるニールが、母親の前に出ると自分の意見も私の考えも口にすることができなくなってしまうのだった。彼女が言うことすべてを彼は受け入れてしまうのだ。私は彼の沈黙が怖くなっていた。

「あなたのお母さんには、あなたをみじめな気持ちにさせる権利なんかこれっぽっちもないのよ」と、まるで古い洗濯機の脱水機にかかって心身共によれよれになったようなかっこうでニールが私の前に現われたとき、彼を説得しようとした。母親が彼に私の障がいのことをくどくどと言っているに違いない。

「でも僕の母親だから」と彼は力なく肩をすくめて言った。

「だから何なのよ」と私は言い返した。「どうして自分はこんなに幸せなんだ、ってお母さんに言えないのよ」。

彼は頭がもう一つある怪獣か何かのように私を見つめると、「そんなことを言っても、何も変わりはしないさ。僕の母はああいう人なんだよ」とつぶやいた。

「それでもちょっとは気分が良くなるでしょう」と私は強く言い放った。

私には三つ目の頭がはえてきたのかもしれなかった。この三カ月間のニールとの論争はいつも怒りや悲しみという感情に関してのことだった。私はいつもそういう感情を自分の中に押し殺すのは健康によくないことだと言い張ってきた。ほとんど自分の感情を表に出さなかった彼の父親が五五歳で心臓マヒで亡くなったのもそのせいだと思っていた。もちろんニールは自分の父親が死んだのはそれが寿命だったからだと言って譲らなかったが。

彼の母親がここを離れる前に、ニールと彼女を私のアパートに呼んでコーヒーとデザートでもてなそうと思った。それは、ただ単に、CPという障がいはもっているけれど、彼女が想像する良い妻をやることが私にだってできるんだということを証明したいためだった。（ニールは、いつも彼の前の奥さんより私のほうがよっぽど家庭的だと言っている。）コーヒーはインスタントだってかまわない。どうせ彼の母親はサンカ（インスタントコーヒーのブランド名）しか飲まないんだし、我が家のコーヒーメーカーじゃ二人分のコーヒーしか作れないのだから。私は彼女でもこの私の努力を少しは認めてくれるはずだと思った。

大袈裟に事を運ぶ代わりに、彼らが来る前に私のコーヒーは先に作って半分くらい飲んでいることにした。そうすればこぼさないで自分でテーブルに運んでくることができる。そして彼らを待っている間にニールのカップにはコーヒー、ミルク、そして多めの砂糖と前もって入れておけばいいし、お母さんはご自分で好きなようにサンカを作るだろうと思った。

ドアを開けると彼女はケーキ屋さんの四角い箱を持っていつものハンドバッグをぶらぶらさせながら私の前を素通りして行った。「おいしそうなケーキを買ってきたの。どこに置けばいいのかしら」と言った。「ここに置いて下さい」と台所にある小さいテーブルを指さして答えながらニールを見ると、彼はやっと入り口に入ってくるところだった。彼の顔は青ざめていてとても疲れているように見えた。

「私が切ったほうがいいのかしら」とハンドバッグを椅子の上に置くとそう尋ねた。

クッキーを持ってきてくれればよかったのに。私は彼女を殴ってやりたい気分だったが、歯ぎしりをして我慢した。「ええ、お願いします。必要な物は全部テーブルの上に揃ってますから」。

彼女は自分のカップにお湯を注ぐとニールのコーヒーがまだ台所の棚の上にあって、できていないことに驚いた（ちょっとがっかりもしただろうし）様子だった。コーヒーとケーキをテーブルに置いて、ニールを台所に置き去りにすると、私は彼女を居間のほうへと案内した。

彼女はコーヒーとケーキを持って緑色の長椅子に座った。私は勇気を奮い起こして彼女のそばに近づいた。

「すてきなアパートじゃない」と彼女がささやく。

「ありがとうございます」と言いながらも彼女の誉め言葉を疑り深く聞いた。彼女には真っ白いじゅうたんやビニールのカバーがついた真新しい家具のほうがお気に入りかもしれない。私のアパートの床は車椅子が走りやすいようにリノリウムでできているし、長椅子も昔のルームメイトから譲り受けた中古品だった。私は深呼吸をすると一気にこう質問をした。「ところで、お母様は私とニールの関係をどう思っていますか？」

ニールがゆっくりと私たちに向かって車椅子を動かしている間、彼女はしわだらけの唇についたケーキの残りをナプキンで拭くとこう言った。「いいんじゃない」。そしてかすかにうなずくとこう続けた。「でも結婚はだめよ。それは、良くないわ」

「どうしてそうお思いになるんですか？」と固く結んだこぶしの関節が真っ白くなっているのを目にしながら聞いてみる。

「何もかもが大変じゃない」と彼女が答える。「あなた、障がい者でいることってそう簡単なことではないわよ」。

CPとして生まれ、生活して三三年、そんなことはとうの昔から知っていることだ。

「そうですね。でもニールも私もとても自立している人間です。自分たちでなんとか生活していけるはずです」と私は言う。「そんな二人が一緒に生活したら何でもできるはずです」。

「一緒に住むのはまあいいでしょう。でも結婚は絶対にだめよ」

障がい者であるということは世の中の道徳にさえあてはまらないことなのだろうか。たぶんこの場合は道徳はあまり関係ないことかもしれない。彼女にとって私たち二人は自立した大人というふうには映っていないのではないだろうか。

彼女はナプキンをたたみ、コーヒーカップを小さなテーブルから取ると、立ち上がり、白いセーターについたケーキのくずを払い落とすと、車椅子の中でぐったりうなだれているおとなしい息子の前を通り過ぎて台所に向かって歩き出した。この話題はそれでおしまいだった。

軽蔑的な言葉を吐いたチャバラにはもう何も言いたくなかった。彼女には障がいをもった子ども(それはニールであり、私が結婚した相手だが)を育てるのがどんなに大変で苦しいことだったかということをわめき続ける義理の母親の相手をするのがどういうことなのかなどということは理解できるはずがなかった。その上、ニールの母親が私が今までに見たこともないくらい幸せな子どもであるデービッドを「病気」だと表現したのを聞いてどんなに胸が痛んだかということも、チャバラにはわかるはずもなかった。結局はニールの母親にとっては私もニールも障がい者ではなく病人であり、私たちがどんなにがんばってもそんなふうにしか彼女は私たちを見ないに違いないのだ。

その上、チャバラにとっては電話を一方的に切っても何も始まらないということしか頭にはないようだった。そんな話を聞いていたら彼女の丸顔がどういうわけかニールの母親のように見えてきてしまった。

「そうね、あなたの言うとおりかもしれないわね」

彼女の言っていることが正しいと思わせるために仕方なく相槌を打つしかなかった。彼女に向かって会釈すると彼女はほうきを持って帰っていった。

玄関のドアが閉まると冷たい空気が家の中に入り込んできた。素肌の腕に鳥肌がたった。今日の午後に羽織った半袖の木綿のドレスは家中の隙間から入ってくる湿って冷たい空気からは守ってはくれなかった。車椅子に座ると、長椅子のそばにある壁のヒーターのスイッチを入れた。寝室にセーターを取りに行っている間、がたがた、しゅうしゅうとヒーターが鳴り出した。

私はため息をついた。私は自分が硬い岩やみかげ石でできていたらと真剣にそう思った。そうしたらどんな人の言葉にも皮肉にも、鋭い剣で突かれるような同情の目にも、私が子どものときから浴びてきた鉄条網のような偏見にも傷つかないのにと思った。

鏡台に近づき、二段目の引き出しの取っ手に手を置きながら、目は引き出しの上に置いてあったセントルイスで撮った写真のたばに行った。一番上に置かれた写真に目をやると、それはデービッドと私が起きたばかりのところをコリーンが撮った写真だった。私たち二人の頭が一つの枕の上にあって、私の寝起きのくしゃくしゃになった髪と彼の赤みがかった金髪が一緒にからみあっていた。私は彼に寄りそって幸せ一杯の笑顔をしている。

私の目はもう一枚の、木製の額に入って壁に掛けられた目の前の写真の上で留まった。それはずっと大事にしていた私の子どもの頃の写真で、私と姉がマホガニーでできたテーブルの前でポーズをとっている。たぶん、私が四つか五つの頃だったと思うが、髪はまだ真っすぐな金髪で後から生えてきたくせ毛では全然なかった。その大切な写真を撮るために写真屋さんが我が家にやってきたのだった。私は補装具をつけていなかったのでたぶん週末だったのだろう。姉のシェリーと私は一番のよそいきを着ている。姉は黒い花模様がついた白いスカートに半袖の赤いセーター、私は茶色の花模様の白いスカートに大きな青い襟にそれとおそろいの袖口の半袖のブラウスを着ている。私は脚を組んで、椅子から落ちないように姉の腕に自分の手をからませ、物欲しそうな顔をして座っている。

四歳のとき、私はすでに他の人の目に自分がどう映っているかわかっていた。ほとんど歩くことも話すこともできず、階段を抱っこされて上がり下りし、食事も食べさせてもらい、医者や理学療法士のところに連れて行かされる可愛い子が私だった。私は善良な家族の悲劇と見なされ、家族の知り合いは私の母に同情を寄せると同時に、献身的に私に仕えることを誉めたたえていた。でも私はたった四歳でありながら、自分が悲劇ではないということも知っていた。

電車ごっこをしていて蒸気機関車になりたいなと思ったことはあっても、私は一度も障がい者でなければいいなと思ったことがない、ということを多くの人たちが知ったらそれはちょっとした驚きであろう。あるいは、社会の偏見がちょっとは少ないポリオになりたいと思ったこともない。実際、ポリオには大きな欠点がある。ポリオだったらバレリーナのまねをすることもできない。ポリオにはつま先立ちできる強い筋肉もないし、くるっと回転することもできない。それに補装具をとって自由を味わうことだってできやしないのだ。他の女の子のように大きくなったらバレリーナになりたいと思うことはあっても、私の障がいのCPが私の将来、どんな人になりたいかや何をしたいかということに影響するだろうと思ったことはなかった。

もう一度、鏡台の上にある写真に目をやって微笑むと強く頭を振った。ニールの母親は意地悪をしようと思ったり、鈍感だったわけではなかったのかもしれない。彼女は障がいに関してある種の感情を抱いているにすぎないのかもしれない。それを私が変えることはできないが、デービッドは私たち家族の悲劇ではないということをわかってもらうよう努力することが、彼女に対する手助けになるかもしれないのだ。彼女ならそれをわかってくれると思った。アウシュビッツでの経験、ニール、ニールと私との結婚、そして今、CPの障がいをもった孫と、すべてを悲劇ととらえている彼女。ニールの母親の人生は大変で苦痛を伴うものだったのだろう。戦争は四〇年も前に終わっているが、彼女の思い出はそのままだし、悲劇もそのままなのだろう。彼女の断固とした強い意志はたいしたものだ。それが彼女を支え、彼女を前に進ませたのだ。そんな彼女とやっていくのも大変なことだ。でもニールのため、自分のため、そしてデービッドのために私は自分の強さを保っていかなければならないと思った。

もうすぐデービッドの部屋になる場所にある机に向かって気合いを入れると電話をかけた。

「ごめんなさい。勝手に電話を切ってしまって」と彼女の声を聞くとすぐに謝った。

「デニース」と彼女の声が弁解するように聞こえた。「あなたを傷つけようとか困らせようとしたわけではないのよ。でもあなたとニールがしようとしていることは簡単なことではないわ。私にとっても簡単なことではなかったわ。ニールが小さかったとき、あの子は話すことも歩くこともできなかったのよ。私が食事の世話をして着替えをさせたんだから。毎朝、朝ご飯が終わるとテーブルの上に毛布を広げてその上であの子の機能訓練をしたのよ。私はあの子に一日でも早く自立してほしかったの」。

「そして、そうなったじゃないですか。お母さんのお陰で今の彼がいるんですよ」。私は彼女が理解できるよう簡単な言葉で彼女を誉めようとした。

でもそれは彼女の耳には入らなかったらしい。彼女はこう続けた。「私は一生懸命だったわ。それはわかってもらえるでしょう。あの子を医者、理学療法士のところに連れていかれるよう、車の運転も覚えたわ。もちろんあの人たちにはニールのことなんか何もわかってはいなかったけどね。あの子にとって何が必要かってことは私だけが知っていたのよ。私はあの子を刺激しようとがんばったわ。本当に頭の良い子だったんだから」。

「だから今の彼がいるんですよ。お母さんの努力がみんなむくわれたんじゃありませんか」と私は言った。

「そうね」と彼女は私に同意しながらも、自分の答えに驚いているようだった。

「あなた、子どもにはもう会ったの？」

「はい」

「どんな具合？　周りに対しては敏感なの？」

「ええ、それはもちろんです」と私はすぐに答えた。私は彼女の機嫌を取るようにこうも付け加えた。「本当のところ、CPはとても軽度のようなんです。とても可愛い赤ちゃんです」。

「何でも食べるの？」

「ええ、まだミルクですけどね」

「哺乳瓶から飲みこめるの？」

「全然問題はないです」。ニールの口まねをして答える。「もう八キロ近く体重はあるんです」。

「それは大きな赤ちゃんね」と笑いながら彼女は答えた。

あまり親しくはないけどつながりのあるニールの母親や姉弟に私の言ったことがどれだけ影響力があったかは定かではないが、その晩からデービッドに対する冷たい言葉は、少なくとも私たちの耳に直接入ってくることはなかった。しかし私もそれほど馬鹿ではない。ニールの母親は私たちが子どもを貰うということそのものを気に入ったわけではないはずだった。が、彼女が私とニールの結婚を認めたように今回のことも認めざるをえなくなるのは時間の問題だった。

第五章　いくつかの細かいこと

一日中、ニールの母親の電話のせいで気分がすぐれなかったが、その後は「なんとかやろうムード」に全体が変わってきた。ニールはデービッドが我が家にやってくる日を、今日から数えて一カ月に一日足りない三月二十日と決めた。

私は彼をにらみつけ「それじゃ時間が……」と抗議しようとすると、「ピアノを売るのにだろう？」と遠まわしに笑みを浮かべて、私の代わりに言い終えた。「ニール、どうやってそれまでにすべてやり終えるの？」

「また、細かいことが始まった」と彼は気どって言い返した。

私は彼をきびしくにらみつけると、私が細かいことに振り回されるのを想像した。

玄関のドアがノックされて私たちの会話が中断された。ニールが紙オムツの箱を抱えたカレンとジョンのためにドアを開けに行っている間、私は台所に座っていた。彼らは私たちの子どもを歓迎にやってきた最初の友人たちだった。

私もニールも助けを求めるのが苦手だった。私たちは相手に押しつけてものを頼むことをしたくはなかった。私たちは、子どものときから物理的な助けを求めることが多かったせいか、家族がいやいやながら私たちを助けているんだなということがとても敏感にわかるのだった。誰も私たちに直接、

「いやだ」と言う人はいなかったが、深いため息やちょっとした皮肉な言い方でそういう雰囲気は伝わってきた。着替えや食事の世話をしてもらうだけでも十分なのに、その上買い物に連れて行くことを頼むなどはいくらなんでも相手に頼りすぎだった。私にとって自分の気持ちはいつも飲みこむことが当たり前になっていた。それは、何度か自分の感情を表現したときに、反対に相手に対して思いやりがないとか、我がままだと叱られたからだった。私の怒りや痛みが相手にとっては我慢できないものらしい。家族でさえそう思うのだから、どうして友達にそんなことが期待できるというのだろうか。

私は子どもの頃、いつも、母や大人の周りで時を過ごしていたように思う。近所に多くの子どもが住んではいたけれど、その子たちと階段を上がったり、下りたり、追いかけっこをしたりという遊びが一緒にできないというのが理由だった。雨の日、子どもたちの母親たちがアパートでマージャンをしているときは、子どもたち（姉のシェリーも含む）はいやいやモノポリーのようなゲームや着せ替え遊びに私を加えてはくれたが、私の役はいつも悪い魔女やいじわるな継母だった。そのせいかそんな日が私は大嫌いだった。

読書好きで、ユーモアのセンスもあって、彼らの会話やマージャンの邪魔もしない私を大人はとても気に入ってくれていた。五〇年代や六〇年代にはおとなしくて可愛らしい子どもが皆のお気に入りだったのだ。

小学校にも私はあまり友達がいなかった。分けられていた保健の授業（障がい児のための特別なクラス）のときも私はひとりだったが、それは好きでそうなったのではなかった。私と同年齢の子どもたちは私を変な目で見ていたし、「良い子」というレッテルを私に貼っていた。成績が良くて上のクラスに入ったときはほとんどの生徒は頭が良いだけの一一歳の子の相手などしてくれなかった。その上、学校での友人関係は学校の外での生活には何の影響も与えなかったのだ。私たちは近所に住んではいなかったし、子ども同士でお互いの家に行くことはできなかったので、放課後や週末に遊んだり、映画を観に行くことなどできなかったのだ。また、特殊学校（名称さえいやだが）の中では一緒に遊んだり何でもないと思っていた人種や文化の違いが学校の外ではそうではない、ということにも気づいていていた。黒人やヒスパニック系、カトリックやプロテスタント、裕福な子、貧しい子といろんな子どもたちと一緒に学校には通ったが、人種的、宗教的、そして社会的に差別をするような言葉が「自分の仲間」の中で言われるのを聞いていた。私はどのグループにも属していないような気分だった。

父は私が高校や大学のときに障がいのない友達をつくったり、キャンプで年の近いカウンセラーと知り合いになることにとても驚いていた。父は私を、いつも誰かのお荷物に（全くの間違いでもなかったが）なると決めつけていたので、そういう友達を聖人のように思っていた。私が少しでも彼らと反対のことでも言おうものなら、私をひどく責めるのだった。

「ジーンはポーラとアリスを誘って遊びに行ったのに、私には声をかけてくれなかったのよ」と私が文句を言う。

「デニース、そんなにどこにでもお前を連れて行けないだろう」。また、それだ。「友達がいるだけでも有り難いと思え」といつもの決まり文句だ。

「いろんな所に連れて行ってもらっているだろう」

父に言わせると、私が友達とどこかに「行く」のではなくて、いつも「連れて行ってもらう」だった。友達が私を映画や食事に連れて行ってくれていた。

車椅子を押して教室に連れて行ってくれたり、下り坂のときは彼らが私の車椅子の後ろに乗ったり、ニューヨークの地下鉄では彼らに車椅子をかかえてもらったりしていた。

そういった現実の物理的な問題や、ギブ・アンド・テークという人間関係に慣れていなかった私は、彼らと一緒に同等の立場でどこかに行くほど彼らを信用していなかった。常に私は仲間に入れてもらえるのを待っていたし、私から彼らに何かを頼むなどということは余計な負担を負わせることだと思っていた。父や多くの大人が思っているように、友達には感謝をして一緒に行けないことは受け入れるだけだと思ってもいた。しかしそんな気持ちは変だとも思い始めていたし、正しいことでもないと思うようにもなっていたが、私には障がいがあるので、友人関係はお互いの都合の良いようにとも思っていた。

カリフォルニアに住んで五年以上になるが、友達との関係をつくるのが私はまだちょっとぎこちないし、自分を同等の立場だというふうに思うことが特に障がいをもたない人を相手には難しいのだ。でも二カ月の赤ん坊を目の前にしている今は、人からの助けをプレゼントとして遠慮なく、そして快く受け止めることが、私にとってもニールにとっても必要なことのようだ。そして私達の友人の多くが心から助けたいと思っていることにも気づいていた。

友人のキャサリンはピアノを買ってくれる人を探してくれた。（次に私が頭を悩ますものを探さなければならなくなった。）カレンとジョンはデービッドの子ども部屋になる部屋の壁塗りをしてくれるそうだ。コリーンに私たちの電話番号をおしえて、生後五週間の赤ん坊の家庭を探すのに協力してくれたジュディは、子どもの歓迎パーティーを開く計画を立ててくれている。

「本当に大丈夫なの？」と私は疑り深くジュディに尋ねてみた。

「どうして？」

「だって、ふつう歓迎パーティーって子どもが生まれる前にやるものでしょう」

「デニース、何言ってるの」と彼女はニールがいつもやるように私を軽くにらみつけて微笑んだ。

私はただ降参するしかなかった。世界的な障がい者運動の第一人者であるジュディを相手に口論する気はなかった。ニールは彼女を五歳のときから知っているそうだ。同じ小学校に通って、給食の時間にはポリオの後遺症で手も脚の動きもままならないジュディが、ニールともう三人のＣＰの子どもたちの面倒を見たということだった。ニールに言わせると、ジュディの食べさせ方が今までで誰よりも上手だったらしい。彼らはお互いに姉弟と呼び合っているので、ジュディは私にとっては「義理の姉」にあたるような存在だった。

ちょっと考えて、私はジュディに従うことに決めた。

こんなふうにしてデービッドが周りから受け入れられるのも、私の喜びを皆と分かち合えるのもなんて素晴らしいことなんだろう。準備しなければいけない物がたくさんあってどこから手をつけていいのかもわからないくらいだった。招待したい人ともらいたいプレゼントのリストをジュディに手渡し、すべてを彼女にまかすことにした。

金曜日の夜、殺風景で茶色のカーペットの敷かれた自立生活センターの会議室に、百人以上の人たちが集まってくれた。招待者のリストに載っていない人も何人かやってきてくれたようだ。三賢人のように（実際にはその三三倍、いやそれ以上だが）大勢の人たちが洋服、縫いぐるみ、おくるみ、ゆりかご、乳母車、ベビーベッドなどのプレゼントを持ってやってきてくれた。

皆の善意には心から感謝の気持ちで一杯だったが、私にはまだ心配事があった。それは、子どもの世話の心配だった。付ききりのベビーシッターを雇うのは経済的に大変だったし、いくらきりつめてそれが可能だったとしても週末まで働ける人がいるはずはなかった。

それに何時間助けが必要なのだろうか。ニールとこのことに関して詳しく話をする機会がまだなかった。それは解決できていない山のようにある問題のひとつだった。私はあつかましくも、パーティーの最中にボランティアとして私たちに手を貸してくれる人を探すために名前を書いてもらう紙を回し始めた。その紙が皆の周りをまわっている間、私は友人関係を壊すことをやってしまったのではないだろうかと自問自答し続けていた。私の所に戻ってきたその紙には、八人の人の名前があった。何人かは困ったときに電話で助けを求めることができるくらいの親しい友人たちだったが、その他はちょっと知っているというだけの人たちだった。私は彼らの善意に感激すると同時に、生まれたばかりなのに人をこのような気持ちにさせるデービッドの魔法のような力に驚異を抱くしかなかった。彼の存在が私に助けを与え、その助けを得られたことは彼のお陰としか思えなかった。

お手伝いのチャバラでさえデービッドの影響を受けた様子だった。ある日の午後、台所の中をあっちこっち行きながら、鍋やフライパンをがちゃがちゃいわせて彼女が夕食の準備をしているとき、彼女は私に話しかけてきた。

「デービッドは割礼してあるのかしら」

そんな質問をするのは（多分ニールの母親と）チャバラ以外には考えられなかった。

「もちろんよ」と私は笑いをこらえながら答えた。

「よかった」と彼女は答えると「デボラ、ちょっと考えてたことがあるの。もしあなたさえよければ、お風呂の中でデービッドにマッサージをしてあげたいんだけど。彼の硬い筋肉がリラックスするんじゃないかしら」と言った。

私は彼女の申し出に驚きながら「良い考えなんじゃない」と続けた。彼女のアイデアは理学療法士がデービッドの手足を伸ばして硬い筋肉を伸ばすことよりもずっと効果があるように思えた。熱いお風呂は私の身体もリラックスさせて、お風呂から上がると身体全体がふにゃふにゃになってまるで別人のようになる。私はチャバラが洗ったばかりの新鮮な野菜をゆでるために流しから隣のレンジに移すのをみつめていた。彼女のどっしりした黒い肩まである髪は、彼女が棚の上にある調味料に手を伸ばそうとすると上下、前後に動いていた。

「あのー」と私はためらいながら彼女に問いかけてみた。「チャバラ、今までに小さな子どもの世話をしたことはある？」

「ええ、もちろんよ」と彼女は答えた。「昔、キブツ（イスラエルの農業共同体）にいたとき、保育園で子どもの世話をしたことがあるわ」。

私は自分でも彼女に対する態度がちょっと柔らかくなっているのがわかった。もしかすると、彼女をここにずっと住まわせるのもそう悪い考えではないかもしれない。彼女と話し合って、私や私たちが何をしてほしいのかをもっとはっきりさせれば、彼女を辞めさせる必要もなくなるかもしれない。もっとはっきり言えば、新しい住み込みのベビーシッターを雇うことも避けられるかもしれないのだ。

ある晩の夕食後、私たち三人はテーブルに座って話し合いをした。ほとんどニールが話し手になり、チャバラは遠くのほうを見つめて話に耳を傾け、私はといえば、神経質そうにテーブルの下でナプキンを握りしめていた。

「知っているとおり、君を雇ったときは、ちょっと年の大きい子どもを養子にしようと考えていると言ったよね。そしてそれには時間もかかる、って言ったと思うんだ」とニールが話し始めた。「でも状況がちょっと変わって、あと三週間したら、赤ん坊が家にやってくることがほぼ本決まりなんだけど、それについてはどう思っているのかな」。

「神様のやることって本当に不思議だわ」と小さい笑いを含みながら彼女の口が開くと、ニールと私は口ごもりながらそれに同意するように「自分たちは、本当に恵まれていると思っているよ」とうなずいた。

私は勇気を奮ってこう言った。

「相談したいことがあるんだけど。これからどのくらいの手助けが必要になるのかちょっとわからないの。きっと今まで以上にあなたに頼むことが多くなるのは確かだと思うのよね。働き始めてもらったときは、あなたの希望した時間に私たちも同意したし、余った時間はあなたの好きな音楽をやることに何の問題もなかったのだけど、これから働く時間を今まで以上にしてもらうっていうのはどうかしら」

チャバラはテーブルの上の屑を集めながら、ちょっと呟きこんで「時間を増やすことに問題はないわ。お給料のことを相談しましょう」と言った。

「そうだね」とニールはいつものようにビジネス的に答えた。

私は黙って、チャバラが裏に借りている家の家賃がいったいどのくらいなのかニールに尋ねているのを聞いていた。今、彼女は私たちの手伝いをする代わりにその家をただで借りていたのだ。「本来ならその家の家賃はだいたい三五〇ドルくらいだよ」と彼が言う。自分の給料が公平に払われているということが確認されて、チャバラはニールの答えに満足をしたようだった。

私は交渉はすべてニールにまかせた。彼は一週間分の給料を一〇〇ドル余計に払うことを申し出た。家賃、食費、光熱費プラス週休二日、一日に六～七時間働いて、一カ月に四〇〇ドル余計に払うというのがこちらが提示した条件だった。私はこの条件は私たちにとってはとても厳しいものだとも思ったが、我が家の経済状態はニールのほうが詳しかった。チャバラは満足気だった。

私は言葉では言い表せないいやな気分になっていた。もちろん、チャバラに彼女の仕事に対して報酬が払われるのは彼女の権利だとは思う。また、もし彼女が思う妥当な金額が払われなければ、彼女が憤慨するだろうということもわかっていた。しかし、それと同時に何かが納得できなかった。彼女との金銭上の話し合いが私の気分を害していたのか、それとも他に何か理由があったのか私にもよくわからなかった。

「いつ子ども部屋の壁の色は決めるの？」と話題を変えるよう、彼女が尋ねた。

「たぶん、今週末かしら」と私は答える。「一緒にお店に行ってもらえる?」

どうして私は彼女を誘っているのだろうか。

「ええ、もちろんよ」と彼女は答える。「ここで過ごす時間が増えるのだから、私の決断も重要になるわね」。

決断はニールと私のだけで十分だ。でも彼女の言っていることもそう間違っていることでもないかもしれない。子どもじみた考えをするのはよそう。彼女が自分の仕事にやる気を出しただけでもうれしく思わなければ。

私が選んだピンクと藤色の壁の色を彼女が気に入ってくれたのは幸運だった。

もうすぐデービッドの部屋になる部屋を片づけるために何人かの友達に声をかけた。ダイニングルームの隣にあるこじんまりした書斎は、不釣り合いな家具の置かれた部屋だが、私にとっては家の中で一番お気に入りの場所だった。木の床には濃い青色のカーペットが敷かれ、周りから遮断された裏庭が見える窓にはクリーム色の木綿のカーテンがかけられていた。その四角い部屋には、ニールの木製の机が窓ぎわの壁に置かれ、反対側の何も置かれていない壁には彼のコンピューターのテーブルがあった。バスルームのドアと作りつけの押し入れの間には、私の机がちょうどよくおさめられ、古いタンスが(そのままこの部屋に置く予定だ)壁のヒーターのそばに置かれていた。たぶんこの部屋は我が家では一番暖かい場所だ。午後からの陽がよく当たり、両側に部屋があるおかげで冬の隙間風は入りにくく、我が家にあるたった一台のヒーターからの暖かい空気が入りやすくなっていた(そしてその空気が隣のリビングルームに行くようになっていた)。バスルームと私たちの寝室以外では唯一ドアのある部屋でもあった。

私は考えたり、物を書いたり、電話をかけたりして一日のほとんどの時間をその部屋で過ごした。机もコンピューターもリビングルームとダイニングルームに面した玄関のすぐそばにある奥まった小部屋に移すことになっていた。これらの三つの部屋がそれぞれ隣り合って家の中に伸びていた。

私の意志が及ばなくなるようで、何かを変えるということはあまり好きではなかった。私自身を無視されているようだし、その変化からは何の思いやりも感じられないような気がするのだ。コンピューターのように、私の気持ちとは関係なく私の場所が勝手に割り当てられたようだった。自分でも自分の気持ちがよくわからなくなっていた。自分の部屋を使えなくなっただけのことにこんなにむきになるなんて。デービッドが昼寝をしているときやチャバラがいないときはほとんど自分の時間として過ごせるし、書くことだってその新しい部屋でできるはずだった。しかし、私にとって部屋を変えるということはそれだけではなく、根っこのようにもっと深い意味のあることだった。

すでに自分の世界を持っているニールと違って、私にはまだ社会の中の自分の位置が確立されてはいなかった。確かに私自身、そう悪くはない人生を送ってもいる。でも未だに、子どもの頃に大人になったら私は植物人間にしかなれないと予言したあの医者の言葉が頭にこびりついていた。私にも夢はあるが、三六という年齢になって、その上、突然、母親になろうとしている今、私の夢が実現するはずはないと、母親になるからではなくて、自分にその資格がないようで恐ろしくなってきたのだ。

物書きになるという夢が膨らむにつれて、それ以外の仕事をすることには興味がなくなってきていた。子どもの頃からの夢だったそれが最近になって再び大きくなってきていた。最初は母のほうが私にそんな夢を持っていたが、大きくなって自分の気持ちがはっきりするにつれて、私もその夢を真剣に考えるようになっていた。他の子ども同様、養護学校の先生や母親の励ましは常にあった。でも障がい者の枠の中でない、一般社会の中で通用する才能が自分にはあるのだろうか。自分にはそんな自信がこれっぽっちもなかったし、特に母親が亡くなってからは、自分の無知さが世間に知られるのを非常に恐れていた。批評や批判が怖くて、若い頃は、書くということが自分の気持ちや考えを表現するのと同様に、新しく何かを作り出すことだと気づくこともできないでいた。

ひよこが卵からかえるように、私も自分の不安定さから殻を破るように少しずつ抜け出し始めていた。サンデー・バウチャーという師にめぐり会い、彼女の教室に通い始めていた。そこで知り合いになった女性たちは、私のように今までずっと抑制していた心の「声」を表現する方法をひかえめながら探し出そうとしていた人たちばかりだった。（サンデーは私の心の声がそれほど抑制されているとは思っていないようだが。）私は自分の「声」を大きくそしてはっきりと表現することが気に入り、苦心して下書きをするたびに、次第にはっきりとそして明瞭に表現できるようになっていった。三年が経ち、いくつかの作品を出版できるようにもなっていた。しかし、今私の人生に大きな転機が訪れようとしている。書くことの大切さや正当さを時間やエネルギーがないという理由で失うのが怖かった。自分の仕事場をあきらめなければならなかったように、書くこともあきらめなければならないようだ。

新しい場所に置かれたコンピューターの前に座ると、仕事に対してだけではなく、自分に疑問を持つ気持ちから抜け出すのがより一層難しくなってくるようだった。ドアのないこの部屋を見渡すと、私が求めていたのではない家が見えてきた。この家にはもう四年近く暮らしているが、大学の寮に住んでいるような何かしら落ち着きのなさを感じるのであった。

この小さな、寝室が二つだけのこの家を私たちは十代の息子のいる未亡人から購入した。粗末な家具だらけで、壁には茶色の縁取りに飾られたうんざりするような青い壁紙が貼ってあって、バスルームの床はオレンジ色と茶色のタイルが敷きつめられた家だったが、ニールには何かピーンとくるものがあったらしい。車椅子がぶつかるような狭い角や廊下がないという間取りが最高だったらしい。築五〇年のこの古い家には、ダイニングに石でできた暖炉があり、天井には天窓、ダイヤモンド状の縁取りが窓についていて、何とも言えない魅力があった。私たちが住むようになって、全体をクリーム系統の色づかいにして温かみを出し、キッチンも改造し、玄関まで木製の床に貼り替えると家全体が明るくなったようだった。

でも、改まって家全体を見回すとがっかりしてしまうのも正直な気持ちだった。ロッキングチェア、灰色のツイードでおおわれたソファベッド、壊れた枠のついたティファニーのかさのアンティークランプ、オフホワイトの革製の寝椅子、安っぽい真鍮でできたフロアスタンド、縞模様の椅子（これは友達からの借り物だった）と、三六歳にもなるのに未だにニールの最初の結婚生活の遺物である家具と私が昔から使っていた家具がごっちゃまぜに置かれているような家に住んでいるのだ。ダイニングにあるテーブルは大きすぎる上に地味で、私たちの小さくてみすぼらしい家より修道院の食堂にでも置かれていたほうがぴったりだった。ＪＣペニー（デパート）で買った重そうで得体の知れないベージュのカーテンが、この家の長所でもあり短所でもある窓全体にかかっていた。朝日が家の中の隅々にまで思う存分入る窓はほとんどの壁にあった。リビングルームのカーテンは昼間は開けていたが、奥にある部屋のカーテンは我が家の反対側の角に建っている落ち着いたアパートとそこに住んでいる人たちから見えないように閉めたきりだった。そのカーテンは冬の冷たい空気から家を守ることには役立ってはいなかった。

車椅子でぶつけてもキズがつかないように玄関やドア（床から車輪の枠の高さまで）に貼ってあるオフホワイトのカーペットも目ざわりだった。ニールと私が時々急いで電話に出ようとしたり、深夜遅くに疲労して家の中で車椅子を走らせていると、車椅子と壁との隙間を見誤って衝突して壁のペンキや木材を削り取ってしまうこともあった。私自身、見苦しいのは壁の穴なのか薄くなってずたずたになったカーペットなのかわからなくなっていた。

私は居心地が良く、温かみがあって親しみやすい雰囲気を持った、お客さん（特にニールの家族）がやってきたとき、自慢ができるような家が欲しかった。でも私にはどこから始めればいいのかもわからなかった。主婦になるつもりも家庭をきりもりするつもりもなかったが、何をどうしていいのか見当もつかなかったのだ。

「君は、バラバスターじゃないよ」と私が家の中のことで愚痴を言っているとニールが意外な話をするように口にした。

「何ですって？」私は大叔母がよく口にしていたイディッシュ語を聞いたような気がした。なんとなく意味はわかるような気はしていたが、はっきりと確かめたいと思った。

夫は「知っているだろう」と言いながらこう続けた。「家の中のことを切りもりしている人、家族の面倒を見ていて、何でもさっさと片づけないと気がすまない人だよ」。

「それって〝ボールバスター〟のことじゃないの?」と私は言った。

「そうだよ、そのとおりだよ」と彼はキッチンのテーブルをこぶしで力強く叩いた。「僕の母はバラバスターだし、君のお母さんだってそうだったはずだよ」。

夫が私の母と自分の母を同じように言うのを聞いて腹立たしく思いながらも、それが間違いでもないような気がしていた。もちろん、ニールの母親のほうが私の母よりずっとそういう傾向が強いかもしれないが、両方ともいわゆる、バラバスターだった。明らかにニールは彼女たちのそういう点を誉めたたえていたし、私にも彼女たちのようになってほしいようだった。でも彼のそういう見方は、男の身勝手さの表われだとも思った。ニールは私が私たちの母親のようにすべてを切りもりすれば、私が面倒臭い、ごちゃごちゃしたことに彼を引きずりこまなくなるはずだと思っているのだ。

特に、チャバラのことに関して言えば、私にも彼の母親が持っているズーズーしさがあればと思うこともある。彼女は私が頼んだベビー服を洗濯することや、デービッドの新しいパジャマのジッパーにつまみ(ジッパーがつかみやすくなるようにつけた小さい輪っか)をつけることも、ほんの少しずつしか片づけてくれていなかった。彼女が一枚やり終えるたびに私の肩の荷が少しずつ軽くなってくるようだった。

「デボラ、昨日の晩もやったのよ」と言いながら、チャバラが昨晩つけたという五枚のパジャマを見せびらかすようにして我が家にやってきた。それでも彼女にはあと二〇枚も残っている。それを見た私は、「ありがとう」と言って微笑むことしかできなかった。

彼女が出来上がったパジャマを、壁の色を塗りかえたばかりのデービッドの部屋においてくるのを私はキッチンで待っていた。

「チャバラ、先週切れてしまったキッチンの電球を替えてくれないかしら」と私は天井を指さして尋ねる。

彼女はブルーのフレームの眼鏡を鼻の上に押し上げると、「デボラ、この部屋は十分明るいんじゃない」と他のふたつの電灯を見上げて言うのだった。「エネルギーの無駄をしちゃいけないわよ」。

そう言われると私は、悪いことをした子犬のようにすごすご引き下がるしかなかった。

彼女が帰った後、ニールにチャバラに何を言われたかを言おうとしてみたものの、説明しだすと本当にくだらない話のような気がしてきてしまった。

「チャバラったらキッチンの電球を替えてくれないのよ」

「どうして?」とニールは車椅子に前かがみに座りながら尋ねた。質問をしながらも彼には全く興味のない話だということはよくわかった。

「キッチンはこのままでも十分明るいって言うのよ」と私は答えた。

それから私は自分の言い分が正しいことを彼にわからせるようにこう続けた。

「私が毎朝、新聞を読む場所の真上の電球なのよ。新聞の細かい字を読むのはそれでなくても大変なんだから。その上、電球は同じ時期に替えたんだから他の電球だってもうすぐ切れるかもしれないし。週末にそんなことになったら、私たちは暗い場所にいなくちゃならないのよ」

ニールは肩をすくめて、「どうしてほしいかはっきり言えばいいんじゃない」と言った。

彼には何もわかっていなかった。「彼女にはものを頼みにくいのよ」。「どうして？」と彼は単純に聞いた。

どうしてなんだろう。私にもどうしてかはよくわからなかった。彼からアドバイスを受けるためにはその理由を彼に言わなければならなかった。

「どうしてか、彼女はそういう人なのよ。あなたはいろんな人にいろいろとやってもらえるみたいだけど、どうすればいいか教えてよ」

「いいよ」と彼はうなずくと、そばかすのある鼻にしわを寄せて「あまり深刻に物事を考えないことだよ」と言った。

どうしたらそうしないでいられるのかはわからなかったが、本当に彼の言うとおりだった。私には何でも必要以上に深刻に考える癖があった。もし彼女が電球を替えるというような簡単なお願いもしてくれないのだったら、そんな人に私の子どもの面倒をまかせることができるのかしら、という具合にだ。私の直感ではどうすればいいかはわかってはいたが、その直感どおりにすることを恐れていた。

ニールにとっては何の問題でもないようなら、私がことさら荒だてることでもないはずだった。子どものことで頭は一杯なんだし、その上、今チャバラを辞めさせたら、次の人はもっとひどい人かもしれないし、それどころか代わりの人が見つからないかもしれないのだ。以前かかっていたセラピストのホゼが言っていた「貧しい精神構造」に自分がはまっていくのがよくわかった。私は自分の直感を無視して、状況を良くしていこうというプラス志向でいくことにしてみた。

次の日、チャバラがやってきたとき、私は軽い調子で、でもしっかりと「電球を替えてほしいの」と言ってみた。彼女は「私、高所恐怖症なの」と言いながらうなずいた。

どうして最初にそう言わなかったのか私にはよく理解できなかった。自分の弱点を認めることがそんなに恥ずかしいことなのだろうか。そういうことなら、私も他の友達や近所の人に頼むことだってできたのだ。実際、私は彼女にそうすることも言ってみたが、その日の夕方までに彼女は新しい電球に替えることをやり終えていた。

実際、チャバラのことをくよくよ考える時間が私にはなかった。彼女が私の目の前にいなければ、デービッドのために新しく造られたベビーベッドの上に置かれた、まだ直されていないパジャマの山を見るとき以外は彼女のことを考えることもなかった。新しく特別に造られたデービッドのベビーベッドといえばそれはまさしく芸術品と言えるものだった。

ニールがデザインをしてニールの同僚のご主人が造ってくれたベビーベッドは、垂直に開くスライド式の柵がつけられ、マットレスの高さが調節できるようになっていた。ベッドはその下に私たちの膝が入るようになっているので、車椅子でそばまで行くことができ、柵がスライド式なのでデービッドがベッドの下に落ちるような心配は全くなかった。そしてそれにはベッドと同じサイズの物入れがついていた。マットレスはデービッドが成長して自分でベッドに出入りができるようになるまで使えるよう、高さを低くすることができるようになっていた。デービッドがだいぶ大きくなるまでそのベッドは重宝した。

そのベビーベッドはニールの職場で開いてくれたパーティーで頂いた数多くのプレゼントのひとつ

だった。ニールの上司のエトナはニールが車椅子で風を切るようにあっちこっち行くたびに、ニールに隠れてパーティーの計画のメモを彼の部下たちに配ったり、パーティーの計画を練るのを楽しんでいたようだった。

ある晩、「職場の雰囲気がなんとなく最近おかしいんだ」とニールが言った。

「どういうこと?」と私は何も知らないふりをして尋ねてみた。

「それがよくわからないんだ」と彼は答えた。「でもね、誰かの机の上にベビーベッドの絵のようなものが描かれてあったのを見たんだよ」。

おととい、エトナと電話で話をしたときにその話は彼女から聞いていた。彼女は興奮しながらこう言ったのだ。「皆にこのパーティーはニールには秘密よって言ったのよ。それなのにリチャードったら自分の机の上にそのお知らせの紙をおいたままにしていたの」。

私はエトナにニールが少し変に思い始めていることは言わなかった。彼女が秘密を漏らさないように時間とエネルギーをかけているのを私はよく知っていた。私に電話をしてくるときも必ずニールが誰かと話しているときだったし、彼が先に家に帰ってメッセージを聞いたりしたら大変だから、私がここにいないときも留守番電話にメッセージも残さないように用心していた。

パーティーは彼の職場の会議室でお昼休みに開かれた。私もその数分前に(電動車椅子の音をなるべくさせないように静かに)その会場にもぐりこんでいた。ニールはエトナがでっち上げた業務をこなすのに大忙しの様子だった。五〇人以上の人たちがニールのやってくるのを待っていた。彼が会議室のドアを開けるといっせいに「サプライズ!」という歓声が上がり、彼は本当にびっくりしたかのように一分ほどその場から動けないでいた。

ニールの同僚たちがそれぞれの職場に戻るとエトナは私と彼を自分のオフィスへと招き入れた。彼女は私たちに封筒を手渡すと「皆から集めたんだけど使いきれなかったお金が入っているわ。まだ持っていないなら電子レンジが買えるくらいのお金はあると思うわ」と言った。

この四週間、毎日のように私はニールに電子レンジをせびっていたのである。

「ニール、いつになったら電子レンジを買うの？ ケイトが哺乳瓶を温めるのに必要だって言ってたわよ。残り物を温めるのにも便利らしいわよ」。そのたびに彼は肩をすくめて、目を動かしながら電子レンジの必要のなさを私に聞かせるのだった。最近では私も忙しくなってきたせいで、その話をすることもなくなってきていたのだ。気の弱そうに上司にむかって微笑んでいるニールが私の目に入った。

エトナの声が皮肉をこめてこう言った。「ニールったら、今は、二十世紀よ。哺乳瓶を温めるたびに火傷したいわけではないでしょう？」

その言葉が彼の気持ちを変えたのだろうか？ 上司のその言葉だけで彼の気持ちが変わったかと思うと恨みがこみあげてくるのも事実だったが、彼の気持ちが変わったというだけでそれはどうでもいいことのようにも思えてきた。

そしてその三日後に私たちはデパートに行ったのは言うまでもなかった。

私たちが浴びた多くの人たちからの祝福は、私たちの想像をはるかに超えるものだった。でもどういうわけか、説明はできないが、それほどの驚きではなかった。生まれたばかりの赤ちゃんはそれだけで特別だが、その家族や友達以外の多くの人たちがその一人の赤ちゃんによって感動を受けるというのはとても珍しいことだ。デービッドは多くの人を感動させることができるそんな子どもなのだ。説明できない、理解しがたいことではあるが、彼がそういう子であるという確信が私にはあった。最初に彼を抱き上げたときにその予感はあったし、そのお陰で私の中にあった不安や疑いが一気に溶けていったのだった。もちろん彼は普通の子どもである、だが、大きな池の真ん中に投げた石が起こした波紋が岸辺にたどりつくように、デービッドは会ったことのない人にも影響を与えるようなそんな力を持った子どもにちがいなかった。

第六章　急ぎの用事

その日は私がゆっくりできる最後の朝になった。電話のベルが鳴ったのは、いつも飲んでいるインスタントコーヒーを沸かして、それを飲もうと隣の台に移そうとしているときだった。コーヒーカップをそのままにしてすぐそばにある電話に手を伸ばすと、それはセントルイスにある養子縁組機関でリタ・スーのアシスタントをしているジェーンからだった。

「デニース、良い知らせよ」と彼女は切り出した。「サクラメントからの書類が全部揃ったわ。裁判官が今日にでもそれに目を通して許可書に署名するはずよ。赤ちゃんは明日にでもあなたの家に行くことができるわよ」。

それを聞いた途端胸がつまり、涙がこみ上げてきて何も言うことができなくなってしまったが、何も言う必要はなかった。彼女が私の気持ちを察して「うれしいでしょうね」と言ってくれたのだ。

「もちろんよ」

電話を切ると、ニールに知らせようと連絡を取るが、返ってきたのは話し中のシグナルだった。そこで彼のポケベルに電話を入れる。すると一分も経たないうちに電話がかかってきた。

「明日だよ、明日だよ」と彼が悲鳴を上げている。

「どうして……?」と私が驚いて尋ねると、「リタ・スーから電話があったんだよ」と気取ったような笑い声を上げながら説明した。

「えらそうに言わないで」と私は冗談をこめて彼を叱った。

とはいえ、彼には自慢気にほくそえむ権利は充分あった。二月二十一日に私がセントルイスから帰ってきたとき、ニールはデービッドが明日の三月二十日までに我が家にやってくることを予想していたのだ。もちろん、私がそんなことを少しも信用してなかったのは、私がやろうとしたことで計画どおりにいったためしはまずはなかったからだ。その上、三月二十日までに彼を迎える準備が整うとは思ってもいなかったのだ。

ニールと話した後にケイトに電話をしてみた。この際コーヒーが冷めるのはどうでもいいことだった。

「そっちに向かう準備はできたんだけど、一つ問題があるの。デービッドに水ぼうそうがうつったみたいなのよ」

私は言葉につまってしまった。何日か前にケイトと電話で話したとき、彼女の娘のアンドレアが学校で水ぼうそうをうつされてきたことを聞いていた。デービッドにうつるのは時間の問題だったようだ。

「私はもうかかっているし」と私が一〇歳のときに水ぼうそうにかかって子ども病院で毎年行われるイスターのパーティーに行けなくなったことを思い出して言った。私の母はお腹にできた赤いおできを見逃すはずはなかったし、たちまちのうちにそれは私の顔中にひろがり、痒くて痒くてどうしようもなかったのをよく覚えていた。

「ニールもやっているし、連れてきてよ。でもデービッドは大丈夫なの？」

「もちろんよ、いつもよりはちょっとむずがっているみたいだけど、相変わらず良い子よ」とケイトは言ってくれた。デービッドは本当に手のかからない子のようだった。何週間か前にケイトが他の子の診察に一緒にデービッドを連れて行ったときも、泣いたり、熱があるわけではなかったが、食欲や睡眠にほんのちょっといつもと違った様子があったので念のためにお医者さんに診てもらったら、中耳炎にかかっていたことがわかったのだそうだ。

「リタ・スーに気づかれないようにすることが第一の難関よ。お別れに来ることになってるの。カーテンを閉めて、電気を暗くしておけばばれることもないと思うわ。飛行機が込んでなければいいんだけど。デービッドを他の人から離しておかないと。もし見つかったら飛行機に乗せてもらえなくなるわ。でも心配しないで。ちゃんとそっちに行くからね」

コーヒーは、飲もうとしたときにはぬるいどころか完全に冷たくなっていたが、半分飲むまで捨てることもできなかった。そうしないと流しに運ぶまでにこぼしてしまうおそれがあったのだ。ごくごくコーヒーを飲んでいるとまた電話がかかってきた。

「ジェーンだけど、あまりよくない知らせがあるの」と彼女は切り出した。「ＡＡＳＫからの書類の中で二つほど書類が見当たらないの。ＡＡＳＫの職員とはもう話をして、向こうから送られてくるようにはしたんだけど、サクラメントの家族サービス事務所を通して送られてくることになったの。でもそうするとあと二、三日はかかるようになるということなの。ごめんなさいね」。

それを聞いて私の涙が滝のように流れ出してきた。「裁判官が一時的な許可をおろすことはできないのかしら?」

「それはできないのよ」と同情をこめてジェーンが答えた。「でもあと二、三日だから、デニース、そしたら必ずデービッドはやってくるわ。絶対よ、約束するわ」。

約束は絶対に信じられないことを私はとうの昔にわかっていた。いろんな言い訳が必ずついてくるのだった。「映画に行くには天気が悪すぎるわ。他の日にしましょう（そんな日がくる前にその映画の上映が終わってしまうのだった。）」と母がよく言っていた。トッツイ叔母さん（クリスチャン・サイエンスの信奉者だった）の口癖は「デニース、あなたが歩けるようになったら子犬を買ってあげるわね」だった。そして今度は「もう二、三日したらデービッドがやってくるわよ」だ。怒りが胸をしめつけるようだった。

「デニース、もうちょっとの辛抱だから」とジェーンが説得していた。「私からニールに連絡しましょうか?」

「いいえ、私からするわ」と私は鼻をすすって答えた。

ニールもがっかりした様子だった。落胆した声はまるで彼が大きなトラックで壁に打ち砕かれたようだった。がっかりして今にも身体ごと車椅子に沈みそうな様子が容易に想像できた。私には彼を慰める術もなく、その電話での会話はきわめて短く簡単なものになった。

今私にとって一番効果的なことは、冷たいコーヒーをすすって新聞のコミックのページに目を通すことだけだった。水ぼうそうで飛行機に乗るのはやっぱり良くないことだわ。来週の月曜か火曜までには良くなるはずなんだし。小児科医だってまだ決まってないんだし（デービッドが我が家に着き次第医師には連絡することになっていた）、週末に突然その医師に電話するようなことにでもなってしまったら大変だわ……。その上、いろんな細かいことが山のようにあった。週末の介護人だってまだ決まっていなかった。（チャバラはやるはずがないと思っていた。）それにもう一回ゆっくりとニールと過ごす週末があっても悪くはなかった。新聞の相談コーナーや書評を読み終わって、やっとがっかりした気持ちを自分の理屈でなだめかかっていたときにもう一度電話のベルが鳴った。

「サクラメントまでドライブに行かないかい？」ニールの声は三〇分前に話したときに比べるとずっと元気になっていた。

この三〇分間、彼はセントルイス、オークランド、サクラメントと電話をかけまくって必要な書類をどこから誰に渡せばいいかを確認していたらしい。「僕たちの指紋の記録と医師からの診断書が見つからないらしいんだ」と彼が言った。

「サクラメントの人は宅配便の会社が三時に書類を受け取りにくると言っているから、これから行けば間に合うよ」

一秒か二秒、物事を整理して考えようとしたが、そんなことはすぐにあきらめた。今はそんなことをしている時間さえもったいなかったのだ。台所の窓の上にかかっている四角の時計に目をやるともう少しで十時になるところだった。ニールもＢＡＲＴ（地下鉄）に乗れば四〇分で家に帰ってくるはずだ。書類を取るために途中でＡＡＳＫに寄れば、二時までにはサクラメントに到着できる。

「洋服を着替えて待ってるわ。バーイ」

もう人にはまかせておけないわ！　指紋の押捺はもうとっくの昔に終わっていたし、しかも何回もやり直しまでしている（私の失敗のせいで）。サクラメントで手続きがパスしてその結果がＡＡＳＫまでできていたはずだった。

診断書のほうはもうちょっと複雑な話があった。診断書の書式はＡＡＳＫから送られてきた多くの書類の中にあり、それを受け取ると同時にどういうことを書式に記してほしいのかは私たちのかかりつけの医師が承知しているだろうと、彼に直接郵送しておいた。わざわざ電話をしてその医師にお願いしなかったのも、ひとつには私もニールも忙しい診療所に医療以外のことで電話をして迷惑をかけたくなかったためであった。この医師には私たちの結婚後に、ニールの障がいをもつ友人の紹介でかかるようになっていたが、私たちが子どもを作りたいと言ったときも非常に肯定的に私たちの話を聞いてくれていた。「準備ができたらいつでも言って下さい」と言ってくれ、私たちが子どもを育てることに理解があると確信もしていたのだった。

一週間後にその診断書は私たちのもとに届いた。最後の質問である「この夫婦が養親として適さない理由があれば述べよ」という質問の医師の回答を読みながら私はこみ上げてくる気持ちをどうすることもできないでいた。「夫婦の障がいであるＣＰは子どもを育てる上で障がいになるであろう」というのが彼の回答であった。ニールはそれを読みながらも落ち着きをよそおっていたが、私には彼の変化がよく見えた。

「頭にこないの？」と彼がそれを読み終えると私は尋ねた。

彼は肩をすくめてこう言った。「どうして？　ただこの医師は自分が思っていたほど理解がない、それだけのことだよ」。

「彼が書いたことに対して何か特別な感想ないの？」と私はしつこく尋ねた。

「別に。その医師にとってはそう見えるってことだよ」

私は歯ぎしりをして頭を振った。

彼とのこうした会話はいつも私をいらだたせる。定期的にこんな会話が持たれるのは私たちにとっていつものことだが、最初のものは何年か前に初めてデートをしたときにさかのぼる。

「僕の父はいつも僕におまえは醜いやつだ、と言ってたんだ」と私に教えてくれたのは養子の話題が出るずっと前のことだった。

それを聞いた私はぞっとしたことを覚えている。自分の息子に対してどうしてそんなひどいことが言えるのだろう。その上、そんなことは全く本当ではなかった。

「あなた、傷つけられたり、怒ったりはしなかったの？」

「どうして？」とニールははっきりと尋ねた。

「そんなことを言うなんてひどすぎるわよ」。私は憤慨して答えた。「それも自分の息子に対して言うなんて」。

ニールは事実としての説明だけをしだした。「父は世の中の人がどんなふうに僕を見るかという準備をしてくれていただけだと思うよ。忘れちゃいけないよ。彼自身がホロコーストの生き残りだったんだからね。父はヒットラーが僕たちのような人間に何をしたか実際に目にしたんだよ。一番最初に殺されたのは障がい者だったんだから」。

ニールの声からは、お店を営んでいて、毎晩売り物のキャンデーを近所の子どもたちに持ってくるような父を尊崇する気持ちがよく感じられた。戦争の思い出を苦いものとして毎日の生活に影響されている彼の母親とは違って、彼の父親はすべての思い出を過去のものとして自分の胸の中にしまいこんでいるような人だったようだ。

「父は意地悪な意味でそんなことを言ったんではなかったんだよ。でも父にとってはやはりCPは醜いものでしかなかったのも事実だよ。そう思いながらも父はそれに向き合っていたよ」

ニールの目が明るく輝いていた。「母はいつもいつもお前はハンサムだって、そればかりだったよ。僕はそんなことこれっぽちも信じなかったけどね。僕が学生だったとき、家になかなか戻ってこないからって、一度だけ父が僕を訪ねてきたことがあったんだ。そして一緒に食事に行ったんだよ。そのとき、初めて、たぶんそれが最後だったと思うけど、『ニール、お前のことを心から誇りに思うよ』って言ってくれたんだ。それだけだったけど、父にとっては大きな意味があったんだと思うよ。父の目には涙が光ってたよ」。

私はニールの話に心が打たれたが、ニールが父親の正直さや励ましに感謝しながらも、父親の言葉がどんなに冷たい意味を持っていたかということに気づいていなかったことを考えないではいられなかった。父親に醜い子だと言われなければ世間の人にどんなふうに見られるか気づかないということではなく、障がいをもつ人間には子どものときからどんなふうに見られているか気づく能力が自然に発達するのであった。しかしそれをはっきり言われるかどうかで、それがその人の人格にどんなふうに影響するかも決まってくるのだ。普通私たちはどんなに成功しているようでも、それらの心ない言葉を自己嫌悪や自己不信として心の中に深くしまいこむものだった。もし私がニールが父親に言われ続けた言葉と現在の彼が自分に持っている自己イメージ、ひいてはそれが私たちの結婚生活において深くかかわっているお互いの関係が奥底で深く結びついているなどと言ったら、彼は目を丸くして驚くにちがいないはずだ。でも私にはそれがまぎれもない事実だということもよくわかっていた。

私は医師の書いた回答を読んでどうしようもない失望を感じていた。医師の書いた言葉の一つひとつによってこれから親になろうとしている私の自信を根こそぎ奪い取られたようだった。障がいをもつというだけで自分の気持ちはどうでもよくなり、医師の考えに自分の気持ちが振り回されるのだった。私の気持ちの奥には彼のペンですべてが決まってしまうという怒りが憤りとなってあった。

この件をどう解決しようかと考えて数カ月が経ち（これはデービッドが生まれるだいぶ前のことだった）、ニールはもう一度その医師と話をしようと予約の電話を入れたのだ。私があえて一緒に行かないことにしたのは、話し合いが形だけのような気がしたからだ。

ニールから聞いた話によると、その医師の判断は子どもの身体的な安全の問題より、その子の心理的な発達を考えてのことだったということだった。子どもが私たちと同じような話し方をしたらどうするのか。答えは「ノー」である。テレビやラジオを聴いたり、私たちの周りの人たちの影響のほうが大きいに決まっているのだ。

「アクセントの強い親に育てられたからといって、その子どもが同じアクセントで話をするということはないはずだったし、ＣＰじゃない子どもがＣＰのような話し方をするのは思っているより難しいことに違いない」

それじゃ他の子どもにからかわれるのではないか。ニールは医師に、成長するうえで何の問題もなく育つ子がいるのかと逆に尋ねたそうだ。

私はそれらの言い訳が本当の理由だとは思わなかった。そのどれをとっても大きな障害だとは思えなかったのだ。本当の理由は、最近のニュースにあった養子にした子どもを虐待して殺してしまった夫婦のことに何か関係しているのではないかという疑いがあった。その事件は捜査の段階で「母親」の役割をしていた人物が実は身体的には男性だったということが判明していた。その養子縁組みに関係していた医師は、その夫婦が養親として適しているとみなされる前にその妻の本当の性別を明らかにしなかった理由で過失があったと判断されたのだった。

私たちの医師は、ニールと話し合いを持った後も彼の回答を変えることを拒否していた。(たぶんそれは私たちが子どもを育て始めてから何らかの問題があったときに、それに巻き込まれるのを恐れてのことだった。)そして彼はニールとの話し合いの時間に診療代として五〇ドルという請求書を送ってきた。それに反してニールはその医師に「障がいについての教育」という名目で五〇ドルの請求書を送りつけたのだった。一週間後、その医師から「診療代は無効とするが新しい医師を探してほしい」という手紙が送られてきた。

私は一度だけ診てもらったことのある医師に電話をした。健康診断をして医師が一つひとつの質問に答えるのを傍らで見守っていると、あの最後の問題の質問、「この夫婦が養親として適さない理由があれば述べよ」の番になった。「電話はかけられるよね」とその医師が私たちに尋ねた。よく意味が飲みこめないまま私たちがうなずくと、「何か緊急の場合のときのことを考えてね」と説明しながらその欄に「特になし」と書いてくれたのだ。そして「僕は不妊治療もするから、一応念のために」と付け加えたのだ。

ＡＡＳＫはその書類を一カ月以上も前に受け取っているはずだった。少なくとも今日がニールと二人っきりで過ごす最後の日になることは間違いなかった。

ニールが戻る前に急いで着替えをしていると、ニールの上司のエトナから、「サクラメントから電話があったのであなたたちはそちらに向かっていると言っておいた」と、電話があった。「時間がもったいないと思って、私のクレジットカードで宅配便の料金が支払えるようにもしておいたわよ」とエトナは説明し、笑いながら「向こうの人が二、三日でなんとかなるのにどうしてこんなに急いでいるのかわからないって言うから、ニールに会ったことがないのね、と言っておいたわよ」とも付け加えた。

二〇分後、「準備はできたかい？」とニールが風を切って飛ぶように家の中に入ってくると、私は邪魔な足置きを車椅子につけて、上着を手にして何も言わないで車に向かった。すぐ後ろからニールが車椅子を走らせ、私が助手席に乗るのももどかしいように急かした。彼の硬い脚が車椅子から運転席へと移動するのは今までに見たことがないような速さだった。シートベルトをしめてエンジンを吹かすと最初の目的地のＡＡＳＫへと車を走らせた。話し好きで気持ちの良い担当の職員が建物の下で待っていてくれた。（ＡＡＳＫの建物は車椅子で入れるようにできていなかった。）彼女は開けた窓から書類の茶封筒を手渡してくれた。私が受け取るや否やニールは車を走らせていた。次の行き先はサクラメントだ。

普通なら一時間一五分で行けるところを一時間半かかってしまった。余分な一五分は、まだらな大理石とガラスで覆われた同じような建物ばかりが建っている場所から目的の建物を探すのに時間がかかってしまったからだった。部屋番号と正しい階を案内で探すのも容易なことではなかったが、私にとってはニールを見逃さないように彼の後をついていくのも大変なことだった。私たちの車椅子は同じスピードが出せるのに、スピードオーバーの彼はいつも私のことなど忘れてしまうのだった。（私が先頭になる心配はなかった。）

目的地の事務所には二時四分に到着した。

「こういうことって、私には珍しいことなのよ」と濃い色の髪をした三〇がらみの女性が笑顔で私たちを迎え、大きな灰色の机のある自分の部屋へと招き入れてくれた。「養子を迎える家族に直接会うことなんかまったくないのよ」。

「ああ、そうですか」と夫は向こうの会話に乗るように相槌を打つ。

「そうなのよ、いろんな人たちについて知ることはよくあるけど、直接会うことは珍しいわ」と彼女は説明しだした。

ニールは彼女に茶封筒を手渡すと、彼女は早速中身を確認していたが、私はこの職場での彼女の決定権の大きさがどれぐらいなのか気になってきた。私は彼女が宅配便専用の封筒にそれを入れるのを確認するとやっとほっとした。

私は「宅配便の会社には私たちが届けましょうか」と壁にかかっている時計が二時二十六分と五十二秒を指すのを横目で見て尋ねた。

彼女は「こっちから電話を入れればすぐに向こうからやってくるから大丈夫よ」と私たちの半信半疑な様子に気づいて私たちを安心させようとしてくれた。

「会社はすぐそこにあるし、いつも三時前には必ずやってくるわ」

彼女が宅配便の会社に電話を入れるのを確認すると、私が肩をすくめるのを見て、ニールは私に目で合図を送ってきた。あとはなるようになるだけだ。今、すべてが私たちの手を離れたのだ。

第七章　ようこそ我が家へ

金曜日の午後、約束の時間より三〇分遅れてジャネットが我が家の玄関に到着した。かつて彼女は私のルームメイトだった。「今朝、仕事場にカメラを持って行くのを忘れちゃったの。だからいったん、家に戻って取ってたから遅くなったわ」と言った。

私はそれを聞いて笑ってしまった。今週、彼女と電話で話すたびに、カメラを持ってくることを念を押して言っていたはずだった。（それは、私が最初にデービッドに会った瞬間を写真に撮れなかったことを非常に悔やんでいたからだ。）それが彼女に一緒に来てもらう理由の一つだったのだ。二つ目の理由は、一緒にいてもらうという精神的サポートと、ニールが息子と対面した後で興奮しすぎて運転できなくなった時のための運転手としてであった。

「今日の気分はどう？」と彼女の細い身体が私に近づいてキスをしながら尋ねた。

「ドキドキしてるわ」

「ニールは仕事でしょ」

「一日中ね」と私はため息をついた。「でもそれで良かったわ。もし家にいたら私のほうの気がおかしくなってたわ。それに今日仕事をしたら二週間は休暇を取ることになってるの」。

「彼が二週間も休みを取るなんて信じられないわ」と私の気持ちを代弁するかのようにジャネットが

言った。一週間の休暇を取ることでさえニールにとっては考えられないことだった。（本来は四週間取れることになっている。）

「準備はできた？」

「もうちょっと待って。チャバラがくるまで待っていなくちゃ」と私は唇を嚙みながら答えた。

「そっちのほうはどうなってるの？」ジャネットが低い声で尋ねる。

私がその問いに答えようとしたとき、チャバラのいつもの足音が聞こえてきた。私のお腹の筋肉が反射的に緊張した。しかし彼女の姿を庭先に見て少しは安堵感が戻ってきた。彼女は子ども服を胸に抱えていた。

「全部のジッパーに金具をつけるのがやっと終わったわ」と彼女が発表した。

「どうもありがとう」。今にもこみ上げてきそうな嫌味をぐっとこらえてそう言った。「ジャネットと空港に行くところなの。飛行機が着くのが六時だから七時半までには戻ってくるわ。棚を片づけたり、哺乳瓶とかの準備は大丈夫？」

チャバラの黒いカーリーヘアーがうなずきながら、「片づけが終わったら棚に紙を敷いておくわ。夕食の準備をしている間に哺乳瓶の消毒もできるはずよ」と言った。

私は彼女がどうやって三時間半の間にそれらのことをやり終えるのだろうかと思いながらも、ジッパーの金具も最終的には完成したことだし、彼女を信じようとも思った。

それに今はそんなことを心配している時間もなかった。ジャネットと私は五時までにニールを迎えに行かなければならないのだ。まずは金曜日の夕方のラッシュアワーの始まる前にここを出なければならない。チャバラが仕事を始めると同時に、私はバッグから車の鍵を取り出し、ジャネットに手渡した。私は今までに何回か運転を覚えようとしたことがあったが、車のハンドルを握るたびに父親ゆずりの臆病性がでてきて、最終的には一生私の席は助手席だと決めたのだった。

ジャネットが運転席に座り、私は助手席の後ろに車椅子のまま乗り込んで、車椅子のブレーキを止めた。エンジンをスタートさせる音を聴きながら、唯一の座席である目の前の助手席に目が行った。それは今まで私専用の席だった。ニールが運転をして長距離でどこかに行くとき、右側のサイドミラーを直すとき、ラジオやヒーターやクーラーをつけたり、消したりするとき、私はいつもそこに座っていた。今そこの席は空いていて私が座るのを待っているように見えるが、代わりにベビーシートが私のほうに向けて置いてあった。それを見ていて当分そこには座れないんだなと思うと悲しいような淋しいような傷つけられたような気分になってきた。

ニールの職場の前で彼を拾うと、私たちはサンフランシスコ空港に向かって車を走らせた。ちょうどラッシュアワーが始まる時間帯だったが、空港には十分過ぎるくらいの余裕を持って着くことができた。その上、飛行機が給油のために急にリノに着陸したために、三〇分も遅れて到着することがわかった。「デービッドがギャンブルするのはちょっと早すぎるよ」とニールはおもしろくもないジョークを言った。笑ってあげようと思いながらも飛行機に関するジョークはあまり言いたくはなかったし、特に自分の子どもが乗っている飛行機が予定外の給油が必要になるなんてあまり良い気がしていなかった。

「コーヒーでも飲みにいかない？」と私は皆を誘った。

私たちは休憩所の小さくてちょっとうす汚れたようなテーブルに座った。一人の女性が声をかけたのはニールとジャネットが話し始めたときだった。

「すみませんが」とその女性が声をかけた。私たちはいっせいに彼女のほうを振り返った。「デニースとニールですよね」。

私はジャネットがまたか、というような顔をしたのを見逃さなかった。というのもニールと私はたびたび講義や学会で障がいに関する講演に招かれていたのでちょっとは顔が知れるようになっていたのだ。

「ええ」と笑顔で答えて、どうしてここにいるか喉元まででかかったとき、彼女がさえぎった。「私はケイトの妹のマギーです」。

それを耳にして、ケイトよりはおとなしめだが、緑色の目、細い顔、とよく似ているのに気がついた。「同じ飛行機を待っているのですよね?」

彼女は私たちのテーブルにまざり、飛行機の到着するのを一緒に待った。私は二、三分ごとに腕時計に目をやった。なかなか時間が経たないように感じた三〇分がやっと過ぎ、私たち四人はゲートへと向かった。

外はすでに暗くなっていて、大きな窓は鏡のように天井の電気や茶色のカーペット、TWA二八便を待つ人たちを映し出していた。飛行機から降りる乗客を避けるように一番後ろの席に座っている私たち四人ほど、これから起こることを待ち遠しく待っている人間はいなかったはずだ。

私は誰かに寄りかかっていないとどうしようもなくなりそうで、冷や汗をかいて、べとべとする手をニールのツイードの上着の上に置いた。彼の様子を窺うと、彼の目は飛行機の乗降口に向けられ、無口になって車椅子にじっと座っていて、私の手の届かない所にいるようだった。私はそこにたった一人でいるように思えた。

乗客は飛行機からどんどん降りてきたが、私たちはただそこで待つだけだった。乗客は少なくなってきて、掃除をする人たちが飛行機の中に入って行ったがまだ私たちはそこで待っていた。

やっとケイトが白いおくるみを腕に抱いて、そばには一番下の娘のアンドレア、その反対側には荷物を持ったフライトアテンダントがこちらにやってくるのが見えた。彼らは通路をしっかりと、そしてゆっくりとやってくる。ケイトは頭を高く上げて、肩をいからしてその上スーツを着ているので、まるで王様か何かのように見えた。彼女が近づくにつれて青い帽子をかぶって白いおくるみの中にいるデービッドの小さい頭が見えてきた。

深呼吸をして歯をぐっと噛みしめ、自分の手をニールの腕から離すと、車椅子の取っ手の部分をぐっと握りしめた。気持ちを引きしめると、私の目はこちらに向かってくるケイトの姿と大股で歩いてくる黒い靴からそれることはなかった。彼女が私に近づくにつれて私の視野はどんどんと狭くなり最後にはデービッドに釘づけになった。

「誰がデービッドを抱っこしたいのかしら」とケイトはニールと私の前に立ち止まると尋ねた。

沈黙が流れ、全員がデービッドをみつめていた。私が覚えていたデービッドとはちょっと感じが違っていた。帽子が可愛らしくかぶされ、あごの下できれいに結ばれているリボンが彼をちょっとぷっくりさせていた。額とまるいほっぺには水ぼうそうの跡が見え、天井の電気のせいで彼の顔はちょっと青白く見えた。ここまでの遠い道のりを考えると仕方がないことかもしれなかったが、私と彼とをつなぐものがなくなってしまったようでちょっと寂しい気持ちになった。

ケイトの質問をやっと思い出すと、私はニールのほうを見た。彼は準備ができている様子ではなかったが、今私たちの息子を抱くのは絶対にニールの番だった。

私はケイトがニールにデービッドを差し出すときのデービッドの様子を見ていた。デービッドの好奇心旺盛な目がジャネット、私、マギーと全員の顔を見回し、最後にケイトの顔を見て何かを確認しているように見えた。ケイトがデービッドをニールの曲がった腕に差し出した。デービッドが父親の顔を見つめ、二人の視線はぶつかり合い、そこで静止したままだった。私は一瞬目の前が見えなくなったかと思うと、これ以上涙をこらえることができなくなった。

ニールの大きい指のせいでおくるみがはだけ、デービッドの着ている青い服とまるまるとした脚、大文字のBと描かれた青い靴をはいた白い足首が見えた。私は眼鏡をはずしくしゃくしゃになったティッシュで涙を拭いた。

ジャネットが写真を撮ろうとしていたので、私も彼らのそばに近づきデービッドの小さな手を握ると、彼は私をじっと見た。私は彼の柔らかくてぷっくらとした頰にキスをしてカメラに向かって微笑みかけた。ニール、デービッド、私が自分たちの世界に浸っている間、ケイトはマギーに挨拶をして娘のアンドレアを紹介していた。今晩はアンドレアは私たちの家から二五マイルほど離れているマギーの家に泊まり、ケイトは今晩から幾晩か我が家に滞在することを耳にした私は、「二人が泊まれるスペースなら我が家に十分あるわ」と勧めたが「だめよ」とケイトが譲らなかった。「アンドレアはマギーと一緒で大丈夫だし、特に今晩は、ちょっと生意気な八歳の子がお宅に泊まるのは遠慮したほうがいいと思うの」と続けた。

あまり気はすすまなかったが、ケイトがいったん決めたことを変えるとも思わなかった。数時間後にケイトが一人で私たちと一緒にいてくれることに心から感謝することになろうとは知らずに、その時は、今晩はたぶんそれが一番ベストなことなのだろうと思うことにした。

帰りはニールが運転をした。ジャネットは前の座席の間の床に座り、ケイトは私の隣にあるニールの車椅子に座った。電灯のついたハイウェイを走っている間、私の目はデービッドに釘づけだった。ベビーシートに座っている彼の顔には外を走っている車の影がちらちら映っていた。彼の目は決して閉じられることはなく、街灯や夜の影を追うのに一生懸命のようだった。

「飛行機の中でほとんど眠らなかったのよ」とケイトが話し始めた。「周りの様子が気になってしょうがないらしくて、それを見るのに忙しそうだったわ。周りの人もデービッドのそばにやってこようとするし、私は、水ぼうそうってわかったら大変だから、その人たちを追いやるのに大変だったわよ。今度は飛行機が着いたらフライトアテンダントが降りるのを手伝おうとするし、もし水ぼうそうが見つかって、罰金でも払わされたらどうしようってどきどきだったわ。彼女にはね、これからこの子と親の対面があって感動的なシーンが始まるんだけど、と言ったんだけど」と言って、ケイトは笑い出した。「彼女ったらフライトアテンダントを一二年もやってるといろんな場面に出くわすから慣れているわよ、ですって。私はもうあきらめて、じゃあ、荷物でも持って下さいって頼んだの。ニール、あなたにデービッドを手渡した後、彼女を見たら同僚と涙ぐんでいたわよ」。

ニールが我が家の前のいつもの場所に車を停め、私が最初に車を降りた。木製のスロープを上がって玄関のドアを開けると、小さい頃によく食べたローストチキンとポテトのおいしそうな匂いがただよってきた。家中の電気がつけられていた。ダイニングルームに行こうとするとキッチンの入り口でチャバラに出会った。彼女の後ろには鍋やフライパンがガス台の上、流しの中、棚の上、いたる所に山積みされているのが目に入ってきた。

彼女は笑顔で私を迎えると私を当惑させるようなことを言い出したのだ。「哺乳瓶ってどのくらいお湯の中に入れてていいのかよくわからなかったから、一時間ぐらい入れているんだけど、それに棚の中に入れる紙もどうやってやったらいいのかわからなくって」。

私は何と答えていいかわからなくてあ然としていると、ケイトとジャネットとデービッドを膝に乗せたニールが家の中に入ってきた。ケイトがデービッドのオムツを替える時間だと言ったため、ニールはデービッドの部屋に直行し、ケイトとジャネットがその後に、そしてチャバラと私もその後についた。ニールはデービッドをベビーベッドの中に入れると、彼の服を脱がせる前に、ネクタイをはずし上着を脱ぎだした。ニールがデービッドの服を脱がせるのはなんの問題もなかったが、四人の目が彼の動きをぎこちなくさせていた。彼は私をじっとにらむとちょっといらいらしたような声でこう言った。「デニース、見せ物じゃないんだけどな」。

私は彼の言いたいことがわかった。「さあ、皆さんリビングルームのほうに行きましょう」。

ケイトとジャネットが最初に部屋を出て、私も出て行こうとすると、チャバラがニールの頭ごしにまだそこをのぞいているのに気がついた。私は彼女がデービッドが割礼してあるかどうかが気になっているんだということがすぐわかった。腹が立つが結局、彼女の頭にあることはそれだけだったのだ。「デニース」と彼女が私をキッチンまで追いかけてきた。(「デボラ」と呼ぶのは数週間前に止めさせた。)「夕食はオーブンの中に入っているし、私、もう帰ってもいいかしら。今晩、イスラエルのダンスを見に行く予定なの」。

もう二度と来なくてもいいわよ、という言葉やその他もろもろの文句が喉元までこみ上げてきたが、「どうぞ」と言うのが今は精一杯だった。その時は、彼女が仕事が十分にできないことではなく、デービッドを迎える特別の晩をぶち壊してくれたことに対して軽蔑の気持ちがあるだけだった。私は彼女がさっさと出ていって玄関のドアをバタンと閉めるのを見ていた。

ケイトとジャネットは私にどうなっているのか聞きたかったようだが、ちょうどニールが私を呼ぶ声が聞こえた。彼はデービッドの手を服に通すことをできないでいた。私はジェネットとリビングルームにいたので、ケイトが代わりにやってくれた。二、三分後にデービッドはニールの膝の上に座り、彼の長い腕で優しく身体を支えられながらリビングルームに現れた。デービッドの背中がニールのちょっと曲がったお腹の部分にピッタリとくっついている様子は何の不自然さもなく、二人がめぐり合ったのは必然のようだった。

ニールがチャバラがどこにもいないことに気づくのにそう時間はかからなかった。彼は私を見ると眉毛をちょっと上げて「どこにいるの?」と尋ねた。「もう帰ったわよ」と彼女との会話を思い出しながら答えた。

チャバラがちらかしたキッチンを見せようとそこに皆を連れて行くと、ニールがどう反応するかじっと窺っていた。彼は唇を噛みしめると、怒りを表すように腕をひきつらせて、私がこの一カ月の間聴きたかった言葉をやっと発したのだ。「あいつは首だ」。

間の悪さにちゅうちょすることもなく、ケイトはそのひどい場所に入っていって、あたりを見回すと「それほどひどくないわよ。夕食の後に片付ければいいわ」と言ってくれたのだ。

私は彼女にそんなことはさせられないと思った。彼女は一日中飛行機に乗っていて十分疲れているはずだったし、初めて我が家にやってきた日に他の誰かがちらかした物の後片付けをしなければならないなんて、そんなひどいことはなかった。でも実際問題、彼女の手を借りる以外に今の私には方法がなかったので、彼女がそう言ってくれたことに対しては感謝の気持ちで一杯だった。

ケイトはまず最初にデービッドのミルクを作ることを提案した。ジャネットとニールは隣の部屋に行ったが、私はケイトに何がどこにあるのかを教えて、それをどうやって作るのか覚えるために一緒にキッチンに残った。私が覚えれば次の時には他の人には私から教えることができるはずだった。(チャバラの件で人が理解していると言っても、それが本当でないかもしれないことがよくわかった。)

私はキッチンの中でのケイトの動きをよく観察した。チャバラがそのままにしていった鍋の中から哺乳瓶、オレンジ色の乳首を上手にすくい上げると粉ミルクとオートミールを二さじほど入れ(夜中にデービッドが空腹で目を覚まさないために)、手際よくミルクを作る様子はてきぱきとしていて、見ていて感心するほどだった。乳首を固くしめてミルクがもらないかどうか確かめると、電子レンジの中にそれを入れ、三五秒にタイマーをセットした。

作業の間、彼女はやり方も詳しく説明してくれたが、私は一言でも聞きもらすまいと一生懸命に耳を傾けた。「食器洗い機を使えば哺乳瓶を消毒する必要はないわよ」と実際にやり始めた。「洗剤が残らないように普通よりも多くすすぎをしてね」と粉ミルクの缶を熱湯で洗い、タオルでそれを拭きながら「哺乳瓶のミルクのかすも残らないようにきれいにしてね」と言って缶のふたを開けるのだった。オートミール入りのミルク用にオレンジ色の乳首を使うのは「乳首の穴が大きいからオートミールの入ったミルクがつまらないでしょう」ということだった。

電子レンジのタイマーが鳴った。私はケイトが哺乳瓶を取り出し、よく振って、乳首の穴がつまっていないのを確認するのを見ていた。次に彼女は自分の手の甲に数滴ミルクをたらし（私の手の甲にも）、温度を確かめた。彼女はそれをし終えるとその哺乳瓶を私に手渡し、私はそれをニールに差し出した。

私はこの素晴らしい女性に心から感謝していた。彼女がここにいることを本当に有り難く思った。それは奇跡が起こったとしか言いようがなかった。ケイトは緊張がただよい、不安定な状態の我が家にすっと入りこんでは、何事もないように自然に振るまい始めたのだ。そして自分から率先していろんなことをやる姿には厚かましさは全く感じられなかった。そんなふうに振るまうのは、彼女にとっても容易でないことは私にもよくわかった。デービッドをここに連れてきたことに対する不安を一言も口に出さないでいてくれていることに何と感謝していいのかわからなかった。

ニールは片方の腕でデービッドをあやしながら、もう一方の手でしっかりとミルクをあげていた。ニールの目はミルクをぶがぶと飲み続けているデービッドの顔から片時もそれることはなかった。ケイトとジャネットと私はそれをじっとみつめていた。

「もうそろそろゲップをさせる頃だと思うけど」とケイトが教えてくれた。

「えっ、そうなの？」とニールは彼女をちらっと見た。それは彼にとって初めてのことだった。

自信がなさそうにニールがデービッドの口から哺乳瓶を奪い取ろうとすると、そうはさせまいとデービッドは力をこめて抵抗し始めた。ニールがデービッドを抱き上げて握りこぶしで軽く彼の背中を叩き始め、私がその哺乳瓶を受け取った。すぐにデービッドの口から可愛らしい音が出てきた。

「げっぷ」。一回、そして二回と続いて出る。

「上手じゃない」とニールを誉めると、デービッドは再び、父親の腕に抱かれて残りのミルクを飲み続けていた。

ニールはデービッドを片手でつかんで乳児用の椅子に座らせようとした。それはまさしく私がデービッドを移動させるときにした同じやり方だった。デービッドの着ている服の前の部分を握って飛行機のように水平に移動させる方法だったが、そうするとデービッドの目はきらきら輝いて空中で大きな声をたてて笑い出すのだった。

彼はここをとても気に入ったようだ。

ちょっと傾いた乳児用の椅子に座ると、デービッドはリビングルームや台所をじろじろと見渡していたが、次第にまぶたが重くなってきたようだった。ジャネットは彼の写真を数枚撮り終えると、家に帰って行った。

デービッドが眠りについて落ち着くと、ケイトはチャバラの焼いたチキンをお皿に盛り始め、皆がテーブルについた。ニールとケイトは早速食べ始めたが、私はお腹が空いていなかったのでちょっとしか手をつけなかった。

「チャバラって変わり者だけど料理はまああじゃない」とケイトは皮肉を言った。

「でも彼女の作ったミートローフをまだ食べていないわよね」と私はお皿にフォークを置く前ににやにやしながら言いながらも、「でもこれからどうしたらいいのかしら」と大袈裟に頭を抱えてしまった。

「大丈夫よ。心配しないで。どうにかなるもんだわよ」とケイトが励ましてくれた。

私は心細そうにため息をつき、「いつセントルイスに帰ればいいのかしら」と尋ねてみた。

「予約は水曜日に取ってあるけど、それはどうにでも変えられるから心配しないで」とケイトは言ってくれた。

「二〇年後ってのはどうかしら」と言うと、彼女は「そんなに長い間、私に干渉されたら困るわよ」と言った。

そんなことはないかもしれなかった。

ニールはさっさと食事を済ませると、お客さんの気分をやわらげようと、ケイトにいろいろと話しかけて私がもう知っている彼女の家族のことなどについて聞いていた。こんな状況に何の動揺もしていないような彼の様子にいらいらする自分の気持ちを抑えようと、私はその場を行ったり来たりしていた。私はニールに今の私のどうしようもない気持ちを柔らげるような言葉を何か言ってほしかったのだ。職場での難しい問題をいとも簡単に解決する彼はいったいどこにいってしまったのだろう。食事をしながらお客さんの相手をしている彼には、私の存在は目に入らないようだった。

リビングルームをぼんやりと眺めていると、すぐ私の目の前には柔らかい電灯の光の下に乳児用の椅子に座っている息子が見えた。彼の目はやっと閉じられ、すやすやと可愛らしい寝息をたてていた。小さく開いた両手は白い毛布の上にちょこんとのっていた。突然、その毛布が私の震えている心臓を優しく包んでいるように、デービッドの心地良さが私にも感じられたのだった。デービッドは本当に気持ちよさそうに眠っていた。どこに行くのかはっきりしなかった最初の何週間、ケイトとの三カ月間の生活、飛行機に乗ってやってきた今日一日、我が家に着いてからのごたごたも乗り切った彼は、ここが自分の本当の家だということがわかっているような顔をして眠っていた。私は彼からいろんなことを教えられそうだという予感がしてきた。

第八章　二人の障がい者と赤ん坊

土曜日の朝、ボランティアのテリーとノラ（私の作文教室の仲間たち）は九時前にやって来ると、慎重なケイトの指導のもとでお風呂の入れ方、機能訓練の仕方、洋服の着せ方などを二時間かかって一生懸命に覚えてくれた。ケイトは彼女たちにミルクを作らせると、それを何本もの哺乳瓶に入れて冷蔵庫に保存した。四八時間はそうやってもつのだとケイトは言っていたが、食欲旺盛なデービッドにかかってはそんなに長い間それだけで十分だとは到底思えなかった。

ケイトはマフィンを焼いて、コーヒーを入れていたが、私は食欲が全くなかった。デービッドのことを考えると一晩中、寝返りばかりうって深い眠りにつくことはできなかったのだ。それでも皆と一緒にテーブルについて無理やりバターのついたマフィンを口に入れ、それを流しこむためにコーヒーを飲んでみた。私の身体を動かすためにはアドレナリンよりもっと強いものを身体が欲しがっているようだった。

ケイトが必要なものがいくつかあるので誰か買い物に行ってほしいと口にした。役に立つことを証明したいのと、女性ばかりの家の中から出たがっていたニールが、喜んでその役を引き受けた。その上、自分と同じようにコーヒーにめいっぱい砂糖を入れるケイトをニールは似た者同士と思ったのか、彼はケイトのためなら何でもしたいという気持ちになっているようだった。

ケイトはニールに買い物のリストを渡したが、それらは彼が今までに一度も買ったことがない品物ばかりだった。オムツかぶれ防止のクリーム、ぬれナプキン、コリーンがくれた、一番役に立っている使い捨てのビニール製哺乳瓶（デービッドが飲むときに空気がたまらなかった）などがリストには書かれてあった。

私はニールひとりを買い物に出すのはちょっと心配ではあった。家にいるからといって何かすることがあるというわけではなかったが、私はデービッドを家において出かけることはしたくはなかった。デービッドが我が家に着いてから、ちょっと母親として受け身になっていることに気づいていた。昨晩は、一度もデービッドを抱くことはなかった。代わりにニールがオムツを替えたり、ミルクをやったり、ゲップをさせたりしていた。そしてデービッドを私たちの部屋にある（夜中に起きることを予想して）ベビーベッドに寝かせたのもニールだった。私は今朝がた早く優しくあやしながら、ニールの枕の上に寝ているデービッドにミルクをやっただけだった。ベビーベッドがニールの車椅子と壁の間（狭苦しい部屋の中でそこだけにスペースがあった）にあるので、ベッドからデービッドを抱き起こしたのもニールだったし、今朝、食事をしているとき、デービッドが起きたような音がしたので、急いでベッドルームに車椅子を走らせたのもニールだった。

あまり私がいろいろなことをやらないのは意図していることでもあった。二週間が過ぎて、ケイトが家に帰り、友達の訪問も少なくなり、ニールが職場に戻れば、一日のほとんどを私がデービッドと過ごさねばならないのだ。いろいろな手助けがあるうちはできるだけ休ませてもらおうと思ったのだ。でも自分の心の奥底を分析するとそう単純な理由だけとは言えないものがあった。

私の両親は積極性があることを必ずしも良いことだとは思っていなかったようだ。私にも頭を使うことは奨励したが、積極的になれと言ったことは全くなかった。もしかすると彼らにとって積極性とは我がままや無作法と同じものだという感覚があったのかもしれない。私にとってもいつも隅っこにいて、自分の気持ちを言わないことが楽でもあったし、それが周りの皆にとってもいいことだった。文句を言わず、おとなしく、相手の言うことをにこにこ聞くことが「良い障がい者」としての私の役目だったのだ。子どものときは、私の障がいが私の従順さをより大きいものにしていたし、大人になってからはその消極性をどう克服したらいいかに悩まされてきた。昔と比べたらずっと良くなったものの、それを克服するのにはまだまだ時間がかかりそうだった。これからはデービッドのためにも一層の努力が必要なようだということはわかってはいたが、ふとどうしたらいいのか迷ってしまっていたようだ。

お風呂に入っているデービッドを見ていた。テリーがタオルとベビー石鹸で彼の柔らかくて真っ白な身体を拭いている。何か歌をうたっているようだ。デービッドはうれしそうに笑って彼女の髪の毛で遊んでいるようだった。お湯の中にいる彼はまるで桃のようでさわったらつるつるとすべりそうで、私がこの仕事をやらないでよかったと思ってしまった。テリーもすべらないように慎重に彼を抱えようとしている姿を見て、彼のきれいな金髪の頭、しっかりした小さな耳、小さくともがっしりした身体に改めて驚かされてしまっていた。テリーの仕事がすむと、ノラが彼を頭からタオルで包みこみ(それはまるで白雪姫の七人の小人のようだった)、私の膝の上にのっけてくれた。彼をしっかり抱きしめて、頭にキスをすると、デービッドのいつものアーモンドの匂いに混じって石鹸の甘い香りがただよってきた。

デービッドをベッドルームに連れてくると、ノラがオムツとTシャツを着せてくれた。今度はデービッドの小さいな手はノラの長い黒髪を喜んでいるようだった。

ニールはケイトがテリーとノラに機能訓練のやり方を教えようとしているときにちょうど帰ってきた。私は彼から買い物袋を取り上げるとデービッドの部屋に行くように促した。彼は顔をしかめ、私は唇をすぼめた。デービッドの父親である以上、ニールがこの場を逃れるわけにはいかなかった。

ケイトはデービッドのベビーベッドの反対側にあるテーブルの上に柔らかな毛布を敷いていた。訓練のやり方が書いてあるコピー用紙を取り出すと、デービッドに訓練をしながらテリーとノラに説明をしだしていた。ケイトはセントルイスの医師や理学療法士たちが、デービッドの腕も脚も以前から比べるとずっと曲がりやすくなってきているし、首の斜頸もまだ右に曲がる傾向はあるものの、だいぶ目立たなくなってきていると言っている、ということを一生懸命に話していた。

ニールの腕がひきつっているのがわかった。私は彼に落ち着いてもらおうと優しく彼の手を握った。うなだれる前に彼の目がちらちら震えているのもよくわかった。彼はデービッドの訓練をまともに見ることができないでいた。（障がいのある子どもが欲しいと言ってたのは彼だったはずだが。）私はニールの様子をケイトに悟られないことを祈るだけだった。ケイトと彼女の家族はこの訓練をまるで宗教儀式のように一日三回も毎日欠かさずに続けていたのだ。私は彼女を傷つけたくなかったし、彼女の努力には感謝していることを彼女にはわかってほしかった。私たちが選ぶ医師は（痛みを伴わない、最新の治療を勧めるにちがいなかった）きっとこんな訓練は今すぐにでも止めるだろうが、ケイトには、私たちの息子に対して良かれと思っていることを一生懸命してくれたということを、私たちは誰よりもわかっているということを知ってほしかった。

訓練の後の疲労と空腹のため、デービッドはまた、ミルクを飲んだ。その後、彼を腹ばいにして背中をなでてやると（私の手が彼の背中一杯に広がった）、彼はすぐに眠ってしまった。ベビーベッドの柵を静かに閉じる。これがデービッドにとっての、このベッドでの最初の昼寝だった。

薄暗いキッチンのテーブルにニールと私を残して、テリーとノラが帰っていった。（彼女たちも疲れたにちがいなかった。）突然家の中が静かになると、すぐ側でケイトがニールが買ってきた買い物袋を整理する音と彼女の足音だけが聞こえてきた。

「ニール、このクリームで本当に足りるの？」とオムツかぶれ防止のクリームを手にしてケイトが叫んでいた。それは一番大きいサイズのクリームだった。「デービッドが大きくなるまでもつわよね」。ニールはにやにやしながら、「はっきりサイズを言ってくれなかったからね」と言った。

ケイトは片づけを終えて、私たちの所にやってくるとお昼の準備をしようかと言ってくれたが、ニールも私も全然お腹が空いてはいなかった。その代わりに私はケイトにバークレーに住む彼女の弟に電話することを勧めた。

「ここまで迎えに来てもらったら。そんなに遠くないんだし、弟さんにぜひ会ってきて。私たちなら大丈夫よ。午後からは友達が来ることにもなっているし」と私は言った。

彼女は私をじっとみつめると、「家族に会いにここまで来たんじゃないし、別に弟に会えなくたって心配はしてないの」と続けた。

「もちろん、それはそうだけど、ちょうどいい機会じゃない」と私は再び勧めてみた。「デービッドはこれから二時間は眠っているでしょうし、ミルクもたくさん作ってあるから、もしデービッドが目を覚ましてもニールとふたりでできるから大丈夫よ。ねっ、ニール」と言うと、彼もうなずいていた。

ケイトはやっとその気になって、早速弟に電話をすると、一〇分後には彼が家の外に着いて車のクラクションを鳴らす音が聞こえた。ケイトは彼の電話番号を渡すと出かけて行った。

私は頭をテーブルの上につっぷすと、体中から疲れがでてくるようだった。昨日の晩から体中を駆けめぐっていたアドレナリンとカフェインが身体からあふれ出し、頭の中は何も考えられないぐらい空っぽなのに、でも我が家に今、私たちの息子が昼寝をしている事実だけは大きく広がっているのだった。

頭を上げてニールに目をやると、彼もテーブルの前でうつむいていた。彼のひげ面の顔はちょっと下を向いて、片手はリラックスしたようにダランとし、もう一方の手は親指と中指で目と目の間を軽く押さえているようだった。

「あなた、泣いているの?」と信じられないように尋ねると、彼はうなずいたのだ。

「どうして?」となるべく冷静に私は質問してみた。

「荷が重すぎるよ」

もう少し詳しい説明が聞きたかった。「どうして?」

彼の手がゆっくり動くのが見えると、彼は「怖いんだよ。父親になることをずっと夢みてたけど、本当になったんだよな」と言い出した。

「もちろん、そうじゃない」と私はデービッドの部屋のほうに顔を向けて答えた。「もう後戻りはできないのよ。すべては走り出してしまったんだから」。

私はニールの顔がちょっと笑顔になったのを見ると、ホッとした気持ちになってきた。ニールのことは強くて冷静な人だといつも思っていたので、彼の意外な面を目にしてちょっとした驚きもあった。臆病で疑り深いのは常に私のほうだった。デービッドを迎えることを心配して、いぶかって、なかなか決断できなかったのも私だった。今、苦しんでいるのはニールのほうだったが、月曜日にチャバラを首にすることや（その時まで彼女がこの家に現れないといいんだけど）、当面は彼女の代わりの人がいないこと、まだはっきりしないデービッドの障がい、子育てをする上で出てくる壁など、これから出てくるいろんな問題に対して彼も私と同じ結論を出すことは、彼をよく知っている私には容易に想像がつくことだった。デービッドは誰の子どもでもない私たちの子だという事実だけははっきりしているることなのだから。それでも自分の夫が私と同じように神経質でもろい部分のある人間だということがわかっただけでも私にとってはうれしい発見だった。

デービッドが昼寝から起きたとき、リビングルームは彼に会いにきた人たちで一杯にあふれていた。デービッドの目はそれらの人たちを見回そうと大きく見開かれていた。最初はニールの膝の上に抱かれていた彼も、時間が経つにつれてあちこちの人の膝の上にうれしそうに抱かれ、私の所にやってきたのは四時のミルクの時間だった。

ケイトが戻ってきたのはほとんどの人たちが帰った後だった。デービッドはまた眠りにつき、ニールと私は長椅子に倒れこんでいた。私たちは疲労こんぱいだった。

「お手伝いできる人がみつかったわよ」とケイトが大得意で発表すると、ニールと私は彼女をじっとみつめた。

「弟のガールフレンドが看護婦の免許を持っているんだけど、今学校に行くために休職中なの。新しい人が見つかるまでなら時間もあるし、あなたたちを手伝いたいって言ってるんだけど」と息もつかないで言うと、「彼女は天国からの使者かもしれないわよ」と付け足した。

私はケイトこそが使者だと思い、涙で一杯になった目に彼女の頭の上に天使の輪が見えるようだった。ケイトが弟に連絡を取った二〇分後には長身でブロンド、性格も明るそうなリディアが玄関の前に立っていた。ニールと私はお互い目くばせして、「予想以上の娘だわ」と思った。

ケイトは早速、リディアにミルクの作り方から機能訓練（デービッドの苦痛にならないように）のことまで丁寧に説明をし始めた。そして朝と夕方二時間ずつと、夜一時間、デービッドをベッドに入れるためにここにくるという約束が取り決められた。

彼女が帰ると私は夕食の準備に取りかかった。その晩はよく眠れたし、次の日は朝食が終わるとケイト、ニール、デービッド、そして私の四人で早春の陽を浴びに外に出てみた。我が家から三ブロックほど離れた商店街のある大通りをめざして、歩き慣れた路地をデービッドは父親の膝に抱かれ進んでいった。今日の我々の目的は抱っこ紐を探すことであった。

路地を進んで行くと近所の人が庭いじりやジョギングをしているのが目に入った。ほとんど顔見知りの人たちで普段は挨拶をすればそのままお互いに通り過ぎて行くのだが、今日はわざわざ私たちのほうへ皆やってきてくれた。近所の人たちはデービッドを見ると、笑顔でいろんな賞賛の言葉をかけてくれるのだった。この時ほどニールにとってても私にとってもこの場所に住んでいることをうれしく思ったことはなかった。私たちが生まれ育った場所とはいえ、ニューヨークにいたならば私たちが外に出かけるのも大変なら、外に出たら出たで遠くからじろじろ見られるだけにちがいなかった。私たちが今のように子どもを連れていたらどんな反応をされるかは考えただけでぞっとした。

子どもの物を専門に扱っている店に着くと、子どもを抱っこする紐やバックパックの山の中を見て回ったが、どれもこれというのが見つからなかった。紐やボタンが複雑にからみ合っている物だったり、常に座っている私たちにはとても使いにくそうだったりするものばかりだった。そんな中、値段がついて壁に掛かっている大きな紫色の一枚の布を私は目にした。

「あれは何ですか?」と私たちに説明をしているお店の人に尋ねると、「ああ、あれはカクーンという抱っこ布です」と彼女はそれに目をやりながら答えた。

「もともとはインドやアフリカで使われていたらしいですよ。首からつり下げて使うんです」

そう言いながら彼女は実際に私の身体に合わせて、使い方を見せてくれた。肩帯のようにして首から下げるのでボタンもなければ紐もなくどこも結ぶ必要はなかった。ケイトはニールの膝の上に座っていたデービッドを抱き上げると、そのカクーンの中に彼を入れてみた。デービッドはその紫色の布の中にすっぽり入って隠れてしまったが、私の腕がデービッドの頭を支えるちょうど良いクッションになっていた。（車椅子の腕置きもその支えになった。）多くの母親が生まれたばかりの子どもを抱くように、私も初めて彼を楽に抱っこできるやり方を見つけたのだった。これを使えばデービッドを腕の中で眠らせながら外出もできるし、お腹が空けば簡単にミルクもやれる。彼の顔を見ながら微笑んだり、話しかけることもできる。どうやって自分でその布の中にデービッドを入れるのかはまだ定かではなかったが、それはなんとかしようと思った。

「布の中に枕を入れれば、デービッドが深く沈んでしまうこともないかもしれないわ」と言ってみた。

ケイトはそれを聞いてうなずいていたが、ニールはまだ疑り深い顔をしていた。普段なら彼のそんな顔を見れば私もあきらめるのだが、今回だけは違っていて私は彼をじっとみつめ返した。彼はそれでももう一度だけ用心深く私をみつめるとやっと財布を出したのだった。

午後、何度もそれを試してみた後（練習をすれば大丈夫のようだった）、ケイトがデービッドをカクーンの中に入れると、またまた初めての冒険だったが、家族だけの最初の外出をしてみた。ニールがどうしてもデービッドを抱っこしたいらしかったので、今回は枕を中に入れてニールがカクーンを試してみた。デービッドは頭が布の中に埋まると、すぐに眠りについた。私たち三人は、ニールいわく「二人の障がい者と赤ん坊」というおかしな組み合わせで、いつも行くカフェをめざした。

壁ぎわの椅子を動かし、そこにある四角いテーブルにニールは車椅子を止めた。私はそこから数メートル離れたカウンターで列の中に入り順番がやってくるのを待っていた。

カウンター越しに私をみつけると、若い店員が「いつもの飲み物ですよね」と尋ねてきた。「シロップを多めにいれたモカがふたつですね」。

私はそのとおりとうなずいた。大きな声でいちいち注文をしなくても、こちらの注文をきちんとわかってもらっているのは気持ちがいいものだった。

とその時、「あれっ、その中に何が入ってるの、もしかして赤ちゃん？」とその店員がニールをみつけて叫んだのだ。

「そうだよ」とニールと私は同時に答えた。

そこにいた何人かの店員もニールのほうを一生懸命に覗きこもうとしていたので、ニールはデービッドの顔が皆に見えるように向きを変えた。店員たちはデービッドを目の前にすると何か気の利いたことを言うのも忘れて口をあんぐりあけて、ただポカーンとしているだけだったが、それを目にしたデービッドは皆をじっとみつめて微笑みかけた。

私たちがストローでモカを飲んでいる間、デービッドは父親の膝の上に抱かれて天井にある扇風機の回っている羽根をじっとみつめていた。

「なんて可愛い赤ちゃんなの」と隣に座っていた女性が声をかけると、私は自慢気についつい「そうですよね」と言ってしまい、ニールから何てことを言うんだと非難されてしまった。

ニールの顔を見ながら、そんな時は「そうですか」とちょっと遠慮気味に言わなければいけないと気づいたのはその数秒後だった。

「いくつなの?」とその女性は私たちの会話に入りこむように尋ねてきた。

「三カ月です」とニールが答える。

「お父さんにそっくりね。特に笑った顔がよく似ているわ」とその女性は続けた。

その瞬間、私は父と子の顔を見て、反射的に似ている点を探していたが、すぐにデービッドが全く異なった遺伝子を持って生まれてきたことを思い出した。(私自身、ついこの間まで、私から生まれてこない子どもとは親子のきずなができるはずはないと信じていた。)その女性が私と似ていると言ってくれなかったので私はちょっとがっかりしていた。

チャバラとの対決は彼女が現れた月曜日の午後に行われた。ニールと私は数人の友達とデービッドのベッドルームにいた。彼女が玄関のドアを開けて家の中に入って私たちがいる場所に近づいてくると、私のお腹がキューッと痛み出してくるようだった。

「こんにちは」とベッドルームの入り口から挨拶をすると、リビングルームからさしこんでいた光が彼女の大きな身体でさえぎられた。

私は彼女が気の利かない様子でそこに立っていること自体が信じられなかった。彼女はこの週末ただの一度でさえ私たちの様子を窺ったり、手伝いを申し出ることはしてくれなかったのだ。いったいどんな人なんだろう。彼女の顔を見るのもいやで私は彼女を無視していた。

「キッチンに行かないかい」とニールがすぐに提案した。

彼女が向きを変えてキッチンに向かうと、その後にニールが続いた。私もベッドルームにいる友人たちに目くばせをして、私の応援とデービッドの世話を頼むと彼らに加わった。

チャバラが流し台のそばにしゃがみこむと、いつも着ている青い上着の裾が床に触っていた。「デニースと僕はここでの仕事は君に向いていないと思っているんだけど」と話し始めたニールの顔を彼女はじっとみつめていた。

彼女は青緑の眼鏡をかけ直すとこう答えた。「私は満足しているわ」。

「私のほうがそうじゃないのよ」と私は背すじを伸ばして、車椅子の腕置きをぎゅっと握りながら口にした。私のその一言が彼女を一変させたようだった。髪の毛をふり乱して、大きなイヤリングが貝でできたネックレスにぶつかると、まるで野生の猫が獲物をねらうように、彼女の言葉がまるで刀のように私をめがけて投げつけられてきたのだ。「デニースは甘えていて、自分勝手なのよ」と彼女はニールに向かって私に対する文句を言い始めた。「自分の思いどおりにしてばかりいるし、他の人の意見なんか聞こうともしないじゃない」。

それは本当ではない、と私は叫びたかった。彼女がバスケットの中にたまっている古新聞を束ねるのをいやがったため、私はリビングルームにあるテーブルの上に積み上げるのに同意したこともあったし（もちろん、週の終わりにはそれは地震の後の瓦礫のように崩れてきたが）、彼女の要望に応えてぜいたくな調味料や台所用品を買ったこともあった。その上、ニールと私は彼女の住居用にと彼女が選んだ高価な箪笥の費用もちゃんと払ってあげた。私はそれらのこと全部を彼女に思い出させたかったが、子どものときのように怒りと悲しみで喉がつまってしまって何も言えなくなってしまったのだ。

「嘘つき、嘘つき」と言うのが彼女に向かって言える唯一の言葉だった。

「私は一生懸命に仕事をしたけど、デニースが文句ばかり言うから……」。チャバラは私がただのヒステリックな人間で、ニールは彼女の味方であるかのようにニールに夢中でわめいていた。

「それは嘘よ。あなたは大嘘つきだわ」と私は叫び声を上げた。車椅子から今にもずり落ちそうに座っていた私の夫はもううんざりだと思ったのか、手を上げるとこう言った。「チャバラ、ここはデニースの家だからね」。

たったそれだけ？　私の夫が私の代わりに言える言葉はたったそれだけなのだろうか？　それでもチャバラは、私にすべての責任があるとニールに訴え続けていた。するとニールは再びこう繰り返した。「この家の主人はデニースだよ」。

私は視線をおろして手のひらを口にあてると、浅く吸った息が手にかかりくすぐったいように感じた。チャバラはニールの目の前にしゃがみこみ、ニールの話をだまって聞いている様子だった。そして今私たちから借りているアパートを引っ越すことについて相談し始めた。ニールが次の場所を探すまで最後の月は家賃をただにするということに同意したのを知ると、私は気分が悪くなってこれ以上そこにはいたたまれなくなった。

ニールは感情を抜きにして論理的に話を進めていった。今の複雑な彼女との関係を「ここはデニースの家だよ」というたった一言で言い切ったのだ。それに対してチャバラが言い返す言葉は一言もなかった。

ニールが放ったたった一言が問題を解決したかのようだったが、私にとってはそれだけでは納得できない何かが心の中に残っていた。問題が解決したことへの安堵感というよりは、何かどこかでだまされたような気分なのだ。今までに何度も経験したことではあるが、私が言いたかったことや言う必要のあったことが何ひとつ口にできなかったことは、心の中に残り続け、そのどうしようもない気持ちが自分を無力にしていることだけは痛切に感じていた。それは私のゆっくりとした話し方のせいでもあったかもしれない。気持ちだけが高まって適切な言葉がなかなか見つからず、見つかったと思ってもそれが素早く口からでてこないのだ。数年が経った今も、チャバラとこの一件のことを考えると胸にはいやな思いが広がり、彼女の無責任さといいかげんさをはっきり面と向かって言うのだったという後悔の思いにさいなまれるのだった。

チャバラの激しい怒りに対する気持ちと共に、ニールに対しても疑問があった。彼が持っていた彼女に対する怒りはどうなったのだろうか。あの金曜日の晩、チャバラがやりっぱなしで出て行ったひどい状況を見て、彼も彼女に言いたいことは山ほどあったはずだ。しかし、彼は自分の醜い感情からは距離をおいて、すべてを理論で解決しようとしたし、そのために自分は「善人」であるというイメージを崩すことなく（父親譲りと自分でも自慢をしているが）、問題を処理したのだった。「この家の主人はデニースだよ」という彼の一言が問題を解決したのは事実だったが、チャバラの怒りの矢面に私が立つことには何ら変わりはなかった。ニールは彼女の怒りから私を守ろうとはしていなかった。

今でも思い出すと胸が痛む思い出がある。私が一五歳のとき、母が死んで三カ月がたった頃のことだった。姉と父は大晦日を祝おうと外出するしたくをしていた。私はふたりが私をのけ者にして外出する計画を立てていたことにとても腹が立っていた。ひとりで新年を迎えるなんてどうしてもいやだったのだ。私は父と姉に、私をおいて出かけないように何度もお願いをして、最後には「私のことなんかどうなってもいいと思ってるんだ」と泣き叫んでいた。そうすると彼らは私を慰めるどころか、冷たい言葉を浴びせてきたのだ。父は「デニース、おまえはなんて聞き分けの悪い子なんだ。自分のことしか考えられないのか」と怒鳴り、姉は「焼きもち妬き」と私を非難した。彼らのしようとしていることのほうがよっぽど自分勝手で自己中心的なことだと思ったが、私は一言も言い返すことができなかった。チャバラがたった今私にしたように、彼らの非難の言葉で私はずたずたに傷つけられていたのだ。

私ができたことはただ泣くことだけだったし、彼らの言った言葉のすべてをただ信じるしか私にはすべがなかった。自分の家族以外のいったい誰が、私のことを理解してくれるというのだろうか。彼らの言葉の裏には、私は家族の重荷以外の何ものでもないという意味が含まれていた。もちろんいつもそうだということではなかったろうが、重荷であることに変わりはなかった。障がいがある人間と住むことは周りの人間が常に苦労して犠牲になるのだから、家族はたまにはその状況から抜け出すことが必要だということであった。

でも、それなら私はどうしたらいいのだろう。障がいをもって生きているのは私であり、私はどうやってもその障がいから抜け出すことはできないのだから。障がいと向き合っていかなければならないのは私自身なのだから。怒り、憤り、罪悪感という諸々の感情が私の障がいに伴って私の家族にめばえてきた。でも父も姉もそれらの感情と向き合って、それを家族の強い絆に変えていくのではなく、そこから抜け出すことばかり考えていたようだった。私の障がいが彼らの態度を肯定化して、その反対に私をどうしようもない我がまま娘というように片付けていったのだった。母親を亡くした私の悲しみさえ我がままとしか映らなかったようだ。姉と父はその悲しみも外に出ることでまぎらわしていたが、私にはそれさえできなかったのだ。

数年後、私の悲しみは夜ひとりで取り残されたためだけに出てきたのではないということがわかってきた。家族の誰ひとりとしてお互いの気持ちをわかり合おうとせず、悲しみに真正面から向き合うことなく、幸せや慰めを家族の中ではなく外側にばかり求めていた私の家族に大きな責任があることが後になってよくわかった。

あの大晦日の晩、家族から矢つぎばやに非難や苦痛の声を浴びせられたが、それをそのまま受け止めることしか私にはできなかったのである。

チャバラの残酷な言葉が私の過去の傷を思い出させた。その感情は今でもなくならないで、普段は心の奥深くに眠っているのだが、何かのきっかけで起こされることがあるのだった。子どものときに負った傷が未だに私を苦しめることがあるが、今ではそういう感情があるということを認識し、それに自分が振り回されないようにするにはどうしたらいいか思案中なのだ。そしてデービッドには、私の家族が私に与えたこの苦しみを受け継いでほしくはなかった。家族の絆をより深いものにしたかったし、デービッドには私が未だに悩まされている自己疑念なんかにまどわされてほしくなかった。彼を育てるにあたっては、そういった一切のごたごたから抜け出して新しいスタートをきることを誓ったばかりだった。

ベッドルームに戻ると「デービッドは大丈夫?」とデービッドを抱いていた友人のリリアンに声をかけた。私たちの大声が彼を動揺させたのではと心配だった。

「大丈夫よ。でも何かが起きているみたいだとは感じてたみたい。あなたたちの声が大きくなるたびに彼の目も大きくなってたわよ」と彼女は答えた。

私はリリアンからデービッドを受け取ると膝の上で抱っこした。私たちがデービッドを動揺させたかと思うと胸が痛み、柔らかい髪の毛にそっとキスをした。私は深呼吸をすると今までしめつけられていた胸の筋肉がリラックスしてくるようだった。少なくともこの二カ月間、私の周りをうろうろしていたチャバラとはこれで別れられるのだ。デービッドの世話をしてもらう心配の必要もなくなったのだ。デービッドのお陰で彼女を切れたのだから、デービッドには感謝しなければならない。

このいやな一件のほかはすべてが順調にいっていた。私が思っていたより毎日の日課には誰もがすぐに慣れていった。特にデービッドが一番いろんなものに順応していくのが早かったようだ。ケイトは「赤ん坊はみんなそんなものよ。お腹が空いていたり、疲れていたり、どこか痛かったり、オムツが濡れていれば赤ん坊は必ず泣くものなのよ」と謙遜していたが、これは生まれたときからきちんとした生活ペースに慣らして育ててくれたケイトのお陰にほかならなかった。ぬるま湯を飲ませるのも彼女からのヒントだった。「お腹にガスがたまっているときはこれが一番よ。すぐに効くんだから」と彼女はその効果を信じているようだった。

月曜日の夜、ケイトは妹の家に泊まりに行ったが、我が家もすべてがうまくいっていた。八時をちょっと過ぎた頃、リディアがその一日の三度目の訪問にやってきた。彼女はデービッドをお風呂に入れて、いつもの機能訓練をすると、オムツを替えてパジャマを着せてくれた。その後、今晩と明日のオートミール入りの哺乳瓶を用意してくれた。そうやってすべての準備を終えるとリディアは帰り、ニール、デービッド、そして私だけで過ごす最初の晩がやってきた。私は膝の上に枕を置いて長椅子に座りながら、うす暗いランプの下でニールがデービッドを連れてくるのを待っていた。ニールはデービッドを持ち上げるのにも慣れてきたし、そうされるデービッドも慣れてきたのか、驚いて目をつぶるようなこともなくなってきていた。私たちは彼を荒っぽく扱うのにまだちょっと抵抗があったが、当のデービッドはケロッとしている様子だった。それどころか、あっちに投げられたり、こっちに転がされたりすると、大きな声で笑ったり声を上げたりする始末だった。彼の頭を枕の上に置くと、私の手と哺乳瓶が離れないようにとエトナが作ってくれたゴム紐のついた小さなクッションを手につけて、哺乳瓶を口元にあてた。私は彼が一生懸命にミルクを飲んでいる姿を見て誇らしい気分になり、その後にゲップをさせたときには勝ち誇ったように大きな笑顔がこぼれた。しかし彼が私の膝で眠りにつくと、私たちを受け入れて、信じ切っている彼に恐怖さえ感じるのだった。ニールも私も今までの人生でこれほどまでに誰かから受け入れられたことが今の今までなかったのだ。

こんな調子で子育てにも慣れてきたかなと思っていた矢先、翌晩思わぬことが起こったのだ。その夜七時半頃、デービッドが突然泣き出し始めた。ミルクをあげようとしたが、お腹が空いている様子でもなかった。

ニールはオムツを替えようとしたが、おしっこやうんちをしているわけでもなかった。ニールは家の中をあっちへ行ったりこっちへ行ったりしていたが、デービッドは顔を赤くして泣き叫ぶだけだった。

「ケイトに電話をして」と言うニールのパニクっている声が向こうの部屋から聞こえてきた。

私の最初の直感は、二五マイルもここから離れている妹の家に遊びに行っているケイトに電話するより、もう少し待つか（リディアがもう少しでやってくるはずだった）、向かいの家に住んでいるジョアンに電話しようということだった。ぬるま湯を飲ませることもちらっとは頭に浮かんだが、パニックになっているニールには何の効き目もないということがわかった私は、寝室にある電話からケイトに電話した。

リビングルームで泣き叫んでいるデービッドの側にいるニールに「大丈夫よ、ケイトがもう少しで帰ってくるから」と言うと、「どうしてケイトなんかに電話したんだよ」と額に青筋をたてて大きな声で怒鳴った。私が「あなたがそう言ったからよ」と言い返すと、「言ってないよ。ジョアンに電話しろと言ったんだ。早くしろよ」と激しく怒鳴りちらすのだった。

頭にきた私は、寝室に戻ると今度はジョアンに電話をした。

誰でもいいから最初に来る人を待とうと、リビングルームに戻ると、私はニールに「私にデービッドを抱かせてよ」と迫った。ニールはこの四日間デービッドを一人占めにして誰にも渡そうとはしなかった。どこに行くのにもデービッドを抱っこして行っていた。家の中でもそうだった。唯一デービッドが私の所にやってきたのは夕方ミルクをあげるときだけだったかもしれない。

私がニールをにらみつけても、デービッドを私には渡したくなさそうだった。やっとデービッドの服をつまんで、私の腕に手渡そうとしたとき、「ゲップ」と今まで聞いたことがなかったような大きなゲップが彼の小さな身体からでてきた。そして、私の膝の上に乗ったのと同時に、今まで泣き叫んでいたのがやみ、ほっとしたように喉を鳴らす音がそれに続いた。ジョアン、リディア、ケイトそして彼女の姪が私たちを助けようとぞろぞろと集まってきたのはそのすぐ後だった。

「ガスがたまっていたみたい」と小さい声で説明する私のそばで、ニールが頭をたれて照れ笑いをして「もう大丈夫みたいだよ」と言っていた。

これはニールにとっても、私にとっても良い教訓になった。それからはいつもぬるま湯を用意して、どんなにデービッドが泣いてもパニックにならないようにこころがけ、少なくともあの晩のようにはあわてなくなったのだった。

ケイトが翌日には自分の家に戻るつもりだと私たちに伝えたとき、私は最終試験に合格したような気分だった。出発の朝、ケイトの妹が飛行場に送って行く前に、一時間ばかり私たちの家に寄ってもらうようにケイトに頼んだ。

リビングルームに全員が集まった。ケイトは長椅子に座り、ニールと私は彼女のすぐそばに車椅子を止め、デービッドはニールの腕に抱かれながら、寄りかかるようにして膝の上に座っていた。ケイトは前の日に初めて診察に行った小児科医のアン・パーカー先生が今朝早く電話をしてきたと話し始めた。

「良いお医者さんのようじゃない。CPについても子どもの発育についてもよく知っているようだわ」

「僕もそう思うよ」とニールが言った。それはそうだろう、パーカー先生はデービッドが毎日していた機能訓練をする必要がないと言ってくれたのだ。「パーカー先生が新しい患者は今はもう取らないらしいことは知ってたけど、予約を取るのに電話をしたとき、受付けの人にデービッドはCPの可能性があるし、僕もCPだと言ったら、向こうが奥様はどうなんですかって尋ねてきたから、彼女もCPですよって答えたら、五分も経たないうちに向こうから電話がかかってきて、パーカー先生がぜひお会いしたいです、って言ってきたんだよ」。

私もパーカー先生は良い医者だとは思っているが、彼らが誉めるほどのことではないと思っていた。どんな医者も彼らなりの判断を持った医者にすぎないし、私たちが彼女にとって珍しい患者とその家族にすぎないだけに違いなかった。私の医者に対する考えは何ひとつ変わってはいなかった。その上、毎日パーカー先生の診療所に電話をしてデービッドの様子を知らせるように言われたことにもちょっといやな気分になっていた。（他の親にも同じような指示がされているとは思わなかった。）でも少なくともセントルイスで会った医者に比べるとずっとデービッドの障がいに対して前向きではあった。デービッドの状態に対して彼が将来歩けるとか歩けないとかいう、想像や予想をして判断することは一切なかった。

「とにかく様子をみてみましょう」。まるでこれから起こることを冒険かなにかのように話すだけだった。

私たちが話をしている間、ケイトの目はデービッドにじっとそそがれていた。

「ケイト、デービッドを抱いてみる？」と話を中断して尋ねてみた。「ええ、そうしたいんだけど」と即座に答えが返ってきた。「ここ何日間か我慢してたんだけど、しばらく抱っこしてなかったんで腕が痛くなってきたみたいなの」。

その気持ちは私にもよくわかった。私も同じ痛みを感じることがあった。デービッドがいつまでも目を覚まさないときや、ニールが彼を離そうとしないときに感じるむなしい痛みだった。私の腕が彼を恋しがっているのだった。彼のしっかりしてまん丸い身体を抱きたくてどうしようもなくなるのだ。

ケイトは立ち上がるとニールに近づいてきた。優しくデービッドを抱き上げると再び腰をおろした。

おしゃぶりを吸いながらデービッドは私たちを捜すように首をこちらに向けていた。ケイトに抱かれながらも彼の青い目はニールと私から離れることはなかった。

頰に流れる涙をぬぐいながら、ニールの喉からでてくる嗚咽を聞いていた。

「私の仕事は終わったわ」とケイトも泣きじゃくりながら一生懸命笑顔を見せようとしていた。「デービッドがやっと自分の家をみつけたのよ」。

さよならをする時がきて、私たちは抱き合ってキスをした。玄関まで彼女を見送って彼女が家の前の階段を下りて車の中に入るのを見ていた。車が離れるまで私たちは手を振っていた。まるで芝居の第一幕がおろされるようで私は心細くなっていった。

第九章　思い出深い道

次の二週間、ニールが休暇を取っている間、デービッドは私たち夫婦が今までの人生でかかった医者と同じくらいの数の小児リハビリの専門家に会ったのではないだろうか。電話番号だけでも膨大な数になったので、何人かの専門家からは電話だけで彼らの意見を聞こうとしたが、全員がデービッドに直接会おうとしたし、私たちも自慢のデービッドに会ってもらいたかった。診察はニールや私が子どものときに受けたものとはだいぶ様子が違っていた。陰気そうな医学生に囲まれた白衣姿の白髪まじりの医者の代わりに、すべての人を魅了するチャーミングな笑顔と青い瞳を持った可愛らしいデービッドの周りには笑い声とおしゃべりが絶えなかった。

デービッドが最初に受けた診察は、我が家の黄色い壁紙の貼ってある狭い寝室のダブルベッドの上だった。彼はちょうど昼寝から目を覚ましたときで、お腹が空いていて機嫌が悪かった。ニールが哺乳瓶を枕で支えながらミルクをあげようとすると、デービッドの唇が乳首に夢中でむしゃぶりついてきた。すぐにそれに満足し始めると、デービッドの目は部屋の中にいる見たことのない人やおもしろそうなビデオの機械に注がれた。

私たちの古くからの知り合いのハルとメーガン夫妻は障がいをもつ子どものいる家族にいろいろなサービスを提供する「スルー・ザ・ルッキング・グラス」という団体を運営していた。州からの補助金をもらって、障がいをもつ親が子どもを育てる最初の一年間の様子をビデオで撮るプロジェクトが彼らの仕事のひとつだった。ニールと私はそのプロジェクトに参加することに同意し（録画のコピーももらえることになっていた）、彼らに我が家に来てもらったのだ。彼らと一緒にやって来たのはきらきら光る緑色の目をしたカーリーヘアーのキャシーという理学療法士をしている若い女性だった。「この子は周りに敏感ね」と父親の膝の上でゲップをしているデービッドの様子をみてキャシーは驚いたように言った。デービッドの目は午後になって刺し込んできた強い光を遮断しようとあちこちのカーテンを閉めるために家中を走り回っているメーガンに釘づけになっていたが、すぐにハルが焦点を合わせようとしていたカメラの赤いランプに目がいった。

デービッドが大きな音をたて健康そうなゲップをすると、キャシーはにこにこしてデービッドに近づいた。するとデービッドも声を出しながら彼女に手を伸ばした。彼女は彼の頭をなでるとベッドの上に彼を寝かせた。彼女はベッドの脇に置いた鞄に手を伸ばすと、その中からゴム製の黄色いあひるや、真ん中に小さな青いボールのついた赤い輪っか、いろんな色のついたごちゃごちゃしたおもちゃを取り出した。

彼女はデービッドが黄色いあひるに手を伸ばすのを見ながら「乳児の発育をみる標準的なテストをしてみますね」と言った。

「パーカー先生もそれをやって、デービッドの認識的な面での発育は標準だと言っていたわ。数日前はぶら下がっている赤い輪っかを目で追うのにちょっと問題があったけど、それは今の環境にまだ慣れていないせいかもしれない、って言ってたわ。まだここにきて間もないでしょう」と私は言った。

「集中力はあるようだわ」と彼女はつぶやいた。「デービッドがニールの上に座ってゲップをしているときに気づいたんだけど、デービッドは周りの様子にとても興味があるみたい。社交的だし、よく笑うし、目だってちゃんと合わせるし」。

私は飛行機の中で初めてデービッドと目を合わせたときのことを思い出した。

「今度は、皆が話題にしている腕と脚を見せてもらおうかしら」とデービッドの洋服を脱がしながらキャシーはささやいた。

キャシーの金色の髪を触っているデービッドの手首は、柔らかくてふくよかな肌をしていて、優しかった私の祖母の肌を思い出させた。キャシーはベッドのそばにひざまずくとデービッドの脚を優しく曲げ始めた。

キャシーはデービッドをまるで壊れ物のように取り扱っていたし、パーカー先生もそうだった。彼らの顔には温かい微笑みと喜びがあふれていた。その眼差しには最初にデービッドの診断書を書いた医者が持っていたような、感情もなく、何の希望もなく、冷たい、患者をただの物としてしか取り扱っていないような残酷さはこれっぽちも感じられなかった。

キャシーは位置を変えるとデービッドを自分の膝の上に座らせた。その後、また、優しくデービッドの肘、手首、腕、脚、膝、足首を曲げた。最初は腕、そして脚。右側、そして左側へと移っていった。

「脚より腕のほうに硬さを感じるんだけど」と彼女はニールと私を見つめて言った。「ほんのちょっとなんだけど」。

「パーカー先生が診たときは、腕じゃなくて脚の筋肉の硬さが気になるって、おっしゃってたわ」

キャシーはうなずくとこう続けた。「赤ちゃんの身体を診断するのって本当に難しいのよね。その日その日によって身体の状態が変わる子もいるのよ。たぶん、デービッドも医者泣かせのそういう子かもしれないわ。前にもそういう子を診たことがあるけど、症状はあるのに何事もなく成長する子もいるのよ」。たぶん今日はデービッドの腕に症状が現れる日だったのだろう。

二日後、今度はスタンフォード大の子ども病院に勤めている友人のアリスの診断に出かけて行ったときは、硬さは彼の右半身にでていた。アリスはデービッドを診察すると「頭の良さそうな子ね」と言ってくれた。「もちろんわかってるわ」と私は思った。私は彼の母親なのだから。「たった三カ月の子がどうして頭が良いかわかるの?」と彼女を疑り深そうに見ながら聞くと、「ユーモアのセンスがあるのよ」と赤い輪っかで彼を遊ばせながら答えるのだった。「彼の笑い方をごらんなさい。赤ちゃんにユーモアのセンスがあるかどうかでその子の頭の良さがわかるのよ」。

私は自分の直感に満足していた。

ニールの二週間の休暇は終わりに近づいて、何十個という赤い輪っかと黄色のあひるを目にしてわかったことは、デービッドの最初の医者が書いた診断書は決定的な意味を持たないということだった。ニールと私は、デービッドの疑わしい障がいに関しては私たちのやり方で判断しようという結論に達したのだ。私は「いつかは何かはわかるわよね」と肩をすくめて、どこかに強力なパワーがひそんでいるのを探すように空を見上げるしかなかった。

ニールのやり方はもちろん私のよりは実践的だった。今までのいろんなアドバイスを総合して彼の出した結論は「探すのは難しくとも、いつかは見つかる」というものだった。

そんな中で全員一致したことは、少なくともデービッドは障がいをもつ可能性のある乳児だということだった。それは、州が補助金を出している「リージョナルセンター」のサービスを彼が受ける資格があるということを意味していた。

早速、ニールはリージョナルセンターに電話をすると予約を取り、書類に必要事項を書き始めた。彼がほとんど電話での対応をした。私は、彼が自信を持って素早くいろんな対応ができるのを彼の後ろでうらやましく思いながら眺めていると同時に、「組織」の中にいる人たちとすぐに親密になれる彼に尊敬の念も生まれた。

私はニールを見ていた。電話の向こうの人にどう話しかけたらいいのか、何と言ったらいいのか、恐怖心や威嚇による心の痛みを持たないようにするにはどうすればいいのかを、一生懸命観察していた。私が小さかった頃、とにかく向こうからきたものはすべて受け入れるように、特にそれがただであるならなおのこと、「物をもらうのに好みは言えない」と教わってきた。自分を押し出すようなことをしたことはなかった。大人になって、少しずつ積極的になることも覚えてきたが、まだまだ自分を抑える習慣から抜け出すことは容易なことではなかった。子どものためにも、デービッドを育てることが良いレッスンになればいいのだが。

デービッドがリージョナルセンターのサービスを受けられるということは、週に二回の機能訓練と週に四時間の「一時的な休憩」（障がいをもつ乳児の親に与えられる休憩）を提供されるということだった。サービスは州が「資格」があると認めた（州は管理はしない）地域にある民間会社から直接提供されるようになっていた。リージョナルセンターがサービスの代金は払うようになっていたが、ニールと私にデービッドの理学療法士や週末の介護人の選択肢が多くあるというわけでもなかった。そしてそのことは、ニールが彼の恵まれた職場に戻った後は、私がその会社とのやりとりをひとりでやっていかなければいけないということだった。

良いか悪いかは別にして、二週間後にデービッドがリージョナルセンターのサービスを受けられるという連絡が入った。

しかし、着替えの衣類、オムツ、哺乳瓶をバッグに結めて、デービッドをカクーンに入れて、膝の上に座らせ、四五分も電車に乗って、その後は防弾ベストを着て二人の警官に守られながらでないと安心できないような道を半マイルも通っていかなければならない場所のことを考えると「どうやって一週間に二回、機能訓練を受けにウィッテン小学校までデービッドを連れていけばいいの」と疲れきった声で叫ぶしかなかった。

リージョナルセンターのデービッドの担当のデボラに電話をして、理学療法士に我が家に来てもらえないか尋ねてみた。

「それはできないの」と彼女は悪そうに言った。「それがここの規則なの。それじゃ、バンサービスが使えるかどうか聞いてみるわ。上司に尋ねてからもう一度電話をかけ直します」。

私はがっかりしてしまった。ここ数年、私はバスや電車で行けない所にはいつも友達に頼んで連れて行ってもらうか、運転手を雇っていた。バンサービスだけはとにかく絶対に避けていたのだ。私はバンサービスが大嫌いだった。遅れてきても運転手が謝ることはなかったし、私を子ども扱いしたり、シートベルトをしめるときも身体のあちこちに触ったりして、お客を扱っているといった態度がまるでないのだった。ほとんどの運転手はサングラスで充血した目を隠したり、酒やマリファナの匂いを消すためにミントガムを噛んでいた。そして赤信号で停まると、隣に停まっている車に乗っている女性には色目を使い出す始末だ。もちろん、そんな中にもいい運転手はいるのだが、文句を言ってもなかなか良くならなかった。ほとんどのバンサービスの会社は、うちの運転手は評判も良いし、「いい奴」ばかりだとは言っているが、値段ばかり高くて、サービスの良くない状態に甘んじるしかなかった。

それをデボラに言ってもどうしようもないことはわかっていた。リージョナルセンターの仕事は障がい者のためにバンサービスの会社からチケットを購入することだけで、状況が良くないことも知っているはずだったが、安い契約金で仕事をするのはそんな会社しかないのが現状だった。質の問題ではないのだ。

私はデボラの上司がバンサービスを認めないことを願っていたが、数分後に電話のベルが鳴った。「デニース、良い知らせよ」とデボラが言った。「デービッドのためにバンサービスを提供できるわ」「私はどうなるのかしら」と念のために私がそれに含まれているかどうか聞いてみた。すると、彼女は遠慮がちに「えっ、あなたも一緒に行くの?」と答えた。

「デボラ、デービッドはまだ四カ月にもなっていないのよ。彼をひとりで行かせられるわけないじゃない」と自分の言い分が間違っているのだろうかという後悔の気持ちをこめて言ってみた。

「ええ、そうね、もう一度電話をかけ直すわ」と三カ月のデービッドがひとりでバスに乗ってどこかに行くのは非常識であるということにたった今気づいたかのようにして、彼女は電話を切った。

上司とのミーティングの後に電話をしてきてデボラは悪そうにこう言った。「私たちが今できることは今週だけはデービッドと一緒に行ってもらうことができるようにしたわ。あなたが行くとなるとリフト付きのバンが必要になるでしょう。それには往復で六〇ドルかかるの。でもデービッドだけなら普通のスクールバスでいいし、それなら一二ドルですむの」。

「今週だけ一緒に行けても意味がないじゃない」とちょっといやな気分になりながら（規則は彼女が作ったわけではないのだから）答えると、「状況が状況なので不服の申し立てもできます」と言ってきた。いやいやながら、私はデービッドの訓練のためにバンサービス会社に予約を入れた。

デービッドのミルクと昼寝の時間にぶつからないようにスケジュールをたてた。十時半に迎えに来てもらえば、十一時までには小学校に着くはずだった。


チャバラの後に入ってくれたキャリーが私たちの車の中からデービッドのカーシートを取り出している間、デービッドを私の膝に座らせて外で待っていると、がたがたのスクールバスが我が家の前で停まった。運転手が車から出てくると、私のお腹の筋肉が緊張できりきりしてくるようだった。運転手はやせていて、白髪まじりでひげものびかかり、みすぼらしいかっこうをしていた。

私はちょっと遠慮気味になりながらも「こんにちは、私はデニースでこの子はデービッドっていうの」と挨拶をした。

彼はただうなずくだけだった。

「あの、お名前は何ておっしゃるの?」と丁寧に聞いてみる。彼は「ポール」とぶっきらぼうに答えると、カーシートをつけるために乗りこんでいたキャリーに「あんたも一緒にくるのかい?」と聞いていた。

「いいえ、彼女はついてきません」と私が急いで答えたのは、彼に障がいのないお手伝いの人と話すのではなく、私に直接話をしてほしいことをわからせるためだった。

「わかったよ」。彼はリフトのドアを開け始めると、「今日はこんなひどいバスをおしつけられたから、ちょっと揺れるかもな」と言った。

私は走りの悪いスクールバスを思い出して顔をしかめた。リフトに乗ってバスの中に入るときも唇を結んだままだった。運転手は私の車椅子にブレーキをかけると、スイッチを入れてリフトを上げた。リフトはギーギーと変な音をたてながらバスの床まで少しずつ上がっていった。

運転手はリフトからバスに飛び乗ると、私に後部タイヤのちょうど真上に車椅子を止めるよう指示した。(乗り心地が最悪の場所だ。)私の車椅子を止め金に固定しようとすると、運転手はかけていたサングラスをはずした。ちらっと彼を見ると充血した目が見え、酒臭い息が臭ってきた。本当にそんなことは昔から何も変わっていなかった。

運転手は自分の席に歩いていくとキャリーにデービッドを乗せるよう合図した。彼女はデービッドをカーシートに乗せて使い古されたビニールでできた茶色のシートベルトで固定すると、ちょうど私の前に彼の背中がきた。キャリーはデービッドが固定されたのを確かめながら、灰色の目で私を心配そうに見ていた。

「本当に大丈夫?」と彼女は口ごもって私に尋ねた。私は、大丈夫じゃないわ、と心の中で言いながら、他にどうすることもできないのを感じていた。私は彼女に「もし二、三時間たっても私たちが帰ってこなかったら、ニールに電話してね」と頼むのを忘れなかった。

ドアが閉まって変な音をしてエンジンがかかると、私はデービッドの頭をなでながら私たちが今どこにいるのかを確かめようとした。私は昔の思い出と共に喉元にこみ上げてくる気持ちの悪いヌラヌラとしたものを飲みこもうと精一杯の努力をしていた。どうすることもできない遠い歴史の中にある思い出は、二度と戻りたくない場所へと私を連れて行こうとしていた。それは、人間としてより「障がい者」としてのみ生きることを許された私にとって「最良の場所」での思い出だった。私は自分にここはカリフォルニア、今走っているのは高速五八〇号線、私はデービッドの母親、ここから三千マイルも離れたイーストリバー通りではない、と何度も言い聞かせていた。しかし、私はずっと昔のイーストリバー通りを走っている頃に自分が舞い戻り、子どものときの苦しい思い出がどんどん広がっていくのをどうすることもできないでいた。

子どものときの思い出。それは私がまだ三歳半の頃のことだった。私は腰までの金属製補装具と松葉杖を使わせられ、母は私が「自立」するためには医療施設に入れるのが最良の方法だと勧められていた。「数カ月だけだから」と言ったのは、一二年後に植物人間にしかならないと言ったあの医者だった。母は、毎週水曜日の午後二時間の面会が許され、もし彼女が望めば週末には私を家に帰省させることもできる、と言われたらしい。三歳半の夏、夏休みの旅行から帰ると、待っていたのはマンハッタンにあるベルヴュー病院の小児リハビリテーション病棟に入ることだった。私の住んでいたブロンクスからそこまで行く一番良い方法がイーストリバー通りを通って行くことだった。

母が私をその施設に連れて行った日は、その年最悪のハリケーンがやってきた憂うつな月曜日の朝だった。大雨のため通りは洪水で、大渋滞が起きていた。イーストリバー沿いの道には、ヘッドライトとテールライトをつけた車がひしめきあっていた。私は、乗っている車がこのまま家にUターンすればいいのにと思っていたが、降っていたのは雪ではなく雨だった。

ベルヴュー病院は巨大な赤いレンガと（兵器工場のような色をしていた）緑色の壁と、よく磨かれた黒と白の縞模様の床の、まるで偽りの中世風の不気味な建物のように見えた。その床の上に寝そべりながら、母に帰らないでと、足を蹴ったり大声で泣き叫んでいると、冷たい床の感触がじっとりと膝や涙が流れている頬に伝わってきた。しかし、病院の職員たちは「帰られたら、落ち着くと思いますよ」と母に家に帰るように勧めていた。母は私を見つめていたが、その目は「ごめんなさい」と訴えるような眼差しをしていた。母は病院の人の言うとおりにしなければいけなかった。そこでは彼らが専門家なのだ。まだ三歳半の私もそれを理解しなければいけなかったし、悲しくも私はそれを悟ってしまっていた。

冷たい声が私を叱りつけ、彼らは大人の言い分で私を脅迫するようなことを言い出した。「赤ちゃんじゃないでしょう。水曜日になったらまた、お母さんはすぐにやってくるんだから、すぐ泣き止みなさい」と。そして、私をベンチに座らせ乱暴に私の涙をぬぐった。私は一生懸命に泣き止もうとがんばってみたが、嗚咽はどうしてももれてしまって、それが私の身体を震わすのだった。「泣き止みなさい」。私もそうしようとしているのだが、どうすることもできなかった。その日の朝は彼らにとっても最悪の日になってしまったようだ。

私はその夜からステファニーとマリアの間にあるベッドに寝ることになった。初めにベッドの脇の柵を通してお互いを観察した。マリアは黒いくせ毛でギブスを腰まで巻いていて、英語のできないおばあちゃんが世話をしていた。金髪のステファニーは腕も脚もなく、指が肩からでていて、鼻の形も奇形で、おばあちゃんもお母さんも誰ひとり家族はいないようだった。病院が事実上のステファニーの家だった。私もまだ幼かったけれど、ステファニーが生後間もなくごみ箱の中に捨てられていたというのを耳にしたことをよく覚えている。私はまだ三歳半だったが、このことだけはどういうわけかよく覚えているのだった。

病院の中で感じたのが恐怖だったということは、当時理解できないでいたが、そこでの生活に自分を合わせることが最善の方法だということだけはなぜか理解していたようだった。医者、看護婦、理学療法士などに合わせることが、自分を気に入ってもらえる唯一の方法だったのだ。(今考えると、それが長い間悩まされ続けている便秘の原因かもしれなかった。)彼らは私の話し方を頭からわかりにくいものと(家族と忍耐のある人にしか私の話し方は理解することはできなかった)決めてかかっていたため、私は三歳半にして病院で生き残るには笑顔とウイットとつづり方を学ぶことが必要だと悟っていた。

ある小春日和の日、誰かの誕生祝いで中庭にいたときのことだった。「ソーダちょうだい」。私は看護婦にわかってもらえるよう一生懸命に言った。「何か欲しいの?」といらいらしながらその看護婦は私に尋ねた。多くの職員は患者の名前をいちいち覚えようとはしなかったし、彼女も男性職員と話していたのを私に邪魔されたのが気に入らなかったようだ。

「ＳＯＤＡちょうだい」。私は彼女の顔を真っすぐ見て言いながら、ちょっと離れたテーブルにおいてあるジュースの瓶を指した。看護婦は目を丸くしてもうひとりの看護婦を大声で呼んだ。「クラッシュさん、クラッシュさん、早く来てよ。この子ったらこんなに小さいのにもうスペルがつづれるのよ」。赤いカーリーヘアーで、そばかすだらけの顔をした、この病院でたったひとりいつも優しく微笑んでいるクラッシュさんが大股で歩いて私のほうへとやってきた。私の目の前でひざまずくと彼女の洗いたての真っ白なユニホームにしわがよった。私がもう一度「ＳＯＤＡちょうだい」と言うと、彼女の緑色の目が輝いた。彼女は早速そのことを母に伝えると、母はびっくりしながらも自慢気にここにことしていた。気難しい六歳になる姉のシェリーが、しゃくにさわる私につづりを教えたことを、母は少しも気づいてはいないようだった。

その出来事は小児病棟だけではなく、家族の中でも「頭の良い子」という評判になってしまった。その評判を頭から真に受けなかったのはシェリーひとりだけであったが、私にとってはそれはどうでもよいことであった。少なくとも病院の職員たちはそれからというもの私をとっても気に入ってくれたし、全員が私の名前も覚えてくれたのだった。

しかし、ジョーイ叔父さんの車で病院に戻る日曜日の晩になると必ず起こるパニックには、どうしても慣れることはできなかった。車の後ろの席に母と座った途端にお腹が痛みだすのだ。車のエンジンがかかるとその痛みはますますひどくなり、四五番街にある国連のそばの地下道に車がさしかかると、まるでそれが合図であるかのように涙が流れ落ち、涙目に通りの街灯がぼやけて見えると私は泣きじゃくり始めるのだった。父は助手席に座っていて（車を運転するのが苦手だった）、後ろの座席をチラッと見、その場の雰囲気をやわらげるためか、いつも「噴水ショーの始まりだ」とおもしろくもない冗談を言うのだった。

「泣かないで」と母は悲しそうに頼むのだが、二三番街あたりにくると私はギャーギャーと泣きだし、手がつけられなくなった。緑色の壁、動けないマリア、捨てられたステファニーなど、口では説明しがたいイメージが頭の中にぼんやりと浮かんでくるのだ。

普通なら数カ月かかる歩行訓練を三週間でマスターできたのは、黄色と緑色のリボンを松葉杖と補装具につけて、松葉杖を動かしたら足を出すというふうに覚えていったからだった。三カ月ごとに（成長してからは六カ月ごと）外来に行くと、医者は私の進歩をチェックし、補装具技師は私の成長に合わせて補装具の調整をしてくれた。三カ月がたった頃には病院に対する恐怖心も少しずつ薄れてきて、家に帰ればその恐怖心から逃れられるようになっていた。

ハイウェイの両側には蔦と樫の木の間に黄色いつりうき草が花を咲かせている。ベイエリアにしては霧のかかっていない春の気配がただよう日だ。ここはまさしくイーストリバー通りではない。

手をデービッドのカーシートの背中におくと、人指し指と中指が彼の銅色の髪の毛に触れた。バスが傾いてガタガタいうたびに私たちも一緒に揺れ、空中にもち上がりあっちこっちへと動いた。そのたびにデービッドはびっくりして飛び上がり、こぶしを握りしめていた。デービッドの口にくわえられているおしゃぶりの輪っかの青い部分が口から出たり入ったりしている様子を見ていると、バスがガタガタ揺れているのにその吸う音さえ聞こえてくるようだった。私は泣きそうになってこんなはずじゃなかったと思っていた。

ハイウェイを下りて、バスはフットヒル通りへと入っていった。二、三週間前に最初のミーティングに出席するために同じ道を来たはずだったが、この道はニールが運転したときの通りとは違っていた。髪の毛が薄くなったその運転手は前かがみになり、頭を左右に振って道路標識を確かめようとしていた。彼には私たちがどこにいるのか見当もつかないようだった。サングラスで目は隠されていたが、時折バックミラーでこちらを窺っている様子は私に何かを尋ねたがっているようにも見えたが、運転手は私の言葉を理解できないだろうし、私の言うことに耳を貸すはずもないので、私に尋ねることをためらっているんだとしか思えなかった。私はこの辺は道に迷いやすい場所だということを知っていた。

赤信号で車が停まったとき、私の我慢は爆発し、今までの沈黙を破った。「三五番街を右に曲がって、地下鉄の駅まで行って下さい。そして駅の前の道を左に曲がって半マイルぐらい行ったら小学校があるはずです」と後ろの席から大きな声で一語一語ゆっくりと叫ぶと、運転手はうなずいて私の指示に従った。一〇分後、目的地のウィッテン小学校の障がい者用駐車場に車を停めることができた。「最初にあなたを降ろしたら、子どもを降ろしますから」と、運転手は今までの子ども扱いするような言い方ではない丁寧な言い方をして私に近づいてきた。「帰りもあなたが迎えに来るの？」とデービッドを膝の上においてもらうと、尋ねてみた。「私のスケジュールには入っていないですから、カーシートもここで降ろしますね」と運転手は答えた。

違う運転手とは何てことだろう。次はいったい何が起きるのだろう。運転手は訓練室に続く緑色の廊下を通って私の後に続くと、黒と緑色の縞模様の床の上にカーシートをおいて、「良い一日を」と言って去って行った。

訓練室は教室二つ分ほどの広さで、壁にそっていくつもの長方形の鏡が、隅には木製の階段の練習台があった。平行棒は出入り口のそばにある鏡の前におかれてあり、反対側の壁には青いビニール製のマットが敷いてあった。部屋の奥には診察台が三フィート間隔で三つ並んでいた。もう少し広かったかもしれないが、その部屋は私が小学校時代に使っていた訓練室と何もかもがそっくりだった。消毒液のアンモニアのかすかな匂いまでが同じだった。

二週間前の面接で会ったデービッドの訓練の先生のベッキーは、ピンクのセーター、グレーのスラックス姿で、白いナイキのシューズをはいて、大股で歩きながら私たちのほうへ近づいてきた。彼女の笑顔を目にして、落ち込んでいた私の気持ちもちょっと晴れた。

「準備はできてます」とベッキーに声をかけると、彼女は膝立ちになってデービッドを抱っこし、前回のセッションで始まった身体のチェックを始めたので私はそれをみつめていた。ベッキーが他の医者や療法士がやったようにデービッドを床にころがすと、彼はキャーキャーと笑って喜び、そしてベッキーも一緒になって声を出していた。三〇分の訓練時間の間、ベッキーは自分の膝の上にデービッドを乗せて軽くゆすぶりながら伸縮運動をしたり、黄色いビーチボールの周りを回らせたりしていた。最初のうちデービッドは何をされるのかわからず、目を大きく見開いて口を開けたきりだったが、それは四カ月の子には見えないような額にしわを寄せて当惑しているような表情だった。しかし次第にリラックスして笑顔を見せるようになったのは、ここは安全な場所だと自分で判断したからに違いなかった。私が言うのもなんだが本当に驚くべき子だ。

訓練の時間が終わり、ベッキーはデービッドを私の膝の上に戻してくれた。私たちがL字形の平屋建ての建物の角を曲がって、さっき来た廊下を戻って行く間、ベッキーはカーシートを持ってついてきてくれた。来たときには気づかなかった玄関の反対側にあるドアを開けると、もうひとつの廊下が反対側の建物に続いていた。向こう側からは、廊下を歩き回る子どもたち、けが防止のヘルメットをかぶって松葉杖をついている子どもたち、やっとの思いで車椅子をこいでいる子どもたちの姿が目に入ってきた。給食かトイレに行く子どもたちのようだ。

この光景を見て、私は吐き気をもよおすような不愉快な気分になった。この小学校は一般の学校から隔離された「養護学校」で、統合された学校の中や遊び場にこの子どもたちの居場所はないという、いわゆる「専門家たち」の判断の下に、多くの子どもたちがこの学校に通わされているのだった。

私たちの保健の時間は普通学校の地下室で行われていたが、私たちの体育館の二重ドアの向こう側同様、すべての点で、私が小学校に通っていた頃と何も変わってはいなかった。私たちも一般社会から隔離されていて入り口も別だったので、避難訓練のときを除いては障がいのない同年代の子どもと会う機会はほとんどなかった。「普通」の子どもに踏みつけられないよう（それが理由だった）、気難しい運転手と機嫌の悪い添乗員が乗ったオンボロのスクールバスで始業ベルの鳴る九時より三〇分前に学校に登校し、終業ベルの鳴る三時の三〇分前に下校させられていた。体育館からこだまして聞こえる「普通」の子どもたちの声を耳にするたび（それは彼らの給食や音楽の時間だった）、誰が誰から隔離されているんだろう、と不思議に思っていた。「障がい」をもった子どもが五十か六十になったとき、周りの視線や態度と向き合わなければならないことを考えた人はいなかったのだろうか？でもその当時、誰が私たち障がい者が仕事をしたり結婚をしたり、果ては子どもまで育てると考えたであろうか？

ウィッテン小学校の子どもたちを見ていて、自分自身の中にある障がい者に対する恐れや不快感を伴う「障がい者恐怖症」と闘う自分がいることに気がついた。そのような感情が正しいとは思っていなかったし、そんな感情を持つ自分を恥じてもいたが、「障がい者恐怖症」は障がいをもつ、もたないにかかわらず多くの人の心の中に棲む鬼のようなもので、私たちが小さいときから教えこまれた、ちょっとぐらいの違いならかまわないが、ある一定以上の違いは問題だという社会通念から生まれるものだった。

私の机に座る様子が「正常」に見えるとか、目の焦点が合わないCPの子どもではないようだ、腕を四五度に曲げたままでいられる、口を閉じてよだれを流さないでいられる、という私の担任から言われた数々の評価は母を喜ばせた。私は注意深く椅子に座り、補装具を履いた足を床につけ、一滴たりともよだれをこぼさないよう口をしっかり閉じる努力をしていた。私自身も「私には何の問題もないわ」という誤った考えに縛られていた。私が少しでも「正常」でいることができなくなると、集中力が衰える二時頃に（六時に起きてから時間が随分と立っていた）、シーハン先生にいつも言われていた「手を膝の上に置いて、背すじを伸ばしなさい」という言葉を思い出すようにしていた。家では、一日の終わりになると母が「デニース、口を拭いてよだれを止めなさい。可愛い子なんだから、誰かにそのよだれを拭いてもらったりしたくないでしょう。よだれが出そうになったら止めなさいよ」と小言を言うのだった。

それらのことが私に悪影響を与えるとは思ってもいなかったし、私自身が「良い子」に見えるようになりたがっていた。でも、今考えるとそれは自分の障がいを否定し、障がいをもつ友達を見下すという、自己認容の妨げの原因になってしまった。おかしな顔をしているのではないかと、写真を撮るときの笑顔は不自然になり、自意識ばかりが強くなっていた。母に言わせると笑顔の私は「CPのように見える」のだった。

よだれを流しながら、倒れこむようにして、カタログに載っているような機器を使っているウィッテン小学校の廊下にいる子どもたちを見て、自分の腕の力もなくよだれも流すのに「私はあの子どもたちとは違うわ」と心の中で叫ぶ声が聞こえてきた。障がいのない人たちが住む社会に近づこうとすればするほど、家族によって、そして自分自身で他の障がい者とはかかわりを持たないようにしていた。自分の障がいに打ち勝とう、などという気持ちを幼いときに学ばなければよかったという思いで一杯だった。それは馬鹿げた無駄な教えだったし、本当の自分に負ける闘いであった。カメラの前で笑えるようになったのは、頭の中の声が薄れてきて、だいぶたってからのことだった。たぶんデービッドにはそんな声が聞こえることはないはずだ。

ベッキーは診察室に戻り、私とデービッドは午後の暖かい日差しを浴びながらバスを待っていた。

一〇分が過ぎ、一五分が過ぎ、二〇分が経とうとしていた。ほとんどの運転手は遅れてくるのが普通だった。私はすぐに来るはずだ、信じなくちゃ、と自分に言い聞かせていたが、心の奥底では私たちは忘れられてしまった、と確信をしていた。

四五分後、ベッキーを捜しに建物の中に入った。彼女はバンの会社に電話をした。戻ってきた彼女の口からは、聞きたくはなかったが予想どおりの言葉がでてきた。「迎えに来る予定は入っていなかったそうよ。誰かをすぐに送るそうだけど、あと一時間はかかるかもしれないって」。

こんな具合なのに、よくデービッドをひとりで寄こせ、なんて言えたものだ。

私は怒れる雄牛になりたかった。

気持ちを落ち着けよう。オムツもミルクも午後の分まで十分バッグの中に入っていた。(「いつも余計に準備をしておきなさい」というのはケイトのアドバイスだった。)デービッドが眠れるよう優しくあやしていた。一時間遅れてバスがやってきたときも、運転手がベッキーに向かって話し始めたのにもかかわらず、落ち着いて自分の住所を言うことができた。

家に着いてデービッドをベビーベッドに寝かせ、最初にしたことはニールに電話をすることだった。あいにく彼は不在だったが、私は留守電にメッセージを残しておいた。

「今、二時です。やっと帰宅したところです。もう二度とあんな所に行くつもりはありません」

第十章　アイスクリーム

生後三カ月目の男の子を可愛がるのに、私自身を変える必要は全くなかった。毎朝、私はスヤスヤと気持ちよさそうに眠るデービッドをただじっとみつめていると、柔らかな額や「コウノトリのかみ傷」が薄くなったような紙のように薄いまぶた、優しく閉じた唇に、それだけで圧倒されてくるようだった。デービッドの眠りをさまたげてはいけないと思いながらも、あまりの可愛さに左手を注意深くベッドの右端に置いて中指で絹のような肌ざわりの真ん丸の頰を触ると、温かい息が私の手のひらにかかってきた。私のお腹がきゅっとなったが、これが愛おしさというものに違いなかった。

私とデービッドを取り囲む世界が変わってしまった、と言ったほうが正しかった。

私にとって一日の生活は、朝起きることから始まる身近な仕事の積み重ねだった。私にはデービッドがやってくる前から決まっていた日課があった。前の晩に十分プルーンを食べたかどうかによって決まるトイレは一、二時間かかったし、シャワーを浴びる日なら湯気だらけの寝室で身体を乾かすのに延々と時間がかかったし、首の筋肉が硬い日はいつもより着替えの時間が長引くのは当たり前だった。私の障がいが多くのことをより大変にしていた。十分睡眠をとったり、リラックスしている調子の良い朝は、着替えも一五分くらいでできる。でもそうでない日は、私の手とブラジャーのホックは鬼ごっこでもしているようだし、靴下に爪がひっかかったり、しわが足の底にまとわりついたり、ウエストのゴムが十分に伸びきらないで、スラックスを上にひっぱる前にバランスを崩して倒れたりとさんざんなスタートになるのだ。

ニールは朝をもっと精力的に迎える。ホロコーストの生き残りで多くの死を目のあたりにした彼の両親が朝の目覚めを喜びとして迎えるように、彼もその精神を受け継いだようだ。彼にも私と同じように良い日と悪い日があるにもかかわらず、そんなことにはまるで左右されないのだった。朝の六時にシャツのジッパーがひっかかって上に上がらなければ、ニールは文句をぶつぶつ言いながらも、時間を無駄にしないためにそのシャツを脱いで新しいのにさっさと取り替える。

女性軽視と言われるかもしれないが、凹凸のないなめらかなニールの肌を乾かすのは簡単だし、ブラジャーをする必要もなければ、後ろに留め金があるような服を着る必要もない。毎回ネクタイをしめ、シャツをショーツの中に入れて（これは私が教えた身だしなみの中で一番感謝されていることのひとつだ）スラックスを上げて、ベルトをしめるたびに文句を言っても、どれもが私の努力の何十分の一でできることだった。

デービッドのオムツ替え、授乳、そして仕事に行く前にデービッドを私のベッドに移すこと以外はニールの日課は何ひとつ変わってはいなかったのに、私の日課といったら完璧に完全に変化してしまっていた。突然、自分以外の人間の責任を負わされた私の身体的、精神的なエネルギーの消費は予想以上だった。最高の幸福感と共にある孤立、絶望、依存、満足、欲求不満、そして一日の終わりにどっとやってくる疲労を感じる母親業がこれほど大変なものだと、前もって言ってくれる人はなかった。

私の人生の中にこの小さい命を受け入れるのは単純で簡単なことだったが、それを受け入れるということは、私自身が大きな不安の中に投げこまれるということでもあった。突然、大人になったような気分だった。今まで一度もそうなることを教えられたことはなかったが、いつかはそうなるということは言われ続けていた。突然、自分がしてほしいことを相手にはっきりと伝えなければならなくなったようだった。チャバラにはそれをうまく伝えることができなかったのだ。私の母がそうだったように、誰かを雇って、自分の要求を伝えることは私の一番苦手なことだった。母が一週間おきにやってくるお手伝いさんにどういうふうに家を片づけてほしいのか言うことができないでいるのを、私はよく覚えていた。母は、お手伝いさんが帰った後に、長椅子の後ろまで丁寧に掃除機をかけてない、窓に拭き残しがある、水道の蛇口が自分が磨くように磨かれていないと腹を立てていたものだった。けれどそれらのことを母がお手伝いさんに一度も言ったことがなかったのは、慢性の腰痛で家の中のことが自分でできないからといって、自分のやり方を人に押しつけることに罪の意識を感じていたからだった。

私にもその憤りがよく理解できた。恨みや自己否定というそれらの感情は、お腹の中で大きな塊のようにふくらんで、肌の下で泡のようにふき出てくるようだった。その時の母の様子が私にははっきりと目に浮かんだ。紫がかった唇から出てくる声はだんだんと重くなって、そこからもれる高まった怒りを抑えようとして噛んだ唇は白っぽくなっていた。母の怒りそのものが彼女の人生を物語っていた。何年、何十年もかかって積もったその感情が、母を内側から苦しめて、最後には母を死へと至らしめたのだった。私が同じような状況を母と違ったようにとらえようとしても、母と同じような怒りが出てくるのをどうすることもできないでいた。今、まさしく私は母と同じ状況に立たされ、同じような葛藤に苦しんでいる。

私の新しい日課は、七時十五分にセットされた目覚ましのラジオと共に始まる。ベッドから起き上がるとベッドの真ん中にデービッドを動かし、ベッドから落っこちないようにと彼の周りに枕を置く。(窒息させないように注意しながら。)ため息を吐いてやっとベッドからはい出すと私の本格的な一日が始まる。ほとんど毎朝、キャリーが玄関のドアを低い音でノックする前に、靴下と上着以外の着替えは終わっている。

ニールと私がキャリーを雇ったのはチャバラが出ていった一カ月後だった。幸いにもリディアが手伝いにきていたのと、八歳になる息子のラリーを連れて姉が一〇日の予定で私たちを訪問していたとき、偶然にもニールの友人のジャッキーも遊びにきていたので、新しい介護人を急いで見つける必要がなかった。狭い家に家族以外の三人もの滞在は私のストレスを軽くはしなかったが、新しい介護人を探すことから一時的にしろ解放されたことは有り難いことだった。ニールの母親も我が家にやって来たいと言ってきたが(興味本意に違いなかった)、それはニールが断ってくれた。六月に東海岸に行く予定があるので、その時にデービッドも連れていくから、というのが彼の理由だったが、彼は私の気分を軽くしてくれた。

チャバラを雇ったのは私たちの最大の過ちだったことははっきりしていたが、同じことを繰り返さないという保証はどこにもなかった。私たちはニールの上司のエトナに誰かいい人を知らないかと尋ねてみた。人に紹介してもらうことに多少の罪の意識を感じたのは、自立生活のカウンセラーをやっていたとき、介護人は自分で見つけなければいけないと多くの障がい者に言っていたからだった。当時は論理ばかりが先行していた。

キャリーはエトナが紹介してくれた中で最初に電話をしてくれた人だった。二十代後半で、二度離婚をし、八歳になる息子は彼女の最初の夫と彼の現在の奥さんと暮らしているということだった。ちょっと内気にも見えたが、大きめの上着が彼女の体型をカバーし、小さな丸顔とちょっと上向きの鼻の上に大きな眼鏡が目立っていた。しかし私たちと話すのをいやがっているような感じではなかった。ニールもキャリーとの会話にすんなり入ってくれたし（自分が気に入った人との会話は苦手ではないらしい）、彼の冗談もすぐに通じたようだった。

ニールはすぐに彼女を気に入ったようだが、私はちょっと様子をみたかった。

彼女の履歴書によると長続きした仕事が今まであまりないようで、一番長かったのは六カ月だった。ベビーシッターやお手伝いをしながら、シングルマザーとして息子を育てていたが、息子が少し大きくなったときに再婚をしたということだった。二度目の離婚の後、大学に入り直したがそれも資金不足で退学し、去年はスキーでした大けががもとで大手術をし、経済的に安定するまで息子は前の夫のもとで暮らしたほうが良いという決断を下したのだそうだ。現在は動物病院で受付けをしているが、それだけではアパート代もままならなかったらしい。

私たちのもとで働くことに関してはやる気があって前向きだった。彼女いわく、彼女と妹弟も養子として迎えられたが、秘密だらけの家族だったらしく、今は養親たちとは疎遠になっているということだった。

私のアンテナは二時間の面接の間中あらゆるところに張りめぐらされていた。二回の結婚に二回の離婚。二八歳で八歳になる息子。疎遠な家族関係。精神的に安定しているのだろうか？　奥深くある反抗心がいつか私たちに向けられるのではないだろうか？　それよりも私たちの子を誘拐される危険性は？

いろんなことが見えるクリスタルの球でもないかぎり、これらの質問に対する答えが返ってくるはずがないことは、私が一番よく知っていた。だからこそ私は現実的なものに目を向けようとした。キャリーの照会を見ると真面目で有能で仕事も一生懸命、特に乳幼児の取り扱い方がうまいとしるされていた。面接の間にデービッドのオムツを替えてもらったときも、彼をあやしながら手際良くやる様子を私は気に入った。私たちは、彼女のことをじっくりと考慮し、エトナからの候補者も彼女以外には現れていない現実を頭に入れながら、最終的にキャリーに賭けてみようと決断した。たぶん彼女は今までついていないだけだったのかもしれない。ここでなら彼女も思いきって仕事ができるかもしれない。私は彼女にならば自分の子どもを預けても大丈夫という気持ちになっていた。それに一番気に入ったのは前任のチャバラと違って、彼女には押しつけがましいところが全くないことだった。

キャリーが玄関のドアを開ける頃、ちょうどデービッドが目を覚ます。隣にいる私が彼の最初の笑顔を目にするときでもあった。キャリーに朝の挨拶をするのが遅れるのはそのためでもあった。

キャリーが家にいる朝、私は何をしていいのかわからなくなっていた。デービッドの入浴、朝ご飯の世話、一日分のミルクを哺乳瓶に作りおきすること、そして後片付けと、彼女は自分の仕事が何なのか十分承知していた。私は彼女の周りをうろうろしたり、長話して彼女の邪魔にはなりたくはなかった。（彼女は話し嫌いではないようだが。）

でもデービッドの母親としての私の役割はいったい何なのだろうかということも考え出していた。すべてを他の人に頼りっきりで、デービッドは私を母親と思うのだろうか。私が彼の世話をしなければ、私を母親だと思う気持ちも薄れてくるのではないだろうか。私は自分のこの状況を、働いている母親が子どもを住み込みのベビーシッターや保育園に預けていることと同じ問題だと思うようにしてみた。が、本当にそうなのだろうか。毎朝、キャリーが帰る十一時になると、私のこの考えはうそっぱちだということに気づくのだった。働いている母親がどんなに忙しくても、子どもの身体的な世話はやろうと思えば何とかできるはずだ。でも私にとってそれをするということは、五マイルの山を登る時間とエネルギーほどの重労働なのだった。

午後の時間外にキャリーがデービッドのオムツを替えることを正式に頼んだことはなかったが、もし彼女が近くにいたら気軽にそれを頼める人であることを願っていた。でも彼女は仕事の時間とそうでない時間を割り切っているようで、とてもそういうことを頼めるような雰囲気ではなさそうだった。彼女の気をそこねたらどうしようという恐怖と我が家の経済状態が、彼女の仕事時間の一〇分延長を再交渉することを慎重にしていた。が、問題は時間のことだけではなかった。最大の問題は午後の五時間もの長い間、いつデービッドのオムツが汚れるかということだった。

未だに私がデービッドのオムツを替えるのには長い時間がかかった。おしっこの時はオムツをデービッドのお尻から引っぱればいいので簡単だったが、問題はもう一方のほうだった。オムツを注意しながらはずすのも、お尻をきれいにするのも大変なことだった。私がすると少なくとも四、五枚のぬれナプキンが必要だった。ニールは私には虫眼鏡が必要なんじゃないかと、いつもからかっていたが、私にはオムツかぶれになるのではという恐怖があった。もちろん、そうならないようにまめにオムツを替えなければならないということも十分承知していた。オムツを替えること自体には何の抵抗もなかったし、むしろそれはお尻をきれいに拭いてあげたり、彼の柔らかい肌に触れることのできる私たち親子の特別な時間になっていた。私にとって母親になったことを実感できる貴重な仕事だったし、母が私のベッドに座って温かい毛布の中から私の足を片方ずつ出しては、自分の膝の上にあげて優しく靴下をはかせてくれていた昔を思い出させてくれることでもあった。

でも現実には、デービッドのオムツを替える作業は簡単なことではなかった。まずは十分な準備が必要だった。汚れたオムツを替える前に新しいオムツを広げ、両側のテープをはがしておくのだが、親指の爪ではがし始め、次は親指と人指し指で丁寧にそれをはがさなければならない。その時、テープがどこかにくっついたりしないように息をも殺してする作業だった。その次に、デービッドのお尻にすぐ敷けるよう、新しいオムツを彼のすぐそばに置く、そこまではそんなに難しいことではないが、デービッドをあやしながらそれらの作業をきちんと正確にやろうとすることは、至難の業だった。

その次に大変なのは、はがしたテープをどこにもくっつけないようにセサミストリートのキャラクターの柄の上にきちんと貼りつけることだった。やりやすいほうから（向かって左側）くっつけていくと、右側をくっつけるときにひっぱりやすくなるのだった。そして最後に利き手の左手でテープが腰にちゃんとくっついたかどうかを手探りで確認する。右側をくっつける前に「片方は終わった。もう片方」と自分に言い聞かせる言葉が頭の中でくり返されている。たまには、右側にテープを留めるスペースが十分にないことに最後になって気づいて、もう片方をもう一度直すということもあった。

そして時には、替え終わってからオムツがゆるすぎたり、きつすぎたり、下すぎたり、上すぎたり、テープが肌にくっついていることに気づいて、調整しなければならないこともあった。それだけならまだしも、テープがくっつかなくなってしまって、新しいオムツで最初からもう一度やり直しということもある。

オムツ替えの作業に四〇分ぐらいかかるのは、私にとって当たり前のことになっていた。押されたり、引っぱられたりして、私の汗とよだれにまみれながらもその間中、デービッドは声をあげたり、おしゃぶりをくわえたり、自分の指やガラガラで遊んだりと本当に良い子でいてくれた。その作業の間、私が休憩するたびに彼に話しかけると、彼も微笑んで何か言おうと口を動かすのだった。彼の忍耐がこの作業を可能にしてくれていた。やっとオムツが替えられ、服も着せられ、私たちが疲れきって全部の作業が終わると、私はデービッドを腹ばいにして背中を優しくなでるのが習慣になっていた。そうするとデービッドは二時間の昼寝につくのだった。

デービッドと私はほとんどの午後を日当たりのいいリビングルームの床に敷かれたマットの上で過ごした。床にマットを敷くという考えは私のアイデアだった。セントルイスのケイトの家に滞在している間、デービッドと私は暗い、カーペットの敷かれた部屋でほとんどの時間を過ごした。床に座ってさえいれば、デービッドにミルクをあげ、ゲップをさせ、オムツを替え、あやしてあげることが可能だった。ケイトはそれらのことはデービッドがベッドにいさえすれば私でもできると言ってきかなかった。私はケイトの考えをこわしたくはなかったが、外を歩く通行人に見られないようにブラインドを閉め切った、暗い、小さなベッドルームに一日中いることを考えただけで、カゴの中に入れられたのら猫になったような気分だった。

ニールとジャッキーがマットを買ってきたとき「このマットを長椅子のそばにおきたいんだけど」と提案してみた。

「そこにはおきたくないよ。マットが大きいから床からはみ出して邪魔になるよ。それに見た目も良くないし」とニールは返答した。

「でも長椅子のそばにマットをおけば、デービッドを抱いたり、膝の上に座らせることが簡単にできるわ」と私の考えを説明してみた。マットから私の膝の上に七キロもの重さの子を直接持ち上げるのはとても無理だが、デービッドを長椅子の上に最初乗せ、そこに車椅子を近づけて彼を私の膝の上に乗せれば安全にできるはずだった。

「とにかくマットをそこにおくのは、見た目が良くないよ」とニールはむっつりして私をにらみつけていた。

私は唇を固く結んで、歯をくいしばっていた。彼はまだ石のような硬い表情で私をみつめている。

「一日中ベッドルームに閉じこもっていたくはないわ」と私は文句を言った。

それに対しては何の返答もない。本当に石頭なんだから。

「ニール」と私の姉が間に入ってきた。「ここに来て、このマットを触ってみてよ。とても軽いから、マットを動かしたいときは簡単にできるはずよ」。

まだ彼の表情は変わらず、車椅子にふてくされて座っている。それは、私と喧嘩をするときのお決まりのスタイルだった。私の姉に言われたとおりマットに触ってみて、彼女の言っていることの正しさに気づいてやっと納得した様子になった。

見た目だけが、ニールにとっては問題だった。私の気持ちや、昼間、私がひとりでデービッドの世話をするのが大変だ、ということなどは彼にとっては重要なことではなかったんだ、と私は深い憤りに胸が痛んだが、それをあえて口には出さなかった。それを言ったところでどうなるものでもない、ということはよくわかっていた。ニールと一緒にいるこの四年の間、彼には私のある部分がどうしても理解できないようだ、ということにようやく気づいていた。

デービッドと一緒にいるということが、午後の長い間をひとりでいるという孤独感を和らげてはいたが、今の私は空虚と絶望にさいなまれていた、あのブロンクスの階段だらけのアパートにひとりでいる女の子ではないんだと、自分に言い聞かせ続けていないと不安になるようだった。もちろん、今はそれとは全く違った状況に自分がいるのはよくわかってはいたが。

計画を立てることからはじまって、ほんのちょっとしたことにもエネルギーが必要だった。時折、電話をして友達にグチを聞いてもらいたい衝動にかられることもあったが、ほとんどの友達は昼間働いていたし、執筆業をしている私にとってひとりでいることは今に始まったことでもなかった。子どものためのプレーグループや母親のグループに入ることは、車椅子で入りにくい家や車椅子で行くには遠い家を訪問することを考えただけでうんざりだった。幸いにも、最近子どもができた友人のダイアンが同じような仕事をしている母親のグループを作ろうとしていた。彼女が私にも興味があるか声をかけてくれて、四人の母親が一週間に一回、集まることになった。しかし、相変わらずデービッドと私が外に出ることは、他の人たちの家が車椅子では入れないためあまりなかった。そのため彼女たちが我が家にやって来ることになった。

天気が良くなって暖かくなってくると、例のカクーンにデービッドを入れて二人で外出するという冒険も始めた。スルー・ザ・ルッキング・グラスのメーガンが、デービッドの世話で何か困っていることはないか、と電話をしてきてくれたので、家に来てもらうことにした。ほとんどのことはなんとかなっていたが、精神的なサポートが今の私には一番必要だった。

私がデービッドをベッドに寝かせて、そのそばにカクーンを広げるのを、メーガンはそばに立って見ていた。「そこの枕を取ってもらえないかしら。カクーンの下にそれをおくの。そうしないとデービッドが布の中に埋まっちゃうの」。

メーガンはベッドに近寄り、枕を取ると、「デニース、他のものを使ったことはあるの？」と尋ねた。

「いろいろ探してみたけど、紐があったり、ボタンがあったり、結ばなければならなかったりでちょうど良いのがなかなかなかったわ」と私は答えた。

「マジックベルトなんかどうかしら。良い考えだと思うんだけど」と提案してくれた。「あなたのやり方だととても大変そうだわ」。

「私もそう思うけど、今はこのカクーンが気に入ってるの」とちょっと身構えるように言った。「デービッドを抱っこしたら、彼の頭があごにぶつかってしまうんじゃないかしら。身長があるんだもの。そう思うでしょ」。

メーガンはそれ以上何も言わなかった。彼女は枕を手にして持ってきてくれた。それをカクーンの中に入れると、デービッドに手を伸ばし、彼の着ている服をつかんで持ち上げると長方形の枕のちょうど上に彼を寝かせた。私はデービッドに近づいて、自分の頭と左腕をカクーンの紐に通し、カクーンごとデービッドの身体を私の膝の上に持ち上げた。そうするとちょうどうまい具合に私の胸の所にデービッドがやってくるのだった。

「なるほどね」とメーガンが声を上げた。「それがあなたたちにとって一番良いやり方なんだわね」。

私は「そうよ」と得意気にうなずいた。「こうやってミルクをあげることもできるし、ここで昼寝だってできるのよ」。

デービッドをカクーンの中から出すのはとても簡単だった。

私の家族は、何をするにしてもいつも億劫がっていた。母は慢性の腰痛と静脈の循環の悪化からくる炎症の発作が持病だったし、父は一日中働いていたので、何を頼んでも家にいるときは何もしてくれはしなかった。三歳上の姉を含めて全員が何をするのも面倒がっていた。姉が私のコーヒーに砂糖を入れるのを嫌がった（「そんなふうに飲むのは赤ちゃんだけよ」と言ったのは姉だったが）本当の理由は、私のコーヒーに砂糖を入れてかきまぜた後、スプーンを洗うのが面倒だったからだ。

私はデービッドが自分が皆の迷惑になっているんだ、と思うような行動を取ることだけは絶対にしまい、と決心していた。どんなに大変でも、一週間に二回かそれ以上、散歩にも連れて行った。散歩に行くたびに彼は眠りこんでしまうので、近所の喫茶店でモカを飲むよいチャンスでもあった。私たち親子を見ると周りのお客さんもうなずいて、微笑みかけてくれた。通りで私たちに近づいて来る人は、ほとんど驚きとうれしさの表情をしていた（私が子どもの頃にあった好奇と哀れみの目とは全然違っていた。）ある日、父の年齢ぐらいの男性に声をかけられたことがあった。「じっと見ていて失礼」と謝り気味にその老人は話しかけてきた。「じろじろ見るつもりはなかったのだが。車椅子は見慣れているし、赤ちゃんだって別に珍しいわけではない。でもその二つが合わさっているというのにお目にかかったことはなかったんでね。いや、あなたのお陰で今日は良い日になりそうだ。ありがとう」。

私はにこにこと微笑みながら彼のそばを通り過ぎた。デービッドをあやしながら、「あのおじいさんのお陰で私たちの一日も良い日になるかも」と声をかけた。

私はデービッドの入ったカクーンの温かみを胸に感じながら、車椅子を走らせた。その中にデービッドを入れるのは簡単なことではなかったが、それだけの価値は十分あると感じていた。

理学療法を受けにウイッテン小学校まで行ったときのスクールバス事件の後、リージョナルセンターのデボラはCCS（カリフォルニア子どもサービス）なら療法士を自宅に派遣することができるかもしれないと、勧めてくれた。長い目で見るとそのほうがお金はかかるかもしれないが効果的だと思う、ということだった。そのサービスを受けるためにデービッドはもう一度診察を受けなければならなかった。今回はCCS指定の医者からだった。

デービッドを数分診察したモリナー医師は一緒にいた職員に「緊張もみられないし、筋肉の調子も良さそうだ。脚に硬さがちょっとみられるけど、理学療法の必要性はないね」と首を振りながら伝えた。

午前中、休みを取ったニールは家に帰る途中ずっとうれしそうだった。二、三日後に定期検診をするパーカー先生に今日のことを報告するのが待てない様子だった。しかし、パーカー先生は「デービッドの今までの様子を無視したくないの。それが取り越し苦労だとしてもね」と、今までどおり理学療法を受けることを勧めた。

ニールがアン・パーカー医師の言うことを聞かないはずはなかった。パーカー先生はCCSを説得してあげる、と言ってくれたが、最終的には、ニールと私はCCSのサービスは使わないことに決めた。私たちの健康保険を使えば七〇％から八〇％の費用はカバーしてもらえるはずだったし、そのほうが自分の好きな療法士も選べてずっとやりやすかったのだ。

二週に一度、ヒルドレッド・ヨストという理学療法士が我が家までやってきてくれた。ヒルドレッドはスタンフォードにいる友人から紹介された理学療法士だった。彼女は東ヨーロッパのアクセントがきつかったが、名前から想像していた感じからはほど遠く、私の子どもの頃理学療法士だったスターンさんに似ていた。私の作家としての想像力もたいしたことはないようだ。

彼女はいつもデニムのフレアスカートをはいて、白いブラウスを着て、首には虹色のスカーフをゆったりと巻いていた。玄関を入るときに銀色の頭をちょっとかがめるのは、入り口のスロープが敷居を高くしていたからで、彼女のように背の高い人は頭をひょいと下げなければならなかったのだ。

ヒルドレッドがやって来るのは、デービッドがミルクを飲んでお風呂に入った後のお昼近い午前中だった。時々、彼女はオレンジ色のビーチボールを持ってきて、その上にデービッドをおいて硬い肩と首の緊張をとくためにボールを優しくあっちこっちへところがした。私の仕事はデービッドが手を伸ばしてつかむようにミッキーマウスのぬいぐるみを高く上げていることだった。時々泣き声をあげながらも、そのたびにおしゃぶりをあげたり、ヒルドレッドが歌をうたってあやし始めると、機嫌が良くなってくるのだった。私が子どもの頃にも、ヒルドレッドのような理学療法士がいたらと思うと、ちょっとデービッドがうらやましくも思えた。彼女が帰る前にデービッドのオムツ替えまでしてくれることには心から感激してしまった。

リージョナルセンターにはまだ解決してもらいたい問題がいくつかあったが、その中のひとつが私たちの一時休息サービスだった。デボラとの話から私たちがそのサービスを受ける権利があることははっきりしていた。しかし、それも他の件同様、向こうが指定したエージェンシーから派遣された人が我が家にやってくるということだった。リージョナルセンターの規則によると、私たちは週四時間の休息サービスを受けることができた。

私たちにはデービッドの世話をする人を前もって選ぶことはできなかった。それどころか、私たちが一時休息を取るということは、私たちが外出している間はその見ず知らずの派遣員にデービッドを預けなければならないのだった。

私は週末の朝に派遣員がくることを希望した。仕事ができる人であればデービッドの朝のスケジュールどおりにやってくれるはずだし、週末用のミルクの作りおきから、やってもやってもきりがないデービッドの洗濯物まで片づけてくれるはずだった。もちろん、それは彼らに仕事をする能力があればの話だったが。何人かの派遣員候補者に会ってみて、その中のたった二人しか家の仕事を任せられると思える人はいなかった。ほとんどの人たちが、デービッドを頭からお風呂に入れるのではないかと思うくらい不安で、安心して世話を頼みたいとは思えなかった。白いユニフォームを着た派遣員たちは、障がいをもつ子どもの世話のトレーニングも受けているはずだったが、玄関で彼らを迎えた私たちの第一印象は、本当に仕事のことがわかっているのかな、という不安しかなかった。私たちは二時間の休憩を取るどころか、毎週土曜と日曜の朝は不安と恐怖をなるべく表に出さないようにしている時間になってしまった。

ミルクがこぼれないように哺乳瓶をきちんとしめたかしら、などと心配ばかりしている二時間の間、それ以上に最悪だったことは、その間、ニールがこわい顔をして背中を丸めてキッチンのテーブルにじっと座り続けていることだった。「どうしたの?」と私が尋ねても、「なんでもない。ただ疲れているだけだ」という答えが返ってくるだけだった。それは私も充分承知していた。昼間一〇時間以上働いて帰宅し、夜と朝方のデービッドのオムツ替えをするのはニールだったし、夜中にデービッドがむずがったときには(一晩に数回のときが数週間続いた)、私が昼間ひとりでデービッドの世話をしているからといって自分からすすんで起きてくれてもいた。そんなわけで疲れているのは当然だったが、彼の沈黙はそれだけが理由ではないように思えた。彼の姿が私から離れたところにいるような感じがして、気になって仕方がなかった。

私とニールの絆は強く結ばれていたが、それは私たちが付き合い始めてすぐにできたものだった。最初のデートで、ニールが自分の理想や夢を語り始めたとき、私は将来について何か予感めいたものを感じた。彼は物事を自由にとらえて、習慣やしきたりを超えていろんな人の気持ちを理解しながら話をすることのできる人だった。プライベートなときの彼は表向きの彼とは全く違って、本当に人間的な人だった。

彼が私に特別な興味があるとか、反対に私が彼に興味があるということには関係ないような素振りの、彼のがらがらとした大声を聞きながら座っていると、私たちはすでにお互いの気持ちをわかっているようだった。現実的な理想主義者の彼はすでに成功者といってよかった。ネクタイをしめ、背広を着て大企業で一日に一二時間も働く彼だったが、いつかはその会社の副社長になって、博士号を取って、養子を迎える、という大きな夢をもつ人だった。そんな夢をもつ彼のような人が私には必要だったし、彼には細かいことばかり気にしている私のような人が必要だったのだ。言葉をかわしながら、そして角砂糖と奮闘しながら、第一印象で私たちはCPという障がいをもって生きる喜びも苦しみも誰よりも理解し合うことができた。

時には言葉なんかなくてもお互いをわかり合えることができた。たまに意見がくい違っても、そんなことは私たちにとっては痛くも痒くもないことだった。私たちの共通のひらめきがなくなってしまうことはなかった。

十月の暖かい日曜の朝、初めてブランチを一緒にした後、ジャックロンドンスクエアーの近くで私たちは彼の最初の結婚について話をした。

「前の奥さんが浮気をしていたってわかったとき、頭にこなかったの?」

「全然、ただ傷ついたよね」と答えた後、彼はこう続けた。「彼女の浮気相手の僕の友人には腹が立ったよ」。私には彼の怒りの相手がちょっと違うんじゃないかと思った。「でも彼女も悪いわよね」と私は繰り返した。

でも、ニールには前の奥さんを責めるつもりは毛頭ないようだった。もともと彼女との結婚生活には満足はしていなかったものの、もし奥さんが浮気のことを許してほしいと言えば、結婚生活はそのまま続いていただろう、とも彼は付け加えた。彼女と結婚したことが大きな過ちだったと認めながらも、「でも、いったん結婚したなら、それを続けることが大切だと思うよ」と断言するのだった。

その話を聞いていた私はだんだんと感情的になってくるのがわかった。「あなた自身の気持ちはどうであれ、結婚生活を続けることが一番大事と本当に思っているの？」

「そうだけど、何をそんなに感情的になってるの？」と彼は私に尋ねた。

私はどう説明していいか言葉がみつからなかった。もし私たちの関係が深くなったら、かっかと熱くなるのは私のほうだろうな、という直感めいたものをその時感じていた。

ニールは私の答えをじっと待っていたが、彼が理解できるように説明する適切な言葉がみつからなかった。

その時、私たちの沈黙を破るように誰かが明るく私たちに声をかけてきた。「失礼ですが、あなた方おふたりにアイスクリームを買ってあげたい、と妻と二人で思ったのですけど、どうでしょうか」。優しい笑顔をしているその老人の顔を見る前に、ニールと私は顔を見合わすと、同時に「結構です」と同じ答えが口からでてきた。

相変わらず笑顔をみせたまま、その老人は私たちの返答を素直に受けとめて、「じゃ、失礼」と言うと奥さんと一緒に離れて行った。

ニールのちょっとした言動が私と全く同じだったことに私は心から安心でき、他の人、特に障がいのない人や言語障がいのない人たちに対するような気を遣わなくてもいいのだというプレッシャーから解放されたようだった。自分の気持ちを正直に出して、皮肉ったり、怒ったり、憤ったりする気持ちをニールになら遠慮せずに表現してもいいと感じた。でも、あの場合はふたりとも、あの老人の態度が私たちに対する哀れみや同情からきたものでない、というのはよくわかっていた。天気も良くて暖かい日なので、あの老夫婦も気持ちが良く、また幸せそうな私たちをみて気分が良くなったのでアイスクリームでもごちそうしてみたくなったのだろう。ニールも私も老人の親切心がよく理解できていた。

でも、いたずらそうな顔をしてニールはこう言った。「アイスクリームもらっても、持ってられないよね」。

「そうね」と私は首を振って、こう聞き返した。「あなたはどうなの?」

「できないよ」と肩をすくめて彼は答えた。そして、そばかすだらけの鼻にしわをよせながら、「夕ご飯にステーキをごちそうしてくれるって、言ってくれたらな。喜んでごちそうしてもらったのに」と続けた。

「ニール、なんてこと言うの」と彼の冗談をとがめるふりをしながらも、その後も私たちの間に共通の何かが生まれたような気分が続いていた。

でも、ニールに話を聞いてもらって、慰めてもらおう、理解してもらおうと思っていたら、肩すかしにあった経験もたくさんあった。他の人にはすぐ同情を寄せるのに、私には冷たいことが何度かあってショックを受けたこともあった。

結婚一年目の頃、職場でひどいことがあって気落ちして帰ってきたことがあった。私はその時、あるプロジェクトのコーディネーターをしていて、案内書を書くことをまかされていた。序文の下書きができたので、上司に見せると、二、三日後に返ってきた。が、そこには何のコメントも書かれておらず、真っ赤に訂正された文とあちこちに矢印が書かれてあるだけだった。

「一生懸命やったのに」と私はその晩夕食を食べながら悲しんでいた。

「だから?」

私はニールをみつめてこう言った。

「ボスが私の書いた文をめちゃめちゃにしたのよ」

「それなら、やり直したら。この世の終わりでもあるまいし」。冷たく彼は言い放った。

「私の気持ちがわからないの? 一生懸命やったのよ」

すると、ニールは「君、生理の前なんじゃないの」と言ったのだ。

私は怒って彼の最後の質問を無視した。「批判するにもやり方ってものがあるでしょう。彼のやり方が私には気に入らないの」。

「くだらないな」と言うと、彼の言い分がすらすらと彼の口から流れ出てきた。「今の君の言っていることは、ただの泣き虫で我がままな障がい者の文句にしか聞こえないよ」。

それを聞いた私はカッときて、寝室にかけこむとドアをバタンと閉めた。時には、言い返す言葉がみつかって、ドアを開けて言いたいことを怒鳴ってはまた、ドアを思いっきり閉めることもあった。するとと今度は彼が「僕は君の敵じゃない」と怒鳴り返すのだが、私にはそうとは思えなくなっていた。時々ニールは私にも彼のように心臓が強くなることを期待しているのかと思うときがあった。彼は単純な生活と複雑な感情を持ちたいと思っているようだったし、私にもそれを要求しているようだった。

週末の派遣員が家の中をあちこち動き回っているのを私が横目で見ている間、ニールは台所のテーブルのそばにうつむいて座っていた。私は彼と目を合わせるのも避けようとしていた。たぶんその間、私たちはその状況をまともに見ようともせず、自分たちからは何もしようともしない、「かたわな赤ん坊」のようだったのかもしれない。

それが、派遣員が帰ったとたん、今までじっとしていたニールが突然生き返ったようにすごいいきおいで自分のしたいように振るまうのだった。もともと人生に対して精力的な彼は、自分が調べてきたあらゆる公園や子どもの活動に、私たちを連れ回すのだった。出かけている間中デービッドが眠っていようが、持ち物の準備や、全員で車に乗り込んで最後にデービッドをカーシートに座らせるまでどんなに時間とエネルギーがかかろうが、そんなことはニールには問題ではなかった。午後の早い時間に出かけ、夜の七時か八時まで家に戻らないこともあった。家に戻る時間は、私たちどちらかの友人が家にやってきてデービッドにミルクを与えるかということにもよっていた。

ニールが自分の興味のあることばかりに夢中で、そうでないことにはまるで関心がないことに私はいらだってきていた。ニールにとって今までずっと待ちこがれていた自分の子になったデービッドにエネルギーをそそぎこんで、問題から目をそらすのは簡単なことだった。たぶん、私が彼に問題を解決してほしいと期待していると思っていたのかもしれないが、そんなことはなかった。(もし彼が問題に目をやっていたならば、そうしたかもしれないが。) 私はただ彼に砂の奥深くの貝に閉じこもるのではなく、私のそばにいてほしかっただけだった。ここ数カ月の私たちの生活の変化から起きたストレスや問題で、私たちは相当にまいっていた。ニールは問題を直視することができなくなっていたし、私はそのことで不機嫌になっていた。

私たちに今必要なのは、見知らぬ人からのアイスクリームだったのかもしれないが、私たちは疲労と現状を維持するのに精一杯で、二人きりで外に出かける気にもならないでいた。

第十一章　疲労こんぱいの母親

デービッドは私たちの子どもになるために生まれ、私たちはデービッドの親になるために今まで生きてきたというのは疑いもないことだと、私は心から信じていた。私たち三人は不思議な絆で結ばれている。デービッド以外、どこの世界にあっちからこっちに移動するのに着ている服をつまみ上げられ、不安定に持ち上げられても平気でいる子どもがいるだろうか。五カ月が経ったのでパーカー先生の指示で一日三回の離乳食を与えるようになったが（腕が疲れているときはミルクをあげてしまうこともあるが）、お昼には彼に食事を与える人が誰もいない。そんな時、デービッドは私のふらふらしている指にのっかったひとかたまりの食べ物を自分で口にもっていって食べようとするが、そんな子はどこをさがしてもいるはずはなかった。その上、うれしいことに、彼はよく眠る子だった。私が自分の起きる準備をしている間、彼は目を覚まさないでいてくれたし、一日に二回は、二時間も昼寝をしてくれた。（たぶんデービッドも疲れているのかもしれなかった。）

数カ月たって、私のアドレナリンも落ち着いた頃、再び執筆活動に戻ろうかと考えられるようになった。私の人生を変えたあのコリーンの電話をはさんでの六カ月間、私はあるアンソロジーへの作品をひとつと、『サンフランシスコ・コロニクル新聞』に書評をひとつ書いたが、それは作家として初めて一〇〇ドルかせいだ仕事だった。アンソロジーのほうは十一月にあった仕事だったが、新聞のほうは一月に仕事をもらっていたが、それが新聞に載ったのは緊急にセントルイスに行くことになった三日前の二月十五日だった。カリフォルニアで最大の新聞に自分の書いた記事が載るというのは本来なら興奮させられることだったろうが、自分の息子になるかもしれない子どもに会いに二千マイルもの距離を飛ぼうとしていた興奮に勝るものではなかった。そんな理由で執筆したものが発表されたという喜びをゆっくり味わうこともできなかったし、私の運命が自分の執筆者としてのエゴがふくらむのを抑えていたのかもしれなかった。

私はデービッドの二時間のお昼寝の時間を自分の執筆の時間にしようとした。私は知り合いの多くの作家がそうであるように、コンピューターの前に座ったとたんに、いろんなものに悩まされた。言葉、思い、文の始め、結末などのアイデアが、起きたばかりでふらふらしている朝から睡魔におそわれる夜まで常に私の頭の中をただよっていた。

ところが、いざ仕事をしようと机に向かったとたん、横になって休もう、電話をしよう、ちょっと休憩してテレビでも見よう、お昼の時間だ、などと仕事を後まわしにする理由がでてきてしまうのだった。幸いにも自己規制がそれらの欲望を負かして、いったん仕事を始めると空腹や疲労、孤独感を忘れて書くことに集中でき、二時間でもたっぷり満足のできる仕事ができるのだったが。

しかし、執筆という仕事を結果が目に見えるようにすることは非常に難しいことだった。それを計ることが困難なのだ。私がニールに「今日、書くことができたわ」と言うと、彼はすぐに「何ページ書けたの?」と尋ねる。友達も「あなたの今度のストーリーはいつできあがるの?」と聞いてくる。私はそれらの質問にどう答えていいか困ってしまう。作家仲間なら書いた量はあまり問題ではないということは十分承知なはずだが、今の私にはその仲間に会う時間もなかった。行きつけの喫茶店でゆっくりと座って話をしている時間なんてこれっぽちもなかった。前に入っていた女性作家のグループは、ニールを寝室や他の部屋においやって、いつも我が家の茶の間で集まりを開いていたが、それからも私は抜けていた。一カ月に二回、月曜日の夜七時に家を出て、他人の家の階段を上がってまでしてその会に参加するには、私は疲れすぎていた。

私は芯から疲れ切っていた。身体的な疲労だけでなく、次から次に起こる事態に対応することにも疲れを感じていた。ほとんど毎日のように新たな問題や壁にぶつかるのだった。オムツかぶれに始まって、中耳炎、そして慢性的な人手不足にはほとほと困っていた。それでも最初の二つの問題はなんとかして解決した。毎回オムツを替えるたびにデービッドのただれたお尻には塗り薬をつけるようにしていたし、膝と膝の間に飲み薬用のスプーンをしっかりはさんで中耳炎の薬の量を計って、それを哺乳瓶に入れてデービッドに飲ませていた。デービッドがその薬を飲むのをいやがらなかったのはラッキーなことだった。

人手不足に関してはぎりぎりのところに私は追いつめられていて、すべてのストレスが私の両肩にのしかかってきていた。デービッドのための手助けがほしいからといって、キャリーが外出先から帰ってくるのを待ったり、いつも遅刻してくるリディアを待つのにはほとほと嫌気がさしていた。デービッドを愛しいと思いながらも多くのストレスや孤独感に耐えるのは容易なことではなかった。日々たまっていくそうした感情を抑えようとしていたが、ある日ついに爆発してしまったことがあった。

それはお天気の良い五月のある日のことだった。重い空気がただよっているようで、ただなんとなく家の中にいてぶらぶらしていたい気分の日だった。二、三日前から脚が筋肉痛で、デービッドを外に連れ出す元気もなかったが、かといって家の中で書くことに専念しているわけでもなかった。（その気はあったが。）その上、いろんなことがいつも起こる週末を前にした金曜日だった。リディアが掃除をするために昼過ぎにはやってくることになっていた。

三時半になったらリディアがやってくるだろうと予想をして、私は、キャリーに五時までには戻るようにと言っておいた。キャリーは午後の数時間を利用して買い物に行くことにして、バスと電車を乗り継いで約二時間離れた所へ出かけて行った。（「ずっと飲みたいと思っていたおいしいジュースが飲める所がそこにはあるの」と彼女は言っていた。）

お昼を過ぎたばかりの頃、デービッドが昼寝をする前にオムツを替えたが、私が上手にできなかったのか、目覚めたときにはぐっしょりとぬれていた。それは三時頃だったので、三〇分もの間服をぬれたままにしておけないし、そのうちにリディアがやってくるだろうと思って着替えを始めたが、リディアはなかなか現れなかった。

シーツ類がぎゅうぎゅうに入っている棚から乾いたタオルを取り出すのに一〇分かかり（デービッドはベッドの上まで濡らしてしまっていた）、ジッパーを下げて服を脱がせるのに一五分かかり、濡れナプキンで彼の身体を拭くのにもう五分かかり、やっときれいにして新しいオムツをつける準備ができた。リディアはいったいどこに行ってしまったんだろう。あと数分待ってみようか。でもミルクの時間ももうすぐだ。でも今、ミルクをあげたら、またおしっこをしてしまう。とにかくミルクを温めなくちゃ。デービッドが泣き叫ぶのも時間の問題だ。それまでにはリディアはやってこないかしら？

骨ばって、使い古したような膝（子どもの頃に這いすぎて私の膝はおかしくなっていた）で立って、再び車椅子に乗ると、冷蔵庫に行って哺乳瓶を取り出しそれを電子レンジで温めてデービッドに持っていった。それまでにちょっとしたむずかりが大きな泣き声にと変わっていた。私は床の上に降り哺乳瓶の乳首をデービッドの口に押し込み、新しいオムツをあてがう準備に入った。

四時にはオムツをつけ終わり、四時五分には哺乳瓶はからっぽになっていた。ゲップをさせ、時計が四時二十分を指したときに臭ってきたのはデービッドのうんちだった。まだリディアがやってくる様子はまるでなかった。家の前に停まるはずの車の音もなかった。私は車椅子に乗りこみ窓の外を彼女の姿を探すように見つめていた。四時半になって、デービッドとふたりきりで心細く待っていた私はついに、隣に住む臨月間近のジョアンに電話をしてしまった。数メートル向こうの家からジョアンが我が家に着いたとき、私はヒステリーを起こして泣き叫んでいた。

「これ以上できないわ。もうどうしようもないわ」と私は何度も何度も叫んでいた。彼女がやってきたとき、私は玄関ドアのそばの床の上に座って「私が母親になる資格なんてないんだわ。何もかもが大変すぎる」と身体をゆすって泣き叫んでいた。

ジョアンはひざまずいて私を抱きしめてくれた。「デニース、大丈夫よ、大丈夫よ」という声が私の気持ちをやわらげてくれた。

私は「オムツを替えることもひとりでできないのよ」と泣き叫んでいた。「ひとりではどうしようもないのよ。キャリーは出かけてしまったし、本当ならリディアは一時間も前にここにいるはずなのよ。私ができることはただ座って待つことだけなのよ。それだけしかできないんだわ」。

「デニース、誰にでもそんな気持ちになるときがあるのよ」とジョアンは慰めてくれた。「さあ、椅子に座りましょう」。

私の車椅子は少し離れた所にあったので、彼女はコンピューターのそばにあった椅子を持ってきてくれた。私がそこに座ると、ジョアンは寝室にあったティッシュペーパーを取りに行ってくれた。彼女からティッシュをもらうとジョアンの洋服に私の涙や鼻水がつかないように、急いで顔を拭いて、鼻をかんだ。

ため息をつくと、安心感と悲しみがまざり合った気持ちが、この数カ月たまりにたまった蒸気になって私の胸から吐き出されるようだった。どうしていつも感情的になってしまうのだろう。もう一度ため息をついたときにリディアの玄関をノックする音が聞こえてきた。

「どうかしたの?」と、ジョアンがドアを開けると、リディアはすぐに私の顔を見て声をかけた。その声が私を再びいらつかせた。

「どこに行っていたの? 一時間前にここに来ることになっていたでしょう」と私はきつく問いつめた。

「ここに来る前の仕事に時間がかかってしまったの。もっと早く終わるはずだったんだけど。何かあったの? デービッドは大丈夫なの?」と彼女は答えた。

自分の言い分がばかげているようで、情けなくなり、また涙がでてきてしまった。彼女に言ってもどうしようもないと思うと私は小さな声で「何でもないのよ」と言うだけだった。

「仕事を始めなくちゃ」と彼女は叫んだ。

私は鼻をすすって、「まず最初にデービッドのオムツを替えてくれない。うんちしてるの」と彼女に頼んだ。

リディアが鼻歌を歌いながら向こうに駆けて行くのを見ると、ジョアンのほうを見て頼りなげに肩をすくめるしかなかった。

「デニース、私がジェルサを産んだばかりのときも、今日のあなたのようにどうしていいかわからない日があったわよ」

私はそれを聞いてうなずいた。姉もラマーズクラスの先生から、窓から赤ちゃんを捨てたいと思うぐらい気持ちがおかしくなったときは、誰でもいいから電話をするか、知らない人でもいいから助けを求めなさい、と言われたことがあったと言っていた。私はデービッドを傷つけようと思ったわけではなく、私が母親として適してないと思ったのだ。デービッドには彼を腕の中であやして、優しく揺らしながら眠りにつかせたり、すぐにオムツを替えてくれる母親が必要だと思ったのだ。

私は一息つくと「ジョアン、時々ね、私は間違った決断をしたんじゃないか、って思うときがあるの」と言ったが、言ったとたんに何てことを言っているんだと思った。デービッドを養子にしたことが間違いだとでもいうのだろうか？

「なんてことを言うの」とジョアンは叫んだ。「できないと思ったことをあなたが、するはずがないじゃない」。

「でも言い出したのは、ニールだし。私はそれにひきずられただけかもしれないわ」

「デニース、何をばかなことを言ってるの。簡単なことではないというのは、あなたもよく知っていたはずよ」

ジョアンの言うとおりだった。

でも肉体的、感情的なストレスだけではなく、心理的にも私は相当まいっていた。私は私たちの家族が私たちを監視しているのがよくわかっていた。心の奥底では彼らも私たちのやろうとしていることがうまくいくことを願っているだろうが、理性では私たちの力を疑っているに違いなかった。いつも心配ばかりして、どうでもいいようなアドバイスをくれる彼らは私たちを勇気づけたり、励ましてくれることもあまりなかった。普段から十分すぎるほどのストレスを抱えている私は、キャリーを雇ったばかりの頃に、ニールの母親が何度も「どうして彼女の子どもは父親と住んでいるの？　息子が母親と住まないなんて何か変だわ」とニールに言い続けていることにイライラさせられていたし、また、どうでもいいようなアドバイスばかりくれる私の姉にも嫌気がさしていた。「パンパースの袋についている熊の絵を集めて送れば、おもちゃが当たるらしいわよ」と教えてくれた姉が私たちを訪問していたとき、デービッドをどうやってカクーンの中に入れればいいか相談したら「あとでね」と言ったきりで、まともに相手してくれず、自分はデービッドと外に行くときは乳母車ばかり使って、「あとで」が決してこなかったこともあった。

その点、ニールは何事にも距離をおいているようなところがあった。彼の弟から電話がかかってきたときに「弟がね、今日ちょっとおもしろいことを言ってたよ。今回もし僕たちのやろうとしていることが失敗したら、僕の人生はそれで終わりだろう、ってさ」と言ったのを聞いたときは、私のほうが緊張して言葉がでてこなかった。そしてニールはこう続けた。「今までの僕はやりたいことは全部うまくやってきたよ。コンピュータープログラムを始めたときも仕事を探していたときも、結婚をしたときもだよ。でも今回ばかりはちょっと違うと思うんだ。これが成功しなかったら、もう僕はそれでおしまいだと思っているよ」。

その晩はお客さんが来ることになっていたので、私はニールと言い争いだけはしたくなかった。カレンとジョンが私の三七回目の誕生日を祝いにやってくることになっていたのだ。私は「そんなふうに考えるのはちょっと否定的すぎない？」とだけニールに言った。

「どうして？」といつものように率直な質問が返ってきた。

「あなたの弟はあなたのやろうとしていることをちっとも評価していないじゃない。子どもを持つことって結果がそんなに簡単にでることではないでしょう」。私は自分でも興奮しかかってきたのに気づいたのでその会話はそこでおしまいにした。

私は自分が母親になることに対する疑問とプレッシャーで押しつぶされそうだったし、周りの人からのコメントが次第に重くなってきていたのを感じていた。こんなことをこの数カ月間ずっと悩んでいたのだからどうりで爆発したはずだった。

私が爆発した晩、ニールが帰ってきたときには夕方の出来事の興奮はすでに去ってしまっていた。その瞬間を生きているようなニールに、数時間前に起きたことを克明に感情を入れながら伝えることは難しかった。時には私も彼のように子どもを持つことの喜びだけを感じるような人間になりたいと思うことがあったが、それは無理なことだった。

「何週間かホゼのカウンセリングを受けに行きたいんだけど」と今日のような感情のたかまりは何らかの助けがほしいという印だと思って言ってみた。「彼は今、短期間のカウンセリングしかやらないと思うの。一カ月間だけ、ワシントンに行くまででいいの。お金、払えるわよね?」

ニールはうなずいてくれた。ニールの家族に会いにワシントンへ旅行することで私が不安に思っていることをわかっていたのだ。私はたぶん、ホゼならニールの母親や弟に対する感情を抑える方法を教えてくれるはずだと思っていたが、最初のカウンセリングで、あまりにも複雑にいろんな感情がからみ合っているので、それは簡単なことではないということがわかった。私の精神的な不安定さがすべての原因のようだった。ホゼからのアドバイスは「何に対しても期待はしないこと。中立の立場に立ちなさい」ということだったが、それは本当に難しいことだった。

第十二章　家族の価値観

ワシントンDCの郊外に住むニールの弟が、職場からリフト付きの車を借り、私たち四人を（キャリーも一緒にやってきた）空港まで迎えに来てくれてホテルへ送ってくれた。彼の婚約者のコニーとフロリダからやってきた母親も一緒だった。私たちが機内に最後まで残って、車椅子を待っていると、彼らは飛行機の中までやってきた。

ニールが通路側に座っていたので、私は彼らからは少し離れていた。彼の母親が伸びて私の頬に軽くキスをし、義弟は用心深く肩を抱いてくれた。ニールたち兄弟はコニー、キャリー、それにデービッドをお互いに紹介し合っていた。

「けっこう可愛らしい子だね」と弟のスティーブが言うと、「大きな子だこと」とニールの母親が言った。

デービッドはキャリーの腕に抱かれて周りを見渡していた。彼の顔は、青白く疲れているようにみえた。迎えに来てくれた人たちは、いつものごとくなかなか飛行機から出てこない私たちの車椅子に気がいっていて、誰もデービッドに注目する人はいなかった。ショーツ姿でサンダルばきのニールの弟が車椅子はどこにいったのかと機内をあちこちうろついているのが、あたりのいやな雰囲気をうまい具合にごまかしてくれていた。キャリーは皆の邪魔にならないようにデービッドの側の通路に立っていた。ニールの母親は頭上の荷物入れから私たちの手荷物を捜すためにあちこち忙しそうに動きまわり、彼女の腕に下げられた白いハンドバッグが振り回されて、キャリーとデービッドの頭にぶつかりそうだった。

ニールは彼のそばできれいに日焼けした長い脚を組んで座っているコニーと話を始めていた。いつものように彼は彼女の仕事について尋ねていた。それがニールにとって緊張をほぐす方法だったし、その場のぎこちない雰囲気を無視する最適なやり方だったのかもしれないが、彼にとっても私にとってもそれはあまり効いてはいないようだった。

ニールと私にとって（たぶん、多くの障がい者にとってもそうかもしれないが）、自分たちが何の役にも立たないと感じざるを得ないことがある。それは領域を伴ってやってくる。気分が良い日なら肩をすくめて笑ってすませるだろうし、調子が悪い日なら、悪態をついて自分を哀れむ嫌味のひとつぐらい言って自分を慰めるだろう。それに私たちが役に立たないとか人に頼っているというのは周りの皆にはどうでもいいことであった。しかしそれが家族の中に入ると、私たちが役に立たないということが誇張され、強調されて、私たちが人に頼って生きていた子ども時代の思い出が浮き上がってくるのだった。突如として、昔のように面倒を見てもらったり、いろんなことをやってもらうばかりの存在になってしまうのだ。

家族は私たちが着替え、食事、移動にどんなに大変かということは昔一緒に生活をしていて知っているが、現在私たちがどうやって毎日の生活を送っているかということはまるでわかっていなかった。彼らが時々私たちの家にやってきたり、私たちが家族の家のそばで開かれる会議に出席するために、彼らの近くのホテルに泊まったときに、ちらっと私たちの自立した様子を見るだけだった。私たちが彼らの家を訪問することもまずはありえなかったのは、彼らの玄関には何段もの階段があったし、電動車椅子を使っている人間が二人もしておしかけるのを喜ぶはずはなかったからだ。重くて複雑そうなモーターがついている電動車椅子は、きれいなカーペットに泥の車輪の跡をつけるか、玄関のドアを傷つけると思われているに違いなかった。

ニールの車椅子に続いて私のもやっと出てきたが、困ったことにニールの車椅子が動かなかった。周りの空気が「またか」という雰囲気になってきたのに私は気がついた。ニールの指示に従ってスティーブが、機内で車椅子が爆発しないようにと飛行機会社がはずした全部の線を接続した。ラッキーなことに私の車椅子は線が複雑にからみ合っていて、飛行機会社が全部ははずしていなかったので、一箇所の線をつなぐだけで動かすことができた。

スティーブとコニーが車をとりに行っている間に私たちは荷物を取りに行った。荷物を持ってやっと外に出たときにはスティーブが車のリフトを降ろして私たちを待っていた。

「スティーブ、ちょっとデービッドを抱っこしてくれないかい」とデービッドを抱いていたニールが言った。初めて乗るリフトだったので、デービッドを抱っこしながらリフトに乗るのが心配だったからだ。

義弟は「うんこでもされたらいやだよ」と言って、デービッドを抱くのを断った。

私は唇を噛んで深呼吸をすると「中立の立場に立たなくちゃ」と自分に言い聞かせながら、ユーモアの精神も忘れないよう努力した。たぶん彼はまだ独身だからだろうと思いながらも、三三歳にもなるウイルス学の学者で、毎日バクテリア相手に仕事をしているくせに、赤ちゃんのうんこを怖がるなんて、どういう人なんだろうとあきれてしまった。

するとニールの母親が抱えていた自分の荷物をスティーブに渡すと、さっさとニールからデービッドを抱き上げた。

スティーブの運転する車がホテルに近づくにつれて日はだんだんと暮れてきた。

スティーブは「ちょっとだけお邪魔するよ」と二つの大きなベッドで占領されている部屋に私たちと一緒に入ってくると、彼は部屋の隅にある椅子に座ってテーブルの上に足を伸ばした。彼は思いっきりそこでリラックスしているふうだった。コニーも彼のそばに座った。スティーブは背伸びをすると大きくあくびをして「今日は早く起きたし、明日も六時半までに実験室に入らなくちゃいけないんだ」と言った。

私は「彼だけが疲れているんじゃないわ。でもきっと気がついていないだけなんだわ」と思うようにした。

ニールもテーブルのそばに行って彼らの近くに車椅子を止めると、「コニー、君はどうなの？　明日の朝はスティーブと一緒に仕事に行くの？」と尋ねた。彼女は実験室でスティーブの助手をしているのだ。

また、仕事の話だ。

「いいえ、明日の朝はエアロビクスを教えるの」と彼女は答えた。彼女は見るからにエアロビクスを教えているふうだった。

私はどこにも身をおくところがなかったので、ベッドの上にあがっていると、ニールの母親がデービッドをベッドの上に寝かした。彼が満足そうにおしゃぶりをくわえていると、ニールの母親はかけていた薄い毛布をはぎ、彼の足と手を露出させた。部屋は暖かかったが、彼女のチェックが始まろうとしていた。彼女は「ちょっと、デニース」と私に声をかけて、かけている眼鏡を調節するとデービッドを上から下まで眺めながら、「どこにCPがあるの？　そうは見えないわね」と続けた。

私は「腕と脚にちょっと緊張があるんです」と、彼女が理解できるよう簡単な言葉を選んで説明をした。

彼女は私が話しているときは私のほうをちょっと見たが、すぐにデービッドのほうを向くと、また彼をじっと見ていた。彼女は首をちょっとかしげて、じっとみつめているようだった。デービッドも彼女をじっとみつめていて、私にはそれを見ていた義母の口元にうっすらと微笑みが浮かんだように見えたが、彼女はすぐにそれをうち消すような表情をした。

それを見て私はぞっとした。どうしてお義母さんは素直にデービッドが可愛いと言えないんだろう。いったいこの家族はどうなっているんだろう。デービッドを新しい家族の仲間だとどうして認めてはくれないのだろう。彼らは私に対する距離のある冷たい態度と同じものをデービッドにも向けていた。ニールでさえ自分の息子や妻に対してより自分の弟のカッコばかりつけた婚約者に注意を払っているというのに。

私は悲しみと失望を飲みこむと、義母に「デービッドのオムツを替える時間なんだけど、替えて頂けないかしら」と頼んでみた。

キャリーは隣の部屋に自分の荷物を置きに行ってしまったし、私にはこんなに大勢の前でデービッドのオムツを替える度胸はなかった。(ニールも同じ気持ちのはずだ。) それにおばあちゃんに孫のオムツを替えることをお願いすれば、この雰囲気もちょっとは良くなるのでは、という期待もあったし、おばあちゃんが孫のオムツを替えるのは自然なことではないのだろうか?

「いやよ」と彼女はためらいながら答えた。「どうしていいかわからないし、お手伝いの人がここに来たら、その人に頼めばいいわ」と、彼女はその場を離れようとした。

私は涙が出そうになった。今日のこの長旅の間ほとんどむずかりもしないでここまでやって来たこの子、周りのすべてのものを飲みこんでしまうような青い目をした、私たちの宝物のこの子が、この人たちの目には入らないようだった。私はデービッドに近寄ると、あやして、頰にキスをしながら言うのが耳に入った。

「大好きよ。一番好きよ」とささやいた。

「デ、デ、デービッドのさ、さ、里親をしていた人が明日ここにやって来るよ」とニールがどもりながら言うのが耳に入った。

「どうしてやって来るの? この子のことを調べにでも来るのかね」と疑りぶかそうにニールの母親が尋ねた。

「違うよ。夏の間はノースキャロライナの農場に住んでいるので、ここまで僕たちに会いにやってくるんだよ」とニールは怒ったようにうなり声を上げた。

「子どものことを連れて行ったりはしないんだろうね」

「そんなことはないよ」とニールが母親を安心させるように言った。

毛ぶかく筋肉質の腕と脚を伸ばして、スティーブが立ち上がると、「もうそろそろ、帰らなくちゃ」とニールの脇を通りながら言った。ベッドのそばで立ち止まって、デービッドの顔をちらっと見ると「なかなか可愛い子だよね」と声をかけた。

やっと気がついたのかしら。

彼の茶色の目がデービッドから私に移ると「ところで、デニース、変わりはない？　最近、教えたりはしてないの？」と尋ねた。

「講演が何回かあったけど、最近は特に何もしていないわ」と答え、「サンフランシスコで開かれた障がい者の日の展示物のデザインをしたり、執筆も少しずつしてるのよ」と付け加えたが、それは何となく空々しく聞こえた。

「ところで」とニールは弟と私の会話に割り込むようにして入ると、「エタは明日の何時頃に着くんだっけ？」と尋ねた。

「彼女の飛行機は十二時頃に着くらしいけど、まずは、友達と会って買い物に行くらしいよ。彼女らしいよね」とスティーブはニールのほうを向いて、笑いながら言った。

明日は、スティーブがニールの昼休みの十二時頃に母親をここに連れてきて、そして五時頃には、エタとコニーを連れてやって来るということだった。明日の夕食の予定を決めると、私たちは皆「さよなら」を言って別れた。

ドアが閉まると同時に「なんとかうまくいったね」と言うニールの声を聞いた私は、できるものなら部屋にあるランプを投げつけたい心境だった。

「あなた、いったいどこにいたの！」と私は叫び声をあげた。「私を無視するだけならまだしも、デービッドに対する態度は何よ。伝染病にでもかかっているような態度だったじゃない」。

腕を広げて、怒りを抑えるような声を出すと、ニールは「デニース、それ以上何も言うなよ」と私に警告した。

私は深くため息をつくと、ニールが突然遠くに行ってしまったように感じた。それは、私が一番恐れていたことだが、いつも彼の家族とかかわった後に必ず起こる現象だった。妻と夫、友人、パートナーという関係がどこかに行ってしまう瞬間だった。突然、私は彼にとって見ず知らずの他人になってしまい、まるで私がそばにいては迷惑のような態度をとる。他のどんなときでもニールはいつも私の味方だ。もしふたりとも溺れかかってどちらか一方が助けられるとしたら、彼は自分が犠牲になるだろうと私は確信している。しかし、彼の家族のことになると、私には誰も味方がいなかった。ニールが私の側に立つことは、まずありえなかった。

さらにひどいことには、私の頭と心と、罪の意識が私自身をも分裂させてしまうことだった。ここでたった今、起きたことは、何年も何年もジェイコブソン一家の中で生まれた複雑な感情の現れにすぎなかった。長い歴史の中で醸成された確執をもつ家族に、すべてを忘れてニールをひとりの男性として、夫として父親として認めてほしいと期待するほど私は傲慢ではないつもりだ。でも私は、彼の妻としてどうしたらいいんだろうか？　それ以上に大事なことは、ニールが育てようと決心をした、もしかすると障がいをもっているかもしれないデービッドはどうしたらいいのだろうか？　ニールの家族がそれら全部を受け入れることが容易でないことは私にも十分理解できるが、ここは思い切ってのみこんでもらわなければならない。

私に対する冷たい態度はどこからきているのだろうか？　ロッズのゲットー体験とアウシュヴィッツ収容所、ナチスドイツの悲惨な体験を生き延びたが、戦後には生まれたばかりの子を亡くしてしまったというニールの母親の最大の目標は、ニールを立派に育て上げることだった。彼女がニールにも自分の意見を声に出す権利があるとは理解することはできなかったのだろう。彼女は、生まれたばかりのまだ小さいデービッドを家族の一員として認めるどころか、盾と刀と鎧で自分を守ることに（彼女が、ケイトがデービッドをどこかに連れて行ってしまうかもしれない、という恐怖を抱いたのは矛盾しているが）精一杯だった。

障がいをもつ兄の影になって大きくなったスティーブが、自分の甥をちょっと抱き上げるのもいやがったのはどんなわけだろうか？

スティーブは小さいときから大きくなったら兄の面倒を見るのだと言われ続けてきたというが、それは幼い子にとっては責任のある約束だったことだろう。実際にはそうはならなかったが、その時に感じた感情は未だにスティーブに何かを感じさせているに違いなかった。この二人の兄弟の間にある罪、痛み、怒りはカーテンについたほこりのようなものかもしれなかった。

インテリアデザイナーとして成功して、母親のつらい思い出からなるべく遠い所にいようとして自分の世界を持っているニールの姉のエタはどうだろう？　ニールと私の所にくる彼女の訪問はいつもありがたくも短く、きらびやかだが（いつもどこかに行く途中だ）、とても距離を感じるのは、自分ができること以上のことを私たちが彼女に要求するのを恐れているかのようだったからだ。

皮肉というのはこういうことをいうのではないだろうか。私は下は幼稚園児から上は医学部の学生、理学療法士から薬剤師までのあらゆる人を対象にして講演をしている。私が講演会場に入ると、多くの人が緊張し、全員の目が私の車椅子に釘づけになる。そのことを私自身が一番敏感に感じるし、その瞬間多くの人がその会場にいることに何か居心地の悪い感じを抱くのも十分承知している。私もためらいを感じながら、つばを大きく飲みこんで、こう話を始める。できるだけ発音しやすい言葉を選んで「最初の数分間は、皆さん、私の言うことが理解できにくいでしょう。それはお気づきになったかどうかわかりませんが、私の話し方が皆さんとはちょっと違うからです。何人かの人は私のCPのせいだとお思いでしょうし、また、中には私のニューヨークなまりのせいだと思っておられる人もいるかもしれませんね」。

その言葉に続いて大勢の人たちが笑い出すと、彼らの中にあった壁がすーっとなくなっていくのがよくわかった。私の言葉はわかりにくいかもしれないが、言葉では言い表せない何かを皆に伝えることができるし、それが多くの人たちの心に深く入りこんでいくことができた。講演が終わる頃までには彼らの多くは障がい者について理解が深まっただけではなく、自分自身についても多くのことを学ぶはずだった。

この人たちは私にとって見知らぬ人たちだし、私は彼らとは何のかかわりもない。でも短時間の間に私は彼らにとって、最初は哀れみだけの対象から彼らと同じ人間へと移り変わっていったのだった。私と彼らの間の距離が彼らを教育することを容易にしていた。

家族になると話は全く違ってくる。彼らは私から何かを学ぶためにここに来たのではない。彼らは障がいについては誰よりもわかったふうだが、障がいに対する態度や認識がどんなにひどいものでも、それを変えようなどという気持ちはこれっぽっちも持ってはいなかった。彼らは自分たちの古い価値観や意識を変えられることに恐怖さえ抱いているはずだった。しかし、特にニールの家族にとっては、不幸にも、今までもそしてこれからも、私とニールがしようとしていることは、彼らを変えていかねばならないことだった。

しかし、残念ながら成果が上がったとは言いがたかった。私は黙ってベッドに入る準備をし、寝床に入ると、長い時間かかってやっと寝ついた。明日、ケイトと私の父がやってくればきっとすべてがうまくいくはずだと願って。

父が豪華なホテルのロビーに現れたのは、キャリーとデービッドと私が遅い朝食を終えてレストランを出てきたときだった。父はすぐそばの安めのホテルに予約を取っていたが、飛行場からのバスに乗って私たちのホテルで降りたらしい。ベージュ色の帽子をかぶって、柄のズボンの中に格子縞のシャツの裾を入れて、綿の上着を着た父はとても可愛らしく見えた。しかし、最後に父と会ったときと比べると明らかに年をとったのがよくわかった。私の記憶に鮮明に残っている父の黒い髪が黄色がかった白髪に変わってからだいぶたっていた。父の首は肩に沈んでそのあたりが丸く見えた。細くて針金のようだと長い間思っていた面影はそこにはなかったが、会うたびに変わっている姿に驚くこともうなくなっていた。私は父に会えたことがうれしくて仕方がなかった。

父が私にキスをして優しく抱きしめると、小さい頃にかいだオールドスパイスの匂いがしてきた。

私が紹介すると、父はキャリーと握手をし、乳母車に寝ているデービッドをのぞきこんだ。「こんにちは」と笑いながらデービッドに近づくと、デービッドはいつもするように大きく目を見開いて、おじいちゃんの顔を見つめた。「デニース、可愛い子だね」と父が言い、人指し指を丸めて、デービッドのマシュマロのような頬をつっつくとデービッドは声を出して笑った。

そのすぐ後にケイトとふたりの娘がやって来た。父がたった今着いたことを知らないケイトは、デービッドに直行すると、「すみません」と父に声をかけてデービッドを抱き上げようと乳母車にかがみこみ、「デービッドは私が抱っこしてもいいですよね」と言った。しかし、すぐに父が来たばかりだということを知ると、一生懸命に謝っていた。ちょっと耳が遠くて人なれしてない父は何が起きたのかわからず、驚いているようだったが、私がケイトのことを説明すると、彼女ともすぐに親しくなった。（父はケイトが私たちに会いに遠い所を運転して来たと思っていた。）

ケイトとニールの母親の初対面の様子はまるで違ったものになった。最初、義母はとても礼儀正しく、それは用心深くと言ってもいいくらいだった。義母はケイトからデービッドが生まれたときのことについての詳細を詮索しようとしたが、ケイトはどう言っていいかわからず黙ってしまった。「ニールとデニースのほうが私よりも詳しいと思いますよ。私は医者の診断書も読んでいないので」と言うと、ニールの母親はそれでもあきらめきれず、「でもあなたからみてどう思ったの」としつこかった。ケイトは口を開く前に私に目くばせすると、「それはとても可愛い赤ちゃんでしたよ」と答えた。ケイトの自信のある答えに圧倒された義母は黙ってひっこむしかなく、自分の息子がお昼休みのために会議から出てくるのを待っていた。

ホテルのレストランは値段が高すぎたので、近くのハンバーガー屋さんからお昼を買って、ホテルのロビーで食事をした。ハンバーガーを頬ばりながら午後からの計画を立てると、キャリーとケイトの上の娘のナンは観光に、父、ケイト、八歳になるアンドレア、デービッド、そして私はワシントンの博物館が建ち並ぶ場所に歩いていくことに決めた。ニールは会議に出なければならなかったし、彼の母親はフロリダからきて疲れが残っているので私たちの部屋で昼寝をするということになった。

その晩は、父と私がふたりっきりで夕食をすることになった。当初はニールと彼の家族、それに父と私と全員が一緒に食事をすることになっていた。私がキャリーに観光から戻る時間を特に指定しなかったのは、夕食に出かけるときはいつものようにデービッドも連れて行こうと思っていたからだった。

「お手伝いの人はデービッドの面倒を見るのに、何時に帰ってくるの？」と、デパートの買い物袋を周りにおいて、有名ブランドのすてきな洋服を着て気取って座っていたエタが尋ねた。

「よくわからないわ」と着古した服を着ていることを意識しながらおずおずと私は答えた。

「子どもなんかレストランに連れて行ったら大変よ」と心配してくれているようだったが、それは誰に対する心配なのかはっきりしなかった。

子どもを連れてレストランに行くことが突然悪いことになってしまった。それに対してニールは口を出そうとはしなかった。彼はただ猫背気味にそこに座っているだけだった。私が別々に食事に行くことを提案すると、誰もそれに反対する人はいなかった。

父と私が最初に食事に出かけ、ニールと彼の家族がデービッドと一緒にキャリーが戻るまで待つということになったが、キャリーが戻ってきても、私たちがニールたちに合流しようということにはならなかった。

私はカフェテリア式のレストランのテーブルに座って乾いたローストビーフをただ突いているだけだった。父は七面鳥の夕食を食べながら、そんな私に気がついていた。「デニース、何も食べてないじゃないか。どうしたんだ」。

私はただ何でもないと首を振ると、心細そうに肩をすくめた。そして私は小さな女の子のように悲しそうにこう言った。「あの人たちは私のことが気にいらないのよ。冷たい人たちだわ」。「わかっているよ」と父は答えた。（父、デービッド、そして私がケイトと一緒にホテルに戻ってきたときも、彼らは父にまともに挨拶さえしようとしなかった。）父は手を振りながら、「デニース、そんなやつらのことは気にするな。お前のほうがあいつらよりよっぽどまともだよ。あいつらは冷たいよ。あいつらなんか必要じゃないよ」。

父は私を慰めようと一生懸命だったし、その言葉は私をほっとさせたが、事はそんなに単純なことではなかった。彼らよりも人間としてまともだということは重要なことではなかった。彼らも根は悪い人間ではなかったはずだし、何よりも私が彼らを必要としていたのだ。

私は私の体験や価値観を認めてくれる家族――それは私の本当の家族でさえもしてくれなかったことだが――を欲しがっていた。私の父にとって私は、未だに上着のジッパーさえちゃんとしめられない、小さい子どものようなのだ。父は私の手を取ると「デニース、やってあげるよ。私がやったほうがずっと早いからね」と昔の口癖を言うのだった。

姉のシェリーでさえ、障がいに対する価値観やそれがどれだけ自尊心や自己価値につながっているかということを理解しているとは思えなかった。そして私は、彼女自身がそのことに関して今どれだけ悩んでいるかよくわかっていた。

姉と姉の夫は、八歳になるラリーともうすぐ四歳になるセサと金曜日にワシントンにやって来た。その時には、ニールの母親や姉、私の父やケイトもすでにここを去っていた。私たちは、ニールの会議が終わって、会社から滞在費が出なくなっていたので、ワシントンのはずれにある安いホテルに移っていた。そしてそこはシェリーと夫のジャックが泊まるのに予算的にもちょうど良いホテルだった。私たちは隣り合った部屋に泊まっていたのでドアを開けたままにしておいた。

シェリーが私たちの部屋にやってくると、ベッドの上に腰をおろした。ニールと私は前のホテルに比べると半分の広さしかないこの窮屈な部屋にやっと慣れたところだった。デービッドはもう一つのベッドで昼寝をしていた。

「ちょっと休ませて」と姉はため息をつきながら言った。「頭がおかしくなりそうだわ」。

「どうしたの?」と、私は開けられた窓の外を眺めながら聞いた。暑くてムシムシした空気と一緒に車のクラクションの音、はっきりしない人声、叫び声、ガラスの割れる音などが入ってきていた。

「ラリーがコーンフレークの箱の中から時計のおまけを取り出したんだけど、ジャックが組み立てるのに苦労してるのよ」と眼鏡の縁を上げながら答えた。「ラリーはかんしゃくを起こすし、セサが一緒になって騒ぎ始めて、まるでサーカスみたいなのよ」。

「マミー、マミー」とセサが開いていたドアから入ってきて、部屋に帰ってきてほしいとせがんでいる。

彼の耳に障がいがあるのは知っていたが、彼の話し方を聞いて驚いてしまった。シェリーは「中度から重度の難聴だけど、補聴器がなくても大丈夫だし話も上手にできるわ」と言っていたが、彼の話し方は母音が抜けていたかと思うと、子音は必要以上に強く発音されたり、されなかったりと、全体が一本調子で単調な低音にしか聞こえなかった。たぶん、姉は私の話し方に慣れすぎているから、そんなふうに思っているのではないだろうか。

セサに障がいがあるとわかったのは一年半前のことだった。しかし、シェリーとジャックがこのことについて話すときに、「聾唖」とか「障がい」とかいう言葉を使うのを聞いたことはなかった。私は時折、手話を使うことを勧めてみたり、シェリーとラリーが四月にカリフォルニアに来たときは、耳の聞こえない子と難聴の子の保育園を経営している、友人のメアリーを紹介した。メアリーは難聴の子や耳の聞こえない子のための「総合的なコミュニケーション」の利点について説明をしてくれたが、それは人間関係や行動の面でも役に立つということだった。シェリーは次第に理解を示しているようだったが、ジャックにはまだ抵抗があるようだった。ニューヨークの医師や聴覚の専門家たちは、シェリーとジャックにセサは口話で大丈夫と言っているそうだが、私には彼らがセサを周りに合わせて、目立たせないようにしようとしているからではないかと思っていた。手話を使うようになれば周囲の目がどうしてもそこにいくようになるはずだった。（ちょうど私の車椅子が私の「障がい」を重度にしたように。）

セサにとって、手話を使うことがコミュニケーションを取る上でフラストレーションを少なくさせ、より自立した人間になるということは彼らにはどうでもいいことのようだった。「それに、手話を覚えることなんか私にはできないわ」と姉は私に白状した。「覚えられるはずなんてないのよ」。

セサは自分の言うことを聞いてもらいたくて、母親の手を取るとそれをひっぱり始めた。

「セサ、すぐに向こうに行くから、待っててよ」と姉はエネルギーをふるい起こすように、声を張り上げ、ゆっくりと発音した。

「だめだよ」と怒ったように頭を振って「今すぐ」と言った。

姉は立ち上がると、私とニールに「私をひとりにしておきたくないのよね。ベッタリなんだから」とセサに無理やりに手を引っぱられ、隣の部屋に行く前に言った。

ニールと私は何も言わなかったが、お互いの目を見れば何を考えているのかはよくわかった。私たち二人にも、母親にべったりの時期があったが、それは身体的だけではなく精神的にもだった。母親が私たちを外部から守る壁になっていたのだ。母親がいれば、私たちが声を出す必要はなかった。母親たちが私たちの代わりに話をしてくれ、私たちの気持ちをわかってくれ、私たちにとって何が一番必要なのかも理解してくれていた。母親が通訳で壁になっていれば私たちの生活は快適なものとなっていたが、それは私たちを自立することからも遠ざけていた。私たちはいつまでたっても子どものままだった。

実際、ニールも私も子どもの頃はすべてに対して受け身で、障がいのない人といると自分の力や存在さえも放棄していたようなところがあった。私たちにとって、何をするのも、どこに行くのも、いつするかも、すべて誰かの後についてまかせるというのは、とても自然なことだった。自分たちの息子は自分たちで世話をしているが、今でも障がいのない人がそばにいるとついその人たちにまかせてしまうというのが正直なところだった。そのほうが簡単だということもあったし、それが理にかなっているとも思っていた。しかし、そんな気持ちが私を悩ませてもいたのは、物理的に子どもの世話ができるかどうかということより、私たちの哲学に矛盾しているからに他ならなかった。

その週は、私たちが外出するたびキャリーがデービッドの乳母車を押し（家にいるとき、それはニールの役割だった）、ニールは私たちのグループの他の人にあわせながらさっさと行ってしまっていた。夕食の帰り、外は暗くなり、ホテルの周りは騒々しい雰囲気だというのに、ニールは私たちに見向きもしないでいた。私たちを放っておくニールに腹が立ったが、私は私自身にも憤っていた。

周りの人の目がどうしてこれほど気になるのだろうか？ ちょっとした言葉、冷たい視線が私を動揺させてしまうのだ。私は自分自身に問いかける。バークレーにいようともワシントンにいようとも、何も変わってはいないはずだし、一緒にいるのが友人であろうが、家族であろうが、知らない人であろうが同じではないか。私はデービッドの母親だ。どこに行っても誰といてもデービッドの母親であることはまぎれもない事実なのだ。でも私はデービッドが成長すれば、私の権威や責任を他の人が簡単に奪ってしまうことに気づくかもしれないと、心配をしていた。他の人の行動を制限することはできないが、私は私自身の行動に自信がなかった。私はデービッドには私が頼りになる人だと思ってほしかった。

たぶん、私は私自身に厳しいところがあるかもしれなかった。どこの親も完璧であるはずはないのだから。親も人間だし、間違いだってすることもある。でも私たち家族は他とは明らかに違っていた。ニール、デービッド、そして私が将来体験するであろう問題や状況は、確かに新たなことを提示するかもしれなかった。私は息子に、何が起きても私がいつでも守ってあげるということをわかってほしかった。私の一番の問題は自分自身にそれをわからせることだった。

その週はいろんな意味でニールや私が子どものときに受けた痛みや苦しみを思い出してしまった。私たちの家族は誰ひとりとして、障がいの本当の意味を理解してもいなかったし、それを肯定的にみることもできてはいなかった。悲しいことに家族と私たちの間にできた裂け目を修理するのは、私たちが成長した今となっては遅すぎたようだった。

ニールと私は自分たちの障がいを受け入れようと、長い間努力してやっと達成できたのだ。やっと社会の多くの人たちと平等だということを理解し、自分として生きることを心地よく感じようとしていた。そして、私たちの障がいのＣＰが私たちの中に複雑に入りこんでいて、それが強みでもあり、弱みでもあるが、それによって私たちの生活が深みのあるものになっているということにも気づき始めていた。長い間かかって、自分が車椅子を使うことが周りに迷惑になっているとか、自分の外見を恥ずかしいと思う必要がないということもわかってきていた。今度は私たちが長い間かかって学んだことをデービッドに教える番だ。彼の両親たちが成長する過程で自分たちの人生について疑問に思ったことが、デービッドなら、彼が障がい者であろうが、なかろうが、自分の人生は価値があるものなのだと自然にわかるに違いなかった。

第十三章　変化への慣れ

ワシントンDCへ行く前にデービッドは寝返りがうてるようになっていた。また、腕で自分を支えて自分の周りに何があるのか見るようにもなった。私たちの寝室においてあるポータブルのベビーベッドは彼の身体には小さくなってきていた。六月の終わりに我が家に戻ってきた日に、私はその晩からデービッドは自分の部屋の自分のベビーベッドに寝かせることを宣言した。（ニールはこの決断に異議を唱えた。）

デービッドが八カ月になった八月、おしゃぶりを一生懸命に吸いながら、自分の脚と腕をふんばってマットの上を這おうとしているのを、私は車椅子の上から目撃した。この一カ月、彼が家の中を腹ばいになりながらあっちこっちに行っているのは知っていた。だから金属の鍵をかけたり、寝室のドアに目をやったり、デービッドが入らないようにキッチンの入り口に柵をつけたりしていた。それらの仕掛けは車椅子を使う私にとっては、邪魔になってはいたが、昼間彼とふたりっきりでいるとき、彼がひとりであちこちの部屋に行ってしまうのではないかと心配な私には必要なことだった。

「デービッドがハイハイし始めたようなの」と、彼の理学療法士のヒルドレッドがやって来たときに報告した。（デービッドが這って玄関のドアまで彼女を迎えに出たので、言うまでもなかったが。）

「それじゃ、これで私の役目は終わったようね」と彼女は答えた。

その言葉を聞くまで、私はヒルドレッドがデービッドのための最終ゴールを持っていたとは気づかなかった。彼女が彼の筋肉をリラックスさせたりそれに力をつけさせたりしているのは知っていたが、それはあくまでも補助的なことだとばかり思っていた。私はその日、ヒルドレッドの言葉を聞くまでは、デービッドのハイハイは単なる赤ん坊の成長のひとつに過ぎないと思っていたし、それはニールにしても同じことだった。デービッドが手や膝をたたくことを見ても、ただおもしろいな、と思っていただけだった。相談して決めたかのように、ニールと私は二人とも、デービッドの先の見通しは何であれ、私たちには関係ないと思っていた。彼に障がいがあったとしても、なかったとしても、特別なことではないと思っていた。デービッドが私たちにとって世界で一番可愛い子どもだという事実以外、私たちは特別な期待はなかった。その上、私たちにはその場その場で対応しようという精神構造ができあがっていた。パーカー医師はデービッドがハイハイができたからといって、CPではなかった、と言ったわけでもなかったし、彼がハイハイができたことは、それ以下でもそれ以上でもない事実だった。

デービッドの新たな行動や成長は常に私を驚かせることばかりだった。デービッドは床を這いながら部屋の隅やテーブルの脚、私の車椅子の金具などを発見した。彼はボールをダイニングルームから居間を通って玄関へ向かって転がすと、その速さと動きを見て笑い出すのだった。私はマットに座りながらいつ何が起きても大丈夫なようにデービッドを見守っていた。ある日、彼はダイニングと居間の間にある出っぱりに頭をぶつけて泣き叫んだ。私はすぐに車椅子に乗り移り、スイッチを押して彼のそばに近寄ろうとした。しかし、私が彼のそばに行く前に、彼は私のほうに這ってきたのだ。私はデービッドが車椅子の金具につかまって立ち上がったので、彼の脇の下をつかんで持ち上げた。デービッドは私が抱えると自分で私の膝の上に登ってきた。誰も彼にそんなことを教えなかったが、私が車椅子に乗るのを何度も見ていたので、ごく自然にそうしたのだった。やっと八カ月になったときのことだった。

九月の初めになると、私はこれからの五年間は毎日変化と混乱が私の生活の一部になるに違いないと実感した。私は生活の落ち着きを取り戻そうと必死だったが、それは私のコントロール外の出来事のようだった。七月にはキャリーが二週間後に仕事を辞めると言い出した。前ぶれもなしにデービッドのミルクを作りながら彼女はそう言い出したのだ。これからは広い敷地にひとりで住んでいる年寄りの女性のお手伝いとして働くということだった。私が裏切られたと思ったのは、彼女の不幸な生い立ちや前の夫との間にいる子どものことを同情して手助けをしたからではなく、「遠出をする」からと言って私の車を借りた日が、新しい仕事の面接を受けに行った（後でわかったことだが）日だとわかったからだった。

キャリーの代わりに、私たちは朝と午後の遅い時間（夕方の早い時間）の介護人を雇うことにした。子どもの世話をする人というよりは私たちの介護人としたほうが私のやりやすいように仕事をしてもらえるし、そのほうが好都合だった。それに加えて住み込みの介護人も見つけたのは、多くの介護人に合わせるのは大変なことだったが、たったひとりの介護人に頼るのは心配だったからだった。そうはしても、介護人の転職率は非常に高かった。四カ月に一度は朝か夕方の介護人が替わっていった。それは介護人という仕事は多くの人にとって臨時的な仕事であり、学校に行く間や、他の仕事の片手間、ヨーロッパ旅行に行くお金を貯めるためにするという仕事でしかなかったからだった。その上、新しい介護人（特に子どもの世話に慣れていない人）を雇うたび、一から教えないといけなかった。「哺乳瓶の先は食器洗いから取り出したら、石鹼がついていないか確かめてね」「哺乳瓶からミルクがもれないようにして」「オムツは前のほうを引っぱってね。男の子は前のほうにおしっこをしてしまうから」

多くの女性は私が意味もなく細かいのではない、ということを理解して私の介護をしてくれた。石鹼のカスがついた哺乳瓶の先は下痢の原因になり、哺乳瓶やオムツの漏れは午後や夜の介護人がいない間に衣服を交換しなければならないことになるということを理解してくれた。しかし、中には私がどんなに辛抱強く説明してもわかってくれない人たちがいた。皮肉にも、わかってくれない女性の多くは、口先ばかりの育児論を掲げて私にいろいろとおせっかいなアドバイスをしてくれた人たちと同一人物だった。

市販されている物ではなく、手間ひまかけて作った離乳食をデービッドにあげれば、彼がどんなに健康な子になるかということを疑いもなく説明する彼女らは、「知っていると思うけど、多くの親はそうしているのよ」と教えてくれた。彼女たちは紙オムツを交換するたびに軽蔑的な眼差しを私に向けると、それは環境に良くないとつけ加えることも忘れてはいなかった。彼女たちは、他に私が心配しなければならないことはないとでも思っているに違いなかった。

多くの晩、ニールにその日にあった出来事を話していると、自分の声が欲求不満で一杯になっていることが自分でもよくわかった。くだらない話が滝が流れるように自分の口から出てくる様子は、まるで自分の母親の言葉を聞いているようだった。ニールも同じように思っている、と私は実感していた。

「フリスビーったら、今朝も三〇分遅刻してきたのよ」と、先週彼女が早朝の仕事を始めた日から毎日のように続いていることを、私はニールに報告した。

「彼女に直接話したのかい？」

「もちろんよ。そしたら、彼女何て言ったと思う？」滝が流れ落ちるように私の言葉がほとばしり始めた。「どうせ私たちがどこかに行くというわけじゃないのだから、時間に遅れてもどうってことない、って言うのよ」。

フリスビー（成長しているのにニックネームだけは子ども時代のものだった）に対する私のジレンマは、彼女が遅く来れば、遅くまで家にいてくれることだった。私が彼女の遅刻に対して文句を言わなければ、彼女にお昼まで家にいてデービッドの食事の手伝いをしてもらうことができた。私たちの関係を細かく言わないで、曖昧なものにしていれば、ボランティアとして車を運転して私たちが行きたい場所に（彼女の興味のある場所であれば）行くこともできたし、庭にユダヤ教の収穫祭の供え物も作ってもらうことができた。でも、環境に良くない紙オムツを彼女が交換するたびにおしっこが漏れてしまうのはどうにも我慢ができなかった。ニールは疲れたように「悪いところもあるけど、良いところもあるんだよな」ため息をつきながら言った。でも悪いところを我慢しても本当に良いところの価値があるのだろうか？

子どもの世話のお手伝いはもっと欲しいと思いながら、毎日この質問の答えを出そうとしていた。

デービッドが行動的になるにしたがって、この疑問が私の頭の中で大きくなっていった。デービッドはおしゃぶりをやめてから（その中にミルクがないことが彼にもやっとわかったらしかった）というもの、オムツ交換の長い間、今まで以上に身体を動かしてじっとしていなくなった。丁寧にデービッドのオムツを交換してくれたヒルドレッドをあてにすることも、彼女が来なくなった今となってはできないことだった。

ある午後のこと、昼寝をしているかどうかデービッドの部屋に行ってみると、ベビーベッドの隣にある一メートル五〇センチの棚の上に彼が自慢気な笑顔を浮かべながら腰かけているのをみつけた。私は彼を、そして自分も驚かさないようにとパニックになるのを抑えた。彼に近寄って立ち上がると、デービッドは私のほうに向きを変え倒れかかってきたので、私は自分の身体をベビーベッドで支えると、落ち着いた声を彼にかけながら抱きかかえた。デービッドはベッドの上に下りると楽しそうに笑い声をあげ、私は自分の緊張をときながら一緒になって楽しそうな彼を見ていた。

私は誰かにデービッドの面倒を見てもらうしかないと切実に考え始めていた。私にはこれ以上エネルギーが残っていなかった。

「うちに子どもの面倒を見てくれる人を雇うお金がある？」とある晩、キッチンのテーブルについていたニールにおそるおそる尋ねてみた。私は疲れきって頭を腕につっぷしていた。ニールはうつむきながら「給料を上げてもらえればね」と言った。

私は頭を上げると、給料を上げてもらう？　そうだわ。お金がなくなるといつも父は給料を上げることを頼んでいたわ。眉間にしわを寄せ、「どうしてできないの？」と私は尋ねてみた。

「大企業の中の決まりだよ」と彼は肩をすくめて答えた。「そんなこと認められるわけないんだよ。誰もしないよ」。

「でも、あなたは、銀行の中でも優秀なひとりでしょ。あなたが頼めば……」

「誰もそんなことしないんだよ」と彼はいらだったように繰り返した。

「でもあなた、一生懸命仕事をしてるじゃない」と私もあきらめなかった。「皆、あなたに頼っているのよ。残業手当も何もなくても働き続けているじゃない。あなた、自分がどのくらい会社のために働いているのかわかっているの?」

「だから?」と彼は私を反抗的ににらみつけるだけだった。「それが僕の仕事なんだよ。僕はやらなければならないことをやってるだけだよ。それに対して会社は十分な給料を払っていると思うよ」。

「そうね。障がいのない家族にとってはそうでしょうよ」

この手の口喧嘩はもう何度もしていた。一度などはそんな彼を隠れ共和党員と責めたことがあったが、彼はそう言われたのを楽しんでいるふうでそれを否定もしなかった。私の想像では小さな大企業の社会の中では、彼の障がいはじゅうたん敷きのオフィスの壁に吸いこまれて見えなくなるらしかった。昇給願いを出すことがニールの仕事に差しさわりがあるとは思えなかったが、彼にとっては自分の障がいを理由にしているようで、どうしても認めるわけにはいかないようだった。

私の怒りは我慢の限界に達していた。この何カ月間か、自分に収入がないことをどんなに悪く思ったかしれない。自分がはっきりしないことを子どものときだけでなく今でもどうしようもないと思っていた。そんなとき、ニールはいったい何かしてくれただろうか。彼は仕事に逃げ場を求めていただけだった。ニールと違って私にはどこにも逃げ場がなかった。

「ニール」と私は公平に彼を見つめてこう言った。「あなたって本当に弱虫ね」。

彼は唇をじっと噛んで腕をぴくぴくとひきつらせていた。彼の緑がかった茶色の目が「逆境にもめげず、家族からも友人からも同僚からも愛されて、頂点まで昇りつめた男になんてことを言うんだ」と言うように、私を冷たく凝視していた。そんな彼を「弱虫」と呼んだのは、彼をベルトで叩いたのと同じことだった。彼を「弱虫」と呼んでも、彼が私を「かたわな赤ん坊」と呼んだのに比べれば、そんなに悪い意味があるとは思えなかった。何カ月か前にニールの弟が彼は父親に適していない、と言ったことのほうがよっぽどニールをばかにした言い方だと思った。しかし、家族からの間接的な、そして遠まわしの批判に慣れているニールが「弱虫」と呼ばれるのは直接すぎてこたえたようだった。すぐに彼は目に見えない、堅い、石のような要塞を自分の周りに築いたようだった。しかし、私から謝ってそれを崩すことはしなかった。その晩はずっと黒いかたまりのようなものが私の中にはびこっていた。

ベッドにつくときになっても、彼の機嫌は直ってはいなかった。私が怒っているときにいつも彼が使う言葉を言ってみた。「フレイダとジョーのアドバイスを覚えているでしょ。怒ったまま床にはつくな、だったわよね」。そのアドバイス（それは結婚生活を四五年も続けている夫婦からだった）もニールにはきかなかったが、ベッドの中で私が彼の裸の胸に腕をおいて、愛してるわ、とつぶやいても反対側を向いたりはしなかった。

翌朝、いつもの「行ってくるよ。今日もがんばってね」という彼からの言葉は聞かれなかった。目を覚ましたとき、私のお腹の中に罪の意識の黒いしみが残っているようだった。私はフリスビーが帰った後、十一時半か十二時頃、彼に電話をしてみようと考えた。

十時半、電話のベルが鳴った。電話を取るとニールの場違いのような笑い声が突然聞こえてきた。私は彼からの言葉を聞くのをもどかしく思った。

彼は一言「やったよ」と言うと、また笑いだして「何だと思う？ 自分からお願いする必要がなかったよ」と言った。

彼の上司のオフィスに行って（彼のセクションは組織が替わったらしい）、ニールがどもりながら「お、お、お願いがあるんですけど」と言い出すと、上司は「昇給でしょ」と先に言ってくれたらしい。

「信じられないよ」。そして彼はこうも言った。「簡単だったよ」。

その晩ニールはおどおどしながら、にやにやと私を見つめていた。彼の顔がそれだけで「ごめんなさい」と言っているふうだった。不思議なことにそれからというもの、ニールは自分が時によっては「弱虫」と呼ばれることを前のように敏感に受けとめることもなくなっていた。それにどんな理由にしろ彼が「弱虫」だということには変わりはなかった。

実際に彼の給料が上がるまでには手続きに手間どって数カ月がかかった。最終的に昇給が実現して祝うことができたのは、十二月十九日のデービッドの一歳の誕生日とニールの三九回目の誕生日の日だった。

誕生日を祝った日から二週間後の土曜日のお昼近く、その月の最大の事件が起こった。ニールと私はこの何カ月間か、デービッドが家具につかまってつたい歩きをしていたのを見ていたので、彼が歩けるようになるのも時間の問題だと思っていた。想像どおり、彼の誕生日の一〇日後にはつかまらないでも不安定でためらいがちな数歩ができるようになっていた。彼の歩みは臆病で注意深くみえたし、片方ずつ重心を乗せて、小さな腕は広げてバランスをとっているようにみえた。それはまるで私が何の支えもなくやっと歩いている様子を思い出させた。私はデービッドがおそるおそる不安定な手足を確かめながら前によちよち歩くのを、自分が歩いているように感じていた。

しかし、四日目の土曜日に、ニールと私がダイニングルームからデービッドを見ていると、彼は立ち上がり、ニールと私がしたことがないしっかりした足どりを突然始めると、大きな笑い声を上げながら私たちのほうに近づいてきた。ニールと私はお互いを見つめ、長い間忘れていた子どものときに流した涙を飲みこみながら、私たちの驚くべき息子を笑顔で見つめていた。

第十四章　ひとつの幼年時代からもうひとつの幼年時代へ

母親としてのストレスや疲労がたまる一方、私は子どものときに経験できなかった本当の幼年時代をもう一度送っていた。デービッドは私を彼の遊びに誘いこみ、夕方になると疲れ切っているにもかかわらず、私は彼の遊び相手に喜んでなっていた。

最初は、くるくる回る蝶々や、ひょこひょこ動くあひるが中に入っているボールをデービッドが転がしているのを車椅子から見下ろしているだけだった。が、すぐにデービッドとの距離をちぢめたくなって、彼の動きにつられ、青いカーペットの上に広がるブロックの建物やいろんな色がまざり合っているぬいぐるみ、車輪がいっぱいついているおもちゃなどの真ん中に座らされてしまっていた。身体のポジションを変えても曲がっている脚がどんなに痛くなっても、デービッドと一緒にいたいという思いが強かった。

デービッドは大きな笑顔をして喜んで私を迎えてくれた。私が下に座ると、自分の使っているブロックやトラックを私にくれようとしたが、私の身体に向かって這いながらすり寄ってくる温かさが私にとっては一番の歓迎の形だった。私たちは、マザー・グースの絵本を一緒に読んだ。デービッドは私に彼の名前を入れて適当に作った詩を読んでもらうのがお気に入りだった。

ニールはその様子を見ると、あまりの散らかりように声をあげ、「子どもができたんじゃなくて、遊び相手ができたようだね」とつぶやいた。
　私が彼を見てニヤニヤしていると、今度はデービッドが私のセーターをぐいぐい引っぱって四つんばいになれと言っている。どうも私に馬になってほしいようだ。私は腕と膝で自分を支えると、デービッドが私の背中に這上がりまたがった。彼はがっしりした体格をしていたので、遠くまでは動くことができなかったし、使いすぎたひざ小僧が板張りの床の上を這うのは無理があった。その代わりに私は彼を前後に揺らしたり、彼がつかんでいる私のセーターが倍の大きさになるくらい彼を横に振って遊んだ。彼の大きな笑い声が耳に心地よく響いて私の心をくすぐった。

　私の幼年時代は、家の中でも外でも障がいによって行動が制限されていたし、ほとんどの時を、障がいのない人たちの社会（四角い釘が入るように丸い穴を修正するつもりのない社会）から排除され、ただ他の子どもが遊んでいるのを見ていただけだった。鬼ごっこをするときにも車椅子に乗るのを許されなかったのは、いったんそれに乗ったらいつも車椅子に頼るようになってしまう、という母親の心配からと、私たちの住まいは二階で階段があったからだった。ジニー人形（バービー人形の前身）は、ボタン、ベルト、リボンをするのが難しかったし、モノポリーのようなゲームはおもちゃのお金やカードなどの小物を取り扱うのがとても大変だった。私が皆の仲間に入れる唯一の日は、近所のおばさんたちが我が家に集まってマージャンをする雨の日だけだった。母が姉や遊びに来ている他の子どもたちに、寝室で着替え遊びをするなら私も入れてあげなさいと命令をするのだった。私は手と膝で固い床と薄いカーペットの上をのろのろ歩くと黒や青いあざが体中についたり、すり傷がつくのも気にしないで、皆の後についていった。

私がやっと皆に追いつくと「意地悪な継母か魔女の役をするのよ」と、その中のひとりが私に向かって叫び、母親の洋服の中でも一番見栄えが悪いものを私に投げてよこした。

私は「どうしてお姫様になれないの?」と尋ねて、「いつも継母の役なんだから」と文句を言った。

「何言ってるの。気に入らないならいいわよ。入れてあげないから」

「お母さんにつげ口なんかしないでよ」と姉が付け加えた。

泣くのを我慢して、いやいや洋服を着る。彼女たちのほうが上手なのはよくわかっていた。母に文句を言ってもそれは何の役にも立ちはしなかった。母は「デニース、子どもって意地悪だってことを、あなただってわかるでしょう」と言うだけだった。

「恐ろしい、年老いた魔女」役の私から逃げようとしている皆を這いながら追いかけた。母親の古い洋服が脚にまとわりついて、母親のハイヒールを履き、ラインストーンの宝石をつけて皆の後をつけて歩くのは容易なことではなかった。すぐに首の後ろの筋肉がけいれんを起こし、体中に緊張が走った。痛みは頭の後ろを突き抜け、一、二秒しかそれは続かなかったにもかかわらず、ひどい痛みは深く頭を通って脊椎にまで響いていた。私は痛みが和らいで、鈍い頭痛になるまでその場に座っているしかなかったが、それはすぐにやってきた。私は母のマージャンを中断させ、頭痛薬をもってきてもらうと横になった。着替え遊びはこれでおしまいになり、他の子たちはどこかに踊りに行ってしまった。

一週おきの土曜日に、嫌いで嫌いでたまらない「キャロリアン」があった。「キャロリアン」とは、お金持ちのご婦人たちが集まって恵まれない可愛そうな障がいをもった子どもたちを助けようと活動していたニューヨークの慈善事業の団体で、障がいをもつ子どもたちの親がレクリエーション活動のために喜んで参加させていた。スー・サミエルという独身で、（ポリオの後遺症から）ちょっと足を引きずって歩くやる気満々の女性が中心になって活動は進められていたが、レインボークラブハウスとしても知られていた「キャロリアン」は、幼稚園児から高校生までの障がいをもつ子どもたちに土曜日に何かすることを提供すると同時に、彼らの親たちに一時的に休息を与えていた。

私はどんなに出かけるのをいやがっても、必ずボランティアの車に押し込められ、ウエストサイドにある場所に行かなければならなかった。両親に「行ってきます」と言うときには、お腹のあたりがごろごろ鳴り、四時間後に家に帰る時間になっても私たちの名前が覚えられない偽善に満ちた人たちの手中に入ってしまうのだった。彼らが私たちの名前を覚えられないのは、私たちがそこに着くやいなや帰りの車を間違わないように、一人ひとりの子どもの上着の上に番号ふだが（なんて気遣いなんだろう）つけられるからだった。

いつも誰かが私を建物の中に抱いて連れて行き、松葉杖をついた私は、歩くときはいつも誰かに後ろについていてほしいにもかかわらず、大勢の子どもたちの真ん中に放り出されるのだった。誰かの助けを求めようにも周りの騒音に私の声などはかき消されてしまった。そんな中、ぶ厚い上着の脇の下にアルミ製でゴムの先がついた松葉杖をやっとついた私は、すべりやすい床をたどたどしく歩きながら古くてキーキーいうエレベーターに向かって行った。私にとっては、とにかく目的の場所に着くことが先決でそこで何をするかということはたいして重要なことではなかった。（着いたとたん、感激してそこの壁を抱きしめたいくらいだった。）その上、目的の場所に着くには少なくとも三〇分はかかり、その時にはすでに疲れすぎていた。

そこでは楽しみながら友達をつくる、というのが本来の目的のはずだった。でも私のような子ども（補装具をつけるのに何時間もかかるような子）にとってゲームをしたり粘土で灰皿を作るのが楽しいことだというのは、誰か他の人が考えた意味に違いなかった。私は瞳に何の輝きもない子どもたちと一緒に座って多くの時間を過ごしたが、そんな私たちに気づいた職員はほとんどいなかった。彼らは私たちを何の障がいかで認識し、障がいによっては受け入れられやすいものとそうでないものとがはっきりとしていた。

もし誰かが私に「何をしたいの？」と尋ねても、正直に自分の気持ちを言う勇気はなかったが、私は演劇に参加したかった。誰か他の人になりきってみたかったし、皆があこがれるスターになりたかったのだ。でも私は誰もが承知の暗黙の了解をよくわかっていた。どうしてポリオの子だけが演劇クラブに入ることができるのか、私に説明する必要はなかった。時にはポリオのような見かけをしていれば、脊椎破裂の障がいをもった子にチャンスがまわってくることもあった。でもCPの子が隙間風の入る講堂のステージに上がれることは、セリフのない端役を哀れみをもたれながらでももらわない限りほとんどなかった。そこから伝わるメッセージは、私たちは見られるのにも、聞かれるのにも醜い存在だということだった。（寄付金集めのためのテレソンの時だけが、哀れみと同情をひくのに私たちは役に立ったが。）「キャロリアン」の中ではそれが真実であり、私だけでなく、そこに参加していた子どもたち全員がそのことを理解していた。

「楽しかった?」と私が家に帰ると母はいつも尋ねた。

何と答えていいかわからない私は、母の質問を無視するしかなかった。もし私が「楽しくなかった」と言っても、それをどう説明していいか、わからなかった。私はまだ九歳か一〇歳の子どもだったのだ。私が何か言ったところで、きっとそれは文句にしか聞こえなかったはずだ。私は「お母さん、頭痛薬ちょうだい。頭が痛いの」と母の質問に答える代わりに言った。母にとって、私の心の中の偏見による痛みを理解するよりは身体的な痛みを理解することのほうが簡単にちがいなかった。

デービッドが偏見について知るにはまだ幼なすぎたし、彼にとってはまだそんなことはどうでもいいことであった。彼にとっては、自分が組み立てたブロックを壊すことや、母親におもちゃの汽車を組み立ててもらうことのほうが気になって仕方がなかった。それにどのくらい時間がかかるかも彼にとっては大事なことではなかった。むしろ私の遅さが、彼にとってはどうやってできているんだろう、という観察においては役に立っていたようだった。しばしば、私がやった後に自分でも組み立ててみて、成功していた。彼にとって、成功するということは、事実というだけの意味しかないようだった。私が彼の成功を大喜びで誉めても、だから何なの、マミーができるんだから、僕にもできるんだよ、という程度の反応しか示さなかった。

それが若さということなのかもしれない。デービッドを見ていると、自分の子どものときの経験がいかに制限されていたかよくわかったし、それはニールについても同じだった。(彼も私と同じ「キャロリアン」の生存者だった。)それを考えると自分の幼年時代をどれだけ奪われ、失わされていたのか考えないではいられなかった。ニールと私が子どものときの遊びや経験が十分でなかったことが、現在ものごとを決めることがなかなかできない原因になっているのかもしれなかった。

私たちの幼年時代は訓練、教育、レクリエーションにおいてさえも制限だらけだった。常に訓練士、教師、キャンプの指導員が計画を立ててくれたので、私たちはそれにのっかるだけでよかった。今、大人になったニールと私は計画がないとどうしていいのかわからなくなってしまう。特に予定のない週末はどうしていいのかわからなくなってしまうのだ。何をしていいのかわからなくて、私の気分はこわれるし、ニールはコンピューターに向かうのが関の山だった。そんなことをした後は週末を無駄にしたように思うことがしばしばだった。

ニールが育児や子どもの発達に関する本を読む間、私はそれを実地で経験していた。私はデービッドのことはデービッドから学ぶのが一番だと思っていた。デービッドが教えてくれたことは本からは絶対に学べないことがよくわかっていた。

デービッドの発達を観察していると、驚かされることばかりだった。九カ月にして、彼はリフト付きバンの操作を覚えてしまっていた。順番どおりにスイッチを押してドアを開け、リフトを降ろすことが（ほとんどの障がいのない大人はやり方が覚えられなかった）できるのだった。彼はリフトの上に乗ったニールの膝の上に居心地良く座ると、小さなレバーを前に倒して、リフトを上げるのだった。それを反対に動かせば、リフトが下がることも九カ月にして理解していた。

しかし、デービッドの直感的な行動が私の精神を動揺させるような事件になったこともあった。

それはデービッドが九カ月か一〇カ月のある週末の朝のことだった。当時、リージョナルセンターからの派遣でベビーシッターとしてきてくれていたトニーは、働き者で彼女がやってくる週末を私はいつも心待ちにしていた。(それも彼女の実力に合った仕事が見つかるまでのことだったが。)ニールが彼女を最初に家に入れたとたん、赤いトレーナーとそれとお揃いのジャージをはいた彼女は家の中にさっそうと入ると、そのままキッチンに直行して私たち三人のためにコーヒーをいれてくれた。トニーは仕事の段取りがとてもうまい人だった。デービッドの服を洗濯機に入れることから始まって、全員の朝食の準備(リージョナルセンターから許可がでていたかどうかは別にして)、洗濯物を乾燥機に入れること、掃除、デービッドの入浴と着替え、ミルク作り、洗濯物をたたんでしまうこと、などをさっさとやっていった。これらのことすべてを、無駄話をしながらも、二時間かからないでやってしまうのだった。

私はキッチンにいながら哺乳瓶の用意をしているトニーとおしゃべりをしていた。彼女が哺乳瓶にミルクを入れていると、私は無意識に「忘れないで」と言いかけて彼女の手を止めてしまった。すると「漏れないように、でしょ」と私の言葉を足してくれた彼女は、知っているわよ、というように目くばせをした。「デニース、どのくらい私がこの仕事をしていると思っているの?」「長い間よね」と私は、おどおどしながらにやにや笑って言った。「でもね、何年働いても時々ね……」。「私をそんな人たちと一緒にしないでよ」とトニーは笑って反発した。「私が作る哺乳瓶は絶対に漏れないのよ」と断言した彼女は、今度は低い声でつぶやくように「でも注意しなくちゃ。この次に来たときに、哺乳瓶が漏れてたわよ、なんて言われたら、大変だものね」。

私は笑いながら彼女の話にうなずいていた。

その時、ダイニングルームからキッチンにプラスチック製のボールが転がる音が聞こえた。部屋の端っこにボールがあるのも実際に見ていた。デービッドはそんなに遠くにいたわけではなく、四つんばいになりながら「サッカー」をして遊んでいるようだった。ボールを手であっちこっちに転がしては、楽しそうに声を出して笑っていた。ボールを転がしては、しゃがんでもう片方の手でそれをつかもうとしていたらしいが、間違って強く転がしすぎたのか、ボールは彼が思っていた以上の速さで転がっていってしまった。ちょうどその時、デービッドはバランスを崩し、転んで顔を強く打った。彼は、最初は驚きで声も出なかったようだが、すぐに立ち上がり、痛さよりも怒りのあまりに大声で泣き出してしまった。

トニーと私が彼に近づくより早く、涙がまだ出ていたデービッドは手と膝をついて立ち上がろうとした。私は前にかがんで彼を抱っこしようとしたが、彼は私を通り過ぎ、ハイハイしてトニーの白いスニーカーと赤いジャージの足元まで行くと、抱っこしてとせがむようにトニーに対して両手を広げたのだった。

彼女はデービッドを抱き上げると、力強い腕で彼を抱っこしてくれた。彼は抱き上げられながらキッチンの中と私を見下ろすようにしていたが、それはデービッドにとっては見慣れない風景に違いなかった。鼻をすすると、彼の目は一生懸命に私を捜しているようだった。

「大丈夫？」と彼の顔を見ながら、傷ついた私の気持ちを隠そうとしながら優しく声をかけ、彼らに近づくと、デービッドの裸足の脚を優しくなでながら、「大丈夫よ」と声をかけて安心させてやった。

一分もたたないうちにデービッドが泣きやみ落ち着いてくると、トニーは彼を私の膝の上に座らせてくれた。彼女と私の間に重苦しい空気が流れたのはどうすることもできなかった。

私は心に受けた傷がうずかないように（今までにも何度も傷を負ったことはあった）、空気の通りを良くしようとした。「デービッドったら自分がどこに行けばいいのかよくわかってるみたいね。他の女の人に抱きつくなんてまだまだ先のことだとばかり思ってたわ」。

「私、何て言ったらいいのか……」とトニーが悪そうに言った。「彼が私のほうに来るなんて……」。

トニーがミルクを作り終えるまで、私たちふたりはお互いに同情し合い、私は彼女を慰めようとしていた。デービッドがトニーのほうに行ったのは、当たり前のことなのかもしれなかった。トニーの腕は私の腕より強く、安全そうで、ずっと高く抱き上げることができたのだから。デービッドはそれをよく知っていただけだったのだ。トニーのほうが自分を危険から守ってくれるということは、彼にとっては事実でしかないことなのだ。

すぐにデービッドは私の膝から降り、またボールの所に戻って、何事もなかったかのようにしていた。でもその時確実に、何か起きたのだった。それ以来、彼が泣いて、守ってほしいときは、どんなに彼の近くに強くて、安全で、高く抱き上げてくれる腕があっても、必ず私のところにやってくるようになった。あの朝、デービッドが何か強く感じたものがあったのかもしれなかった。それは、直感的に私がいつでもどんな時でも守ってくれるんだということかもしれなかった。もしデービッドにそんな直感があるとしたら、それは驚異的なことであったが、私には確かにそう感じられた。

デービッドからは多くの素晴らしいことを学んでいた。母親になることも学んだが、彼がどんなに小さくても彼には自分で選ぶ権利があるんだということを認めようともしていた。その結果として彼からの忠誠心が私に与えられたのだった。

デービッドがニールと私を親として認めているのはまぎれもない事実であった。ただ私のほうが他の人はどう見ているのか心配になることがあった。私たちには裁判所に出向いて養子縁組みの書類に最終的な署名を裁判官からもらうという難関がまだ残っていた。そんなことから私たちはまだ執行猶予中であるという状態であった。

デービッドが「危険性の高い」子どもである（生後の症状からの判断だった）ということは、他の養父母にくらべ、私たちにソーシャルワーカー、医師、療法士などという専門家に会わせる機会をより多いものとしていた。ほとんどの専門家は私たちにとてもオープンだったし、私たちの親が受けたものではない、礼儀正しい態度で私たちに応対してくれていた。私は時折、単なる興味からの質問でも何か特別な意味があって私たちに質問しているのではないかと、考えすぎることもあった。デービッドの定期健康診断のときもきちんとした育児をしていないと批判されたらどうしよう、とびくびくしていた。（ニールよりも心配症だった。）オムツかぶれのあとやちょっとしたすり傷、打ち身も、パーカー先生の診察が近い日になるとどうしたらいいのかと心配になっていた。

実際に診察の予約のあった朝、家を出るほんのちょっと前にデービッドが転んでニールの車椅子にぶつかり、鼻の頭に数センチの傷を負ったことがあった。私はこれで私たちが放任か虐待か育児ができない親として批判されるのは間違いないと思っていた。

壁にかばの親子の絵が飾られたパーカー先生の狭くて白い待ち合い室で待っている間、私の爪は手のひらをつっついていた。先生がいつものように元気よくドアを開けて、ニールと私に明るく挨拶したとき、デービッドは床に座っておもちゃで遊んでいた。

「あら」と、デービッドが振り向いて顔を見せると先生が声を上げた。私の息は止まるようだったが、パーカー先生は私たちの顔を見渡すと「過保護には育てていないようなので、安心したわ」と言った。

パーカー先生が私たちの味方だということがわかり、私はほんのちょっとリラックスすることができた。しかし、私たちの緊張感が全くなくなったわけではなかった。養子縁組みが完了したわけではなかったし（裁判所への出廷は数カ月後に迫っていた）、一月には、ある親権に関する事件がメディアをにぎわせていたのだった。同じ頃でもあったし、それは私たちに関係のないことでもなかったのだった。

第十五章　前兆と奇跡

電話のベルが鳴った。

「デニースでしょう？　大丈夫？」

私にはそのオーストラリアなまりの強い、なめらかな声の持ち主が誰かすぐにわかった。それは、デービッドの養子縁組みが完了するまで私たちの担当になっているＡＡＳＫのソーシャルワーカーをしているバーバラからだった。おかしなことに、彼女の口ぶりは心配事があるようで、いらいらしているように聞こえた。

「大丈夫よ、バーバラ」と私は彼女を安心させた。

「デービッドはどこ？」

「ベッドで昼寝をしているけど」とちょっと不思議に思いながら答えた。「どうしたの？　何かあったの？」

バーバラのため息が聞こえてきた。「よかった。今朝、出がけにテレビを見ていたらベイエリアに住む障がいをもつ夫婦の子どもが保護された、ってニュースで言ったのよ。それだけで、詳しいことは何も言わないし、あなたたちのことじゃないか、って心配しちゃったわ」。

電話を切ると急いでテレビをつけて昼間のニュースを見ようとしたが、それまでにはまだいくらか時間があったので、デービッドの様子を見に彼の部屋へと向かった。

　厚いカーテンが秋の明るい陽の光が入るのをさえぎっていたが、カーテンの切れ目から直射日光が細くもれていた。部屋の真ん中にゆっくりと入り、ベビーベッドにぴったりと近づいた。デービッドはすやすやと気持ち良さそうに眠っていて、私の車椅子のモーターの音にも慣れて（たぶんその音が彼の子守歌のかわりにもなっていた）いたので、目を覚ますこともなかった。寝つきの良い子だった。

　彼は子熊のプリントの長袖の服と青いつなぎのズボンをはいていた。（今日の午後からはベビーシッターの家に行く予定だったので、ボタンのある服を着ていても大丈夫だった。）腹ばいになって顔は壁に向いて眠っていた。頭の下のほうにあるあざが隠れるほどに伸びた赤みがかった髪の毛は、暗い部屋では黄色に見えたが、写真に写ると今でも赤みがかっていた。彼の髪の毛の色が太陽の光の下ではいろいろに変わることを車のカーシートに座っているときに気がついた。ある部分は秋の稲穂の色をしていたり、銅色のようにかすかに光っていたり、他の部分は太陽の色が変わるように変化するのだった。この子は真から美しい子どもに違いない。もし誰かがこの子を奪い取って行ったら……と考えただけでも恐ろしいことだった。


　ティファニー・キャロの話題は何週間かメディアで騒がれた。ティファニーはＣＰで、バークレーから南に七五マイルほどいったサンノゼという町に住んでいた。彼女は関節炎の障がいをもつトニーと一緒に生活保護を受けて暮らしていた。これらが彼らに対する事実であった。しかし、ニュースで流れる話はどこかいいかげんだった。彼女の年齢を一九と伝えたところもあれば、二四と書かれてあった記事もあった。ある記事に書れてあったのは、デービッドより数カ月小さい彼女の子どもが郡の保護施設に引きとられたのは、トニーがティファニーと彼女の介護人に暴力をふるうからだということだった。実際、介護人の会見によると、トニーがティファニーの避妊薬を隠してしまったので二度目の妊娠をしてしまったらしいということだった。この事件の問題は暴力、虐待であり彼らの障がいではないようだったし、少なくとも私はそう思いたかった。

私は母親がCPだからといって州に子どもを奪い取るような権利があるとは思いたくなかった。子どもを里親に預けるために何百ドルかのお金を使うほうが、子どもを母親の許で育てられるようにするための援助を行政が行うことより大事だとは思っていなかった。自立生活センター（世界で最初に障がい者の自立運動が始まった発祥の機関）やスルー・ザ・ルッキング・グラス（障がいをもつ親が子どもを育てるうえで必要な自助具を開発する機関）があるバークレーからたった七五マイルしか離れていない場所で、ティファニー・キャロが最初の子どもとたぶん二番目の子どもの親権を失いかかっていたのは、彼女の障がいと貧しさのせいだとは思いたくなかった。

しかし、彼女とトニーがその後別れたので、彼女の障がいが問題であることは彼女の子どもが里親に預けられていることからも明らかだった。行政はティファニーには子どもの面倒を見るため二四時間体制の介護人が必要だと言っていたが、子どもには障がいはないのでその経済的援助をすることはできない、と言っていた。

地域の障がい者団体が新聞記者に私たちの名前を教えたらしく、ニールと私にインタビューをしたいと電話がかかってきたが、私たちはそれを断った。私たちも神経質になっていたのは、デービッドの養子縁組みの手続きが裁判所で最終的に終わっていないからだった。ニールと私は、今は不必要な注目を私たち三人に向けてもらいたくはなかったのだ。

ティファニーには彼女を擁護してくれる専門的な知識をもつ障がいをもった多くの女性がいたが、できれば私が彼女のために声をあげたかった。彼女たちは誰ひとりとしてCPではなかったし、もちろんティファニーと私の置かれた環境は違っていたが、社会のCPに対する見方という点からいえば、私たちには共通する点が数多くあった。

ティファニー・キャロの人生と私のとでは似ても似つかないものだった。私は子ども時代を両親と姉と送ったが、ティファニーはほとんどを里親の許で暮らしていた。彼女は一八歳になると行政からの援助をもらって自分のアパートを探して、私が二八歳になるまで勇気がなくてできなかった、自活をしていた。そして、その後彼女はトニーと出会って一緒に暮らすようになったのだった。

でも私には、彼女が成長する上で受けてきた偏見が手にとるように理解できた。学生時代にCPについて書かれた古い文献を読んだことを覚えている。執筆者はその分野では「専門」と言われた有名な心理学者と医学者だった。その文献には多くのCP患者は成長が遅く、非常に自己中心的傾向が見られると書かれてあった。それはCPの障がいをもつ子どもや大人が、社会からの偏見を受けた結果から起こる心理的なプレッシャーや、そこから影響された社会性などということを無視して、まるですべてCPという障がいそのものからそうした特性は出るのである、というような書き方をしていた。この文献の執筆者はCPをもつ子どもや大人がどういった扱いをされたか、という社会的な変動過程をほとんど研究しなかったか、したとしても、自己中心的な子どもと、常に「与えられる」ばかりで

「与える」ということを期待もされない子どもとの行動の因果関係に関しては何の知識もなかったようだった。この文献が四〇年以上も昔に書かれた物とはいえ、こういった考えに未だに疑問を呈する人も多くはなかった。その当時の考えが現在も深く根づいているのだ。

CPという障がいは、理解するにも複雑だし、見た目も良くなかった。手足のコントロールが思うようにいかず、言語障がいもある人間が、身体的にも知的にも一般社会で何かできるとは思われにくかったし、古い偏見にみちた考えや文献がそれをあおっている部分も確かにあった。この社会では、私たちCPを最初の印象から即座に判断が下されることがよくあったたし、それは私たちにとって大きな重荷となっていた。

ティファニー・キャロの訴訟が裁判所で開かれるのは、彼女が母親としての適性テストを受けてからの六月に決まった。メディアの注目は冬の間は減っていたが、一月に二番目の子どものジェシーが生まれ、すぐに最初の子と共に里親に預けられたと報道された。ティファニーは一週間に一度数時間だけ子どもとの面会が許されていた。

二月にバーバラが電話をしてきたが、今度は良い知らせだった。デービッドの養子縁組みの最終手続きのための裁判所への出頭日が決まったという知らせだった。それはデービッドが我が家にやってきてからちょうど一年と一〇日が経つ三月の二十日で、私たちは誰を連れて行ってもいいということだった。

その日の朝、まだ夜が明ける前に目を覚ますと、ベッドから出る前にいろんなことが頭の中を駆けめぐっていた。何を着ていったらいいだろうか？　長い間正装などはしていなかった。何枚かクローゼットの中にある洋服はどれも古い物だった。サイズが合わないというわけではなかった。体重が増えるほど食べてはいなかった。どうしてこんなことを何日か前に考えておかなかったのだろう？　デービッドには何を着せたらいいだろう？　彼には新しい洋服を買ってやるべきだった。私たちは良い印象を相手に与える必要があった。裁判官のいる裁判所に出廷の日なのだから。大変だ、バーバラにそこで何が起きるのか聞いていなかった。いや、事務員に前に出るように言われたら、裁判官が私たちとバーバラに質問をするんだった。それから、裁判官が書類に署名をして完了ということらしい。バーバラが言うには、これは形式だけのことだということだった。

友人のデビー・カプランも同じことを言っていた。彼女とラルフがデズモンドを去年養子にしたときも、私たちと同じ養子縁組み担当のバンクロフト裁判官だった。「バンクロフト裁判官って最高よ」とデビーは言っていた。

私は、それはそうだろう、デビーとラルフはCPではないんだから、と思った。彼らはふたりとも脊椎損傷だった。上半身にはほとんど障がいがなく、言語障がいもなかった。裁判官がニールと私とデービッドを見たらいったい何と思うだろうか？　美女と野獣とまずは思うに違いなかった。賢い人たちでさえ偏見という無知に圧倒されてしまうことがあるのだった。

朝日がカーテンを通して部屋の中に入ってきた。朝の冷たさに緊張していると、ニールの目覚ましに静けさが破られた。

「コーヒー」と、私が車椅子に座る前に彼はつぶやいた。

私はいやいやながらうなずいた。「シャワーを使う前にアリエスに餌をあげてよね」。私は昨日の晩にシャワーを浴びてしまっていたので、キャットフードの缶のふたを開けて、いつものようにこぼすようなことを今日だけはしたくはなかった。彼は腕の力も強かったので中身をこぼすことなく、上手に餌をあげることができた。私はコーヒーをいれるのを得意としていた。

今日のことと、十分に眠れなかったせいで神経過敏にはなっていたが、私はいつもの朝のようにやることをやって、コーヒーを飲んだ。コーヒーを飲んでドーナツを数口食べただけでお腹がごろごろ鳴ってきた。ちょっとした吐き気までしてきたので、食べた物が落ち着くまで深呼吸をして口を結んだ。私は父譲りの神経質な性格に抵抗しようとしていた。

ボタンのある服を長年いやがっていたが、一時間半後にはボタンのついた青のストライプのワンピースを着て、メリッサを玄関に迎えた。

「入ってちょうだい。デービッドはまだ眠っているわ」

デービッドの睡眠の習慣は、めったに夜中に目を覚まさないことと、午前中に昼寝をしなくなったことを除いては、生まれたばかりの頃からほとんど変化がなかった。朝は八時半か九時まで寝ていてくれるので私にはちょうどよかったが、学校に行くようになったらどうやって彼を起こせばいいのだろう、と今から心配していた。

メリッサは私についてデービッドの部屋に入ってきた。以前働いていたフリスビーが遅刻したおかげでパーカー先生の予約が台無しになりそうになったので、フリスビーを辞めさせ、メリッサを雇うことになったのだ。デービッドはメリッサの長い金髪がお気に入りだった。ふたりとも同じような髪の色をしていて、まるで血がつながっているようによく似ていた。

ベビーベッドの柵をおろし、マットの上にあごをのせて「デービッド、起きる時間よ。メリッサもきてるわよ」と優しくささやいた。

彼の丸まった手のひらにさわると汗をかいていた。目をやっと半分開けるとまだ眠そうな目で私を見ようとしていた。いつものように笑顔で「おはよう」と私は声をかけた。彼の口が開くと生えてきたばかりの小さい歯が見え、魔法のような明るい微笑みを返した。

子熊の模様のついた服とデニムのつりズボンを用意すると、デービッドはメリッサにまかせてキッチンにニールの様子を見に行った。彼は車椅子に首をうなだれて沈んだように座っていたが、それは良いサインではなかった。

「コーヒーはどう?」と私は尋ねた。

彼は肩をかすかに動かしただけで、右腕をぴくぴくと動かしていたが、それは彼が緊張している証拠だった。

「大丈夫?」何てばかげた質問なんだろう。

彼は私が予想したような反応をした。頭をほんの少し動かしたかと思うと、ほとんど聞こえないような声で「大丈夫じゃない」と答えた。

「ジャネットに車を運転してもらうように、ジャネットとアンダに裁判所じゃなくてここに来るように電話しようか?」

精神的なサポートのために何人かの友達に一緒に行ってもらうように頼んでいたが、もうひとりの友人のロビンは二歳になる姪のアリソンを連れてやって来ることになっていた。もっと多くの友達に来てもらいたかったのだが、その日は平日のため多くの友人たちは仕事で来れなかったのだ。最初は来てくれる友達が少し多すぎたかな、と思ったが、今のニールの様子を見てできるだけのサポートがあったほうがいいと思い直した。ニールは私の質問にさえも答えなかった。

私が「ジャネットに電話するね」と声をかけると、「やめろ」と彼が怒鳴り返した。

自分を抑えようと、彼に言い返そうと思った言葉をやっとひっこめた。いつもの彼ではなくなっていた。これほど緊張していたら、動きに影響して車なんか運転できるはずがなかった。交通事故でさえ起きかねない。でも彼の険しいしわを見ると、ケンカをすれば事を荒立てるだけだ。今日だけはケンカをしたくなかった。彼が自分でできることは知っているはずだし、私は彼を信じようと思った。ニールのことを信頼できなくなったら、いったい誰を信じればいいのだろう。

三〇分後にはメリッサがデービッドに食事をさせ、着替えをさせ、出かける準備は完了した。ニールはいつものようにチャコールグレーの上着を肩からひっかけ、髪の毛をとかしていた。私はメリッサが鞄の中にオムツ、哺乳瓶、着替え、今は必要のないデービッドの上着などを入れている間に黄色のカーディガンをはおった。外は咲き始めた花の香りがただよってくるような早春の美しい朝だった。

メリッサがデービッドをカーシートに座らせている間、ニールは車のエンジンをかけたが、スムーズにスタートしたのは良いサインのようだった。

「デービッド、メリッサにバイバイして」と彼女がデービッドに向かって手を振っているのを見て、デービッドに声をかけると、彼は私のほうを向いた。彼にバイバイとやって見せると、裁判所に向かって車が走りだすとき、もう一度窓に顔を向けて手のひらを開いたり閉じたりし始めた。

オークランドにある家庭裁判所に行くには、向かい側にある地方裁判所の玄関を入ってエレベーターで地下に行き、地下道を通って向かい側まで行き、またエレベーターに乗って上に上がらなければならなかった。幸いにもニールと私がこの行き方を知っていたのは、何年か前にふたりとも陪審員をしていたからだった。

友達は閉じた法廷の入り口の前で私たちを待っていてくれた。私たちはちょっと早く来すぎたので一〇分ほどドアの外で待っていた。

最前列の席に座った私は口がカラカラに渇いていた。デービッドは友達のアリソンと私の後ろをよちよち歩いていて、ロビンがふたりを見ていてくれた。ジャネットとアンダは、私たちのケースワーカーをしているバーバラが必要な書類をブリーフケースから捜し出している間、そばで立ち話をしていた。事務員がニールを呼び出して、いくつかの事項の確認をしようとしていたが、ニールはやっと答えているようだった。

「すみません」と事務員が私たちに声をかけた。私はジャネットをつついて、彼のほうを向かせた。

「この方が何て言っているのか通訳してもらえないでしょうか」。

私は泣き出しそうになった。こんな出だしではうまくいくはずがなかった。恨まれてもいるのだろうか。アンダはジャネットが事務員の所にいっている間、大丈夫よ、とでも言うように私の肩に優しく手をおいてくれた。私たちが成り行きを見守っていると、ジャネットが私たちのほうに歩いてきて、うまくいったわよ、とうなずいてみせた。しかしニールはしかめっつらをしている。

私たちはただ待っているしかなかった。

デービッドの様子を見ると、デービッドやアリソンよりも年の大きい子どもを連れた人たちが大勢そこにいるのに気がついた。それまで私たちがここで何が起きているのかも気づかなかったが、大勢の人たちが親権や幼児虐待の判決などを聴きにここに来ているのであった。そこにいる人たちの表情を見ると同情、哀れみ、安堵の色がよくみてとれた。デービッドとアリソンは椅子の周りを追いかけっこしながら笑っていた。

「ニール・ジェイコブソン、デニース・ジェイコブソンの養子縁組みに関して」と、やっと事務員の聞きにくい細い声が言うと「こちらにおいで下さい」と言われた。

私たちのグループがざわついた。出席の確認もなかったし、裁判官もまだ出廷していなかった。ニールの言葉が理解できない事務員の声がやっと聞こえるだけだった。私たちの集団がニールと私を先頭に向かうべき方向に行くのにちょっとした混乱があった。ロビンがデービッドを抱っこして連れてこようとした。

「待って、待って」とニールが私たちの行列を止めると「僕がデービッドを抱くよ」と言った。デービッドがニールの膝の上に座るとすべて完了し、私たちはバンクロフト裁判官の部屋へと向かった。

紺色のスーツを着た裁判官は、狭くて窮屈そうな部屋の前で私たちに挨拶をした。髪の毛とひげに白いものが混じった、優しそうな顔をした裁判官は、ニールと私が見上げる必要のない位置に立っていた。バーバラがこの件の中心人物を紹介すると手を差し出して笑顔を浮かべた。

「と、と、と、友達も一緒に入っていいですか」とニールが尋ねた。

「もちろんですよ」と彼は答えた。彼は何人いるのか数えると、窓の近くにある茶色の革製の長椅子と隣にあった二つの椅子に座るよう皆に勧めた。それから彼の机の椅子を引くと今度はそれをバーバラに勧め、彼女の隣にニールと私が車椅子を停めるスペースを作ってくれた。

裁判官は自分の椅子に腰かける前に、小さくて暗い部屋の隅っこにあるクローゼットを開けに行った。私から見えなかったが、かがんでそこから何か取り出していたようだった。彼がクローゼットを閉めると、ジャネットが写真を撮っていいか尋ねた。彼はニールと私を見ると、「私が署名したら、あなたたち三人とポーズをとって写真を撮りましょう」と言った。

よかった。署名するつもりらしい。

ニールと私は彼が机に戻るのをうなずきながら見ていた。私のお腹は相変わらずゴロゴロいっていた。すべての動きがスローモーションで流れているように見えた。私はデービッドの手を握ろうとしたが、彼は母親のべとべとした手を握るよりは自分のサスペンダーで遊ぶほうに気をとられていた。彼が上を向いたのは、バンクロフト裁判官が彼の机の端っこにメリーゴーランドの形をしたオルゴールをおいたときだけだった。デービッドはちょっとそれを見ただけだったが、二歳になるアリソンのほうが一六カ月になる息子よりずっとそれに興味をそそられたようだった。ああ、どうかデービッドの態度が私たちの育て方のせいだと裁判官が誤解しないように、と私は願うだけだった。

オルゴールが鳴り終わっても、裁判官は机の上にある書類を開けようとはしなかった。次に彼がやったことは、彼の机の一番下の引き出しから風船の入っている袋を取りだし、ロビンに「あとであげてね」と手渡したのだ。

やっと裁判官が腰をおろすと、「それでは」と言い、彼の前にある書類の上に自分の大きな手をおいた。彼は私たちを見まわすと、「始める前にひとつだけあなたたちに質問があります」。

彼は一息つくと突然真剣な顔をした。

あー、きたきた、たぶん彼もティファニー・キャロの話は知っているのだろう。私は足を動かさないようにした。汗が背中を伝っている。ニールが腕をぴくぴくしているのが見えたし、額から汗が落ちたのにも気がついた。私たちは同じことを考えているに違いなかった。次に裁判官が尋ねる質問もわかっていた。あなたたちでできると……。

「あなたたちは、この養子縁組みを完了したいですか?」

一瞬あ然としてニールと私はお互いを見つめた。私たちが予想していた質問と全く違っていた。でも、どうしたらこのピンクの可愛いらしいほっぺと、人を魅了する青い目をした子を見てこんな質問ができるのだろうか。私たちはバンクロフト裁判官を見ると私たちの返答を伝えなければならないことに気がついた。「もちろんです」とニールと私は大きい声で一緒に言うと、今度は落ち着いて「もちろんです」と繰り返した。

裁判官の人なつこい顔には優しい笑みが浮かんでいた。彼は書類を開けてページをめくりながら、養子縁組み手続きの仕事をどんなに気に入っているかということを話し始めた。

気が変わらないうちに、早く署名をして、と私は唇を噛みながら願っていた。バーバラは各州間の契約の書類とデービッドの出生証明書を裁判官に手渡していた。彼はそれらにざっと目を通すと、

「書類はそろっているようだね」と自分に言い聞かせるように言って、やっとペンに手を伸ばした。

私は息をとめた。私の目は、最初にバンクロフト裁判官が机の上のペン立てからペンを手にして、それが養子縁組み成立の書類に触って、最後にバンクロフトのtを書き終わるまで釘づけだった。彼が今日の日付を書き足したときにやっと息をすることができた。

次は私たちが署名をする番だった。デービッドはニールの腕の中にいたので、まずは私が最初にすることになった。バンクロフト裁判官が私のそばに立ち、書類を私のそばに持ってきてくれた。署名がしやすいように、自分の身体に合わせるのを彼は辛抱強く待っていてくれた。彼が手渡してくれたペンを受け取ると、興奮状態から起こってしまう身体の余分な動きを抑えようと意識的にしてみた。涙が私の視界をさえぎったが、なんとか線の上に署名することができた。私が終わるとニールがサインできるようにペンとデービッドを交換した。

ジャネットがこの様子を写真に撮り続けてくれたが、裁判官と私たち親子三人が一緒に写真を撮るまでわき出てくる感情を抑えていなければならなかった。最後にニールと私はバンクロフト裁判官に感謝の気持ちを伝えた。彼は私たち全員が部屋を出る前にもう一度握手をしてくれた。

ドアが開けられると、私が先頭になって外に出た。そしてニールがその後に続いてきた。バンクロフト裁判官は私たちに「二番目の子を待ってるよ」と声をかけた。

裁判所の廊下に出ると、全員が涙を流し、嗚咽がもれ、ニールと私はデービッドをふたりの間に入れて抱き合った。その時、デービッドが欲しかったのは哺乳瓶だったようだが。ニールは自分のバックパックの中を捜したが、それは私の車椅子にはさんであった。私が哺乳瓶を取りだしてデービッドにあげると、素早く私から取り上げ、さっさと口に入れ、私の胸によりかかって飲み始めた。ニールの手はデービッドの膝の上におかれていた。ジャネットはその場面をスナップした。

これですべてが完了し、ニールと私は安堵感で一杯だった。家に帰って、書類をしまうと、友達や家族からのお祝いの電話の対応におわれた。私たちはラッキーだった。数カ月後に、長い法廷での闘争に巻き込まれたティファニー・キャロは二人の子どもの親権を放棄することを決めた。裁判所は二人の子どもたちを離ればなれにしないことを約束したが、役所がその約束にそむき、数百マイルも離れた里親のもとにそれぞれの子どもを預けることに決めた。

ニールと私にはお祝いをする理由があったが、バンクロフト裁判官がとり行った儀式が完了ではなく始まりだということが私たちにはよくわかっていた。ニール、デービッド、そして私は一緒に家に帰ることができたし、ニールが私と一緒にデービッドを育ててくれる。親権を得たとしても、ティファニーはCPに対する理解も低く、厳しい社会の中で、ひとりで子どもを育てていかなければならないのだ。

第十六章　子どもの歩み

ニールは今まで誰からもされたことがないくらい、自分がデービッドに愛されそして必要とされているという喜びにひたっていた。ほとんどの晩は、仕事から帰ってくると、彼はどんなに疲れ切っていても、走ってきて抱きつくデービッドを腕を広げて抱きしめるのだった。ニールはぶつかるような音をわざと口で出して、笑いころげるデービッドを抱えて自分の膝に座らせる。デービッドは小さいが強い手足でニールの身体のあちこちを蹴ったり突ついたりして、ニールがきちんと座らせるまで身体をよじったり、もじもじしたりと大変だった。ニールが腕でデービッドを抱きかかえると、やっとふたりとも落ち着いてリラックスするのだった。そしてニールとデービッドは風を切ってとぶようにベッドルームに向かった。私は玄関のドアを閉め、彼らがいなくなるのを見ていた。デービッドの小さな金髪の頭が父親の腕に守られながら上下に動く姿が目に入った。

自分の父親がしたように、ニールはどんなに疲れて仕事から帰ってきても子どもと遊ぶのを夢見ていた。デービッドが車椅子の後ろに乗るとスピードを出して走ったり、デービッドがつかもうとした物をわざと取ってしまったり、体中をくすぐったりと、デービッドが喜ぶことなら何だってした。どれもがデービッドにとっては楽しいことだったが、特に、ニールに追いかけられて走るのが大好きで（ニールはわざとゆっくりと追いかけるのだが）、反対にニールをかまったり、思いっきりくすぐられたりするのも大のお気に入りだった。もちろん、ニールのくすぐり方は指で突っついたり、はさんだりと多少乱暴だが、急所はしっかり押さえてくすぐっているので、ふたりとも大きな笑い声をだして喜んでいた。

ニールがデービッドの幼児期を楽しんでいるのはうれしかったが、私にはまた、大きな不安が目の前にあった。デービッドの独立心や新しい物への探求心のために、込みあう店の中や、階段、車道へと走り出したらどうしよう、という心配が朝から晩まで私の頭を離れなくなっていたのだ。

ニールと私は、安全な遊具がそろってはいるが、車椅子にとって最大の敵である砂場が広がる公園でびくびくしながらデービッドを見守っていた。幼児にしてはしっかりとした足どりで、デービッドは他の子どものブランコを押している親のほうに歩いて行った。彼はニールと私を同意を求めるように見つめると、注意を引くようにそこにいた他の親を優しく引っぱり、あいているブランコを指して「押して」と頼んだ。彼はブランコで高く押してもらうのが大好きだったが、その親はこちらを疑り深そうに見たので、お願いします、と私たちはうなづいた。ブランコを十分に楽しむと、デービッドは「ありがとう」と言いうと（そう言なさい、と教えてあった）、今度は私たちが「恐怖のスベリ台」と名づけたほうへと走っていった。何カ所か曲がりくねった、一階の建物の半分ほどの高さのスベリ台は六、七歳の怖いもの好きな子どものためのものだった。デービッドがそのスベリ台に初めて挑戦したのは三歳のときだったが、私はその場に居合わせなくてよかったと思っていた。

その日、ニールは家に帰ってくると、「最初の三回までは僕も心臓が止まるかと思ったよ」と言った。ニールはデービッドがどうやって注意深くスベリ台の階段を上って、すべり落ちるときにもしっかりと両側を両手で握ってコントロールしていたか説明してくれた。「三回目か四回目くらいでだんだんと上手になってきたよ。下に着くたびに大騒ぎをして、僕まで興奮しちゃったよ」。

デービッドは自分より年齢が大きい子がやることをやりたがり、私たちはいつも驚かされていた。デービッドは「恐怖のスベリ台」を体験してからというもの、外を歩いているときに急に車道に飛びだしたり、スーパーマーケットの中でどこかに行ってしまうようなことはなくなっていた。子どもをあっちこっちへと追いかけているお母さんからも、どうしてデービッドが私のそばにおとなしくついているのかたびたび聞かれたが、何と答えていいのかわからなかった。ただ言えることは、デービッドには私たちの限度がどれくらいかということが、どういうわけかよくわかっていたようだった。

私は生まれて初めて、誰かの重荷ではなく、誰かの保護者としてその人の生活の中心になっていることに気がついた。突然、私は絶対にかなわない夢だと思っていた母親になっていることに気づいたのだ。デービッドは私に、全力を出さなければ演じられない素晴らしい役割を与えてくれた。

そしてデービッドは忍耐と信頼ということもいろんな場面で教えてくれた、私の指導者でもあった。身体的な忍耐は理解していても、精神的なものになると私には何もなかった。多くの試練をのり越えながら、忍耐強く愛しながら子どもを育てることがどんなことかも理解していった。信頼になるとより複雑なレッスンが待ちうけていた。デービッドを信頼することだけでなく（これはさほど難しくはなかった）、自分自身を信頼することを私はまず学ばなければならなかった。子どもを育てるうえで、自分の勘や直感力が信頼に結びつけられることが一番大事だと思うが、私の場合はその感覚を長い間使わないでいたのだ。

私は長い間、自分の心の中にある鋭い声や直感に耳を貸さないで無視するということに慣らされていた。私がＣＰであるために、私には常に助けが必要だということで家族の中にはいつも緊張感がただよっていた。そして、家族の緊張と自分の感情にはさまれた結果、自分の気持ちはどこかに閉じこめるようになっていた。その上、子どもだった自分にとって、自分が何を感じているかということや、どうしてそう感じるかなどという複雑なことは、自分でも理解していなかった。それ以上に家族の誰にも迷惑をかけたくなかったことだけは確かなことだった。はっきりしていたことは、私はいつも良い子でいなければならない、ということであった。人から見捨てられることだけは避けなければならなかった。自分の悲しみ、苦しみ、怒りを表現してはならなかった。それでも時々自分をコントロールできなくて、かんしゃくを起こすことがあったが、そんな時はただの我がままな子だとしか見てはもらえなかった。

私は長い間かかって自分の本当の気持ちを表現する方法を探し出せるようになってきていた。自分の感情に気づくことができるようになってはいたが、それを声に出して表現することはまだ難しいことであった。言いたいことがあると自分自身を納得させるのも大変だったが、それ以上に自分の言おうとしていることが本当に大事なことか、納得させるのは難しいことだった。デービッドを育てる前は、表現するかしないかは自分次第だったが、私に頼っている人間がここにいるのだから、今はそれだけでは通用しなくなっていた。

子どもを持つということは、自分の勘や直感に頼らなければいけない状況に自分を置くということでもあった。自分自身を信頼することで自分の息子を守ることができるのだった。困難な状況の中でも言わなければならないことはあったし、やらなければならないこともあった。デービッドの世界が広まるにつれて、私の勘と直感はそんな日がもう目前にきていることを教えてくれていた。

デービッドが二歳になったとき、ニールと私は彼を保育園に入れることにした。私たちは、彼にとって近所のベビーシッターが相手をするより、同年代の子どもたちと活動するほうが必要だと考え始めていた。車椅子で入れる保育園を探していたが、結局見つかった所は自宅から一マイル以上離れた、車椅子では建物に入れない個人経営の保育園だった。しかし、経営者のジーン・シェットランドはちょっと厳しそうにも見えたが、親切そうな人で、デービッドの送り迎えを手伝ってくれる他の子どもたちの親まで紹介してくれた。私たちの希望にかなった場所ではなかったが、デービッドにとっては安全でよく世話をしてくれる所だと思ったから、私たちに対するちょっと気にさわるコメントや出来事にも目をつぶろうと思った。

「デービッドがここにくるようになって本当にうれしく思っているんですよ」とジーンは保護者会の場で言った。ニールと私は知らない親たちに支えられて、階段をやっと上りながらその場に参加していたが、ふたりともどんなふうに感情を表していいかわからず、居心地の悪い思いをしていた。ニールと私は目くばせをしながら、座り心地の悪いソファに座り「社会の役に立ててよかったわ」と言うジーンの得意そうな声を聞いていた。

私は唇を嚙んで、わざとらしい、と思った。

デービッドがジーンの所に通っている間、私は周りに頼りすぎていた子ども時代に戻ったようないやな気分を味わっていた。デービッドの送り迎えはまだよく知らないお母さんたちに頼んでいたが、彼女たちはよくデービッドを乗せるのを忘れるのだった。最初にデービッドが忘れられたとき、ジーンのアシスタントをしているクリスが迎えにきてくれるということになったが、来る途中で彼女の気が変わったのだろう、「こんなことは普通はしないんですから。今日だけですからね」と我が家のリビングルームで、私はこの二十代の女の子にひどく叱られたのだ。

自動的に私は彼女にただ謝るだけだったが、彼女が家を出て数分後、今度は怒りがこみ上げてきた。なんであんな小娘に私が意見されなければならないんだろう。私が彼女に来てほしい、などと言った覚えはなかったし、彼女が自分の意志でここに来たはずだった。いったい私にどうしろと言うのだろう。彼女の申し出を断って、デービッドを連れて行ける忙しくない友人を探せ、とでも言うのだろうか。しかし、彼女の好意に甘えてしまった私が悪いのかもしれない、という罪悪感もでてきた。彼女はただ単に何とかしてあげたい、と思っただけかもしれない。それにしてもあんな小娘に何の権利があって私が怒鳴られたのか、と思うと情けなくなってきた。

数時間後にジーンと話すまでには、私の気持ちも少しは落ち着いてきていた。私はジーンに対してもクリスに対しても迎えに来てもらうことを期待していたわけではないし、クリスが勝手に私の真意を誤解したに過ぎないが、彼女の私に対する話し方は納得がいかない、ということをジーンに説明した。私の説明は筋が通っていたし、丁寧に話をすることができたが、クリスに対しては裏切られたような気がしていた。

「だまされたような気がするわ」とその晩、私たちだけになったときにニールに言った。唇を強く噛むと頭を振って「デービッドを迎えに来てくれる、と言ってくれたときにいやな予感はしたけどそのとおりになってしまったわ」と言った。

「君はよくやっていると思うよ」と夫は答えてくれた。

私は彼の顔を見て「どうして?」ときいた。

「そんなくだらない連中の相手をよくしていると思うよ」と彼は答えた。「だから僕は銀行で働いてるんだよ。そんなばかげた相手の面倒なんか見る必要がないしね。もし相手が僕のことを気に入らないなら、そんなやつは首にするだけだよ。それは相手の問題であって、僕には一切関係ないってことだよ」。

以前、ニールが銀行のコンピューター部門に電話をしたとき、新しい社員が電話に出てニールをばかにしたことを言い、電話を切ってしまった、という話を聞いたことがあった。ニールが再び電話をするとまた同じことをやられたらしい。一五分後にニールが直接その部門に現れると、新入社員とその上司は驚き、上司は彼を首にするということになったらしいが、その新入社員があまりにも反省をしている様子だったのでその時は見逃してあげたらしい。それ以来彼は同じことは二度としなくなったということだった。

銀行はニールにとっては天国だった。彼は人から好かれていたし、尊敬もされていた。彼は自分の仕事は完全にやっていたし、自分の役割も十分に果たしていた。そこではすべてのことがはっきりとしていたし、それぞれの意味づけも明確だった。が、実生活となるとそうはいかなかった。無知でどうしようもない人間もたくさんいるし、それに対する解決策だってそうそうあるはずはなかった。

その晩のニールの言葉は有り難かったが、私はもう少し彼がデービッドの日常にかかわってくれることを願っていた。

保育園での問題は他にもあった。ジーンによるとデービッドの様子が他の子どもたちと違って、保育園にうまくなじんでいないらしかった。いつもボーッとしていて、名前を呼ばれても反応がないので、「あなたと同じように名前を呼ぶようにしているんだけど」と彼女は打ち明けてくれた。(まるでニールと私が「デービッド」と発音ができないか、デービッドが今まで誰からも名前を呼ばれたことがないかのような言い方だった。)しかし、彼女によるともっと深刻な問題は、彼には「社交性」がないように思えるということだった。他の子どもは子ども同士で遊ぶが、二三カ月になるデービッドはひとり遊びで満足している様子らしかった。ジーンが心配しているのは他の子どもたちと一緒に歌をうたう時間もそこから離れてひとりでおもちゃで遊ぶことが多い点だった。

「デービッドは慢性的な中耳炎なの」と私はジーンに説明した。この二カ月半の間、デービッドは二回も風邪をひいて四回も中耳炎にかかっていた。(お陰で、私は甘い味の薬や抗生物質を薬専用のスプーンであげるのが上手になっていた。)他の子どもが高い熱を出して、機嫌が悪くなったり泣いたりして、痛さや苦しさを表現するのに対して、デービッドの病気を外見で判断するのは難しかった。後にデービッドの態度を見てデービッドの健康具合を測ることができるようになったが、最初はそれがなかなかできなかった。寝つきが悪かったり、食欲がなかったり、いつもより言うことを聞かないなどというちょっとした変化がデービッドの病気のサインだった。それでも時には彼が病気だとわかるまで何日もかかることがあった。それらのことをジーンに説明したが、彼女が私の言うことを信じたとは思えなかった。

どうしてデービッドの態度が私とジーンとではそんなに違うのだろうか？　家では彼はとても自立した子だった。許可さえあれば、冷蔵庫の中から自分の哺乳瓶を持ってくることもできた。シリアルを入れるボウルだってとってくることができた。（壊れない食器が彼の手の届く所においてあった。）限られた語彙ではっきりと話すこともできたが、行動で示すことのほうが多かった。また、彼は頭を使っていろんなことを思案していた。高い所にある物を取りたいときには踏み台にどうやって登ったらいいかを考えた。ある時、テープが貼ってある箱を私がなかなか開けられないでいると、デービッドは私のそばに来て「フォーク」という言葉を何度も繰り返して言っていた。私が彼を不思議そうな顔をして見ると、台所によちよち歩いていって、食器類がしまってある引き出しの掛け金をはずす音が聞こえてきた。彼は戻ってくると、私にフォークを手渡した。それを見て私は彼のしようとしていることがやっと理解できた。彼は私が箱や入れ物を開けるときにフォークの先でつついて開けているのを何度も見ていたのだ。

私はデービッドはジーンとは合わないことを直感していた。彼女が私たちに対して誤った見方をし、私たちに合わせるのをいやがっていたのは感じていたし、それに影響されてデービッドを色眼鏡で見ているようなところがあるのに私は気がついていた。そして私は、彼女が私たちの障がいによってデービッドを正しく評価していないために、彼が私たちの犠牲になっているのではないかとも心配し始めていた。彼女が彼を無視したり邪魔にすれば、他の子どもたちがまねして同じようにデービッドに対することを恐れていた。デービッドはたった二歳にして見捨てられようとしていた。

しかしその反対に、ジーンの観察が正しいかもしれないという思いも捨て切れないでいた。たぶん、私が大袈裟に考えすぎているというニールが正しいのかもしれなかった。ニールは保育園でデービッドが仲間はずれにされているという私の話を聞いて、信じられないというような顔をしていた。個人でやっている保育園である。ジーンの評判（それは私たちで調べていた）は良かったし、キャンセルを待っている人たちまでいた。デービッドがそこに入れただけでも私たちはラッキーだったのかもしれない。

私はバーベリッチ医師の意見を聞いてみた。（彼はパーカー医師の同僚だった。パーカー医師は二年間の長期出張でボストンに行っていた）。彼はデービッドの発達に遅れがあることはどこにも見られない、とはっきり言ってくれたが、診察時間が短かったので、彼の診断が正確かどうかと少々疑問を持った。

誰の話を聞くのが一番良いのかわからなかったが（それぞれがそれぞれの意見をもっているようだった）、パーカー医師に電話をしてみた。彼女はデービッドが生まれたばかりのときに診察してもらった神経発達の専門家の所に行くことと、言語の診断のために専門家にみせることの二つを勧めた。

神経発達の専門家に会うことはあまり気がのらなかった。その医師はデービッドが四カ月のときに診察をしたが、その結果異常なしという診断を下していた。この医師はデービッドを診察するのは問題なかったが、ニールと私と話をするのがどうにも耐えられなかったようだった。まるでそれは、彼の患者が成長すれば私たちのようになるということをどうしても認めることができないような態度だった。しかし、だからこそもう一度マンキー医師に会うことが意味にあることのようにも思えた。

私たちと一緒に行くためにニールは休暇を取ったが、予約の時間はデービッドの昼寝の時間とかちあってしまった。そのために彼の機嫌が悪くなることを私は心配したが、予想どおりマンキー医師のアシスタントがおもちゃやレーズンの入っている瓶、ボールを持ってきて機嫌をとってもどうにもならなかった。

数分後、ラフなかっこうをし、髪の薄い医師が狭い診察室に入ってきて、アシスタントが持ってきたおもちゃとデービッドがのっている診察台によりかかった。彼はデービッドにはかまわないで、ニールと私に質問をし始めた。その場の緊張した雰囲気が私たちの言葉にも明らかに影響していたが、医師は私たちの言葉が理解できているようであった。私たちの話を聞いている間、彼の手は診察台の上にあったおもちゃをいじっていることに気がついた。それを見たデービッドは興味をそそられたようだった。デービッドがそのおもちゃで遊び始めるのにはそう時間はかからなかった。さすがは子ども相手の医師だけあって、子どもの興味を引くことをよく知っていることに私は強い印象を受けた。

マンキー医師からバーベリッチ医師に送られた診断書の写しを私たちも受け取った。それには「神経的な障がいはなく、正常な知的レベルだ」ということが記されてあった。ただ「言葉に多少の遅れがあるかもしれない」ということも書かれてあった。私たちはデービッドには三〇〜四〇の語彙があると医師には伝えたが、診察ではその中の一言も発することはなかったらしい。診断書にはデービッドは「おもちゃに関しては非常に好奇心が強く、おもちゃの構造にも興味を持ち、器用でもある、しかし周りの人間、両親も含めて、に対しては相手を喜ばそうとか、楽しませようという行動が見られない」とあった。マンキー医師はデービッドの周りに対する無関心さにひっかかったようだが、「それは彼が二歳にしてすでに自立心の傾向が見られる」と結んであった。

結論としてはデービッドは正常な発達をしている、という書かれ方に私たちはほっとさせられたが、診断書の全体の書かれ方としてあちこちにニールと私の親としての力量に対する疑問が見え隠れしているのも事実だった。彼は「コミュニケーションに限界があるため、我々にはデービッドと両親との関係の全体像が把握しかねる。また、活発で元気な幼児に対する家庭内においての安全面の管理がどの程度なされているかも明らかではない」と診断書に書いていた。彼の疑問は私も理解したが、私たちが親である、ということに対して尊敬の念がないことに私は腹が立った。

「彼はやっぱりデービッドをカーシートに座らせることを頼めるような人じゃなかったのよ」と診断書を読み終えようとしているニールに言った。デービッドは最近、哺乳瓶でつらないとなかなかカーシートに座らなくなっていた。ニールはマンキー医師がもう少し肯定的なことを書くと思っていたらしいが、実際にはそうではなかった。

「ニール、あなたはどう考えているの?」

「ここに招待したらいいんじゃないかな」と彼は考え深く答えた。

「何ですって。頭でもおかしいんじゃない」と私は悪態をついた。「私たちは親に向いていない、って言ったのよ。デービッドは良くない環境におかれている、って思っているのよ。私たちがどんな親でどんな環境に住んでいるかなんて、あの医師にはこれっぽちもわかっていないのよ。きっと私たちは障がいをもったばかな夫婦で、ままごとごっこをしたいだけなんだ、なんて思っているのかもしれないのよ。そんな人を家に招待したいの?」

でも私は、ニールの言葉にそんなに驚いたわけではなかった。彼は感情でものを言う人ではなかった。感情を抜きにして問題を解決しようとする人だった。しかし、彼にはその診断書がどんなに私を安っぽい人間として扱ったか、ということは理解できないでいた。私はいつもデービッドの安全を第一に考え、そしてなおかつ過保護にならないようにということを一生懸命にやってきたつもりだった。私の耳はいつもトイレ、台所、そして誰もいない部屋にと注意がいっていた。公園の遊び場では事故が起こらないように目を光らせていたし、誰も私を怠慢な親だと批判できるはずはなかった。ニールはいつも子育てに対してリラックスしたやり方をしていたが、私は速さや行動でカバーできない部分を、目にしたり耳にしたことで補おうとしていた。

私は自分の夫を不思議そうに見ていたが、彼の言葉にはやはり傷つけられた。話題を身近なことに変えようと「ジーンのことはどうしたらいいと思う?」と尋ねた。

「デービッドはいやがらないで行ってるんだろう?」と、ニールはいつものように前かがみに車椅子に座りながら、興味なさそうに答えた。

「毎朝、泣いたり、わめいたりして行くのをいやがっていないからといって、すべてがOKというわけではないこともあるのよ」と私は口をはさんだ。「中耳炎になってばかりいることが何かのサインかもしれないじゃない」。

私の推理がニールにとってはただの言い訳のように聞こえたらしく、彼は何を言っているのか、というような顔つきをしていた。私たちの会話はどこにも行き場がなくなっていた。今回はちょっと様子を見たほうがいいのかもしれない。このまま続けてもそんなに悪いことが起きるわけでもないかもしれない。デービッドはまだ二歳でジーンの保育園の中でも一番小さい子だった。たぶん、彼には慣れるためにもう少し時間が必要なだけかもしれないし、ジーンも彼に慣れてくるかもしれない。もしかするとニールが正しいのかもしれない。でもやはり私は自分の直感が正しくてデービッドには護ってくれる人が必要かもしれない、という思いも捨て切れないでいた。

私はジーンが言うデービッドの「態度」を参観するために保育園に行くことを決めた。精神的なサポートと身体的サポート（保育園の階段の上り下りを助けてもらう）のためと私の証人として、友達のジャネットも一緒に行ってもらうことにした。

私たちがそこに着いたとき、子どもたちは楽器で遊んでいた。デービッドは私たちを見るとちょっと微笑みかけてきたが、またすぐに小さなおもちゃのピアノで遊び始めた。他の子どもたちは私が座ったソファの周りに集まって私の歩き方や話し方について知りたがっていたが、二、三歳の子たちにCPの説明をしてわかってもらうのは難しいことだった。

「筋肉が勝手に動いちゃうの」と違うほうを見ながら私は答えた。私はここで子どもたちの質問に答える気分ではなかったし、子どもたちもすぐ違うほうに興味が移ったらしい。

私は息子が日本の太鼓、黄色いトラック、指人形と興味がある物を見つけるとそれに全神経を集中させて一心に遊ぶ様子を観察していた。ジーンが朝のおやつの時間を知らせるために小さいベルを鳴らしながら、食堂に来るようにと歌うように全員に呼びかけた。一一人の子どもたちがテーブルにつくと、ジュースとクラッカーをもらい始めた。ジーンは同じようにしてデービッドの名を二回呼んだ。

デービッドはおもちゃを置くために棚のほうに走っていくと、ジーンがまた彼の名を優しく呼んだので、やっとジーンのほうに向かって行った。

デービッドは他の子どもたちのようにおしゃべりでないことに私は気づいた。もっとおやつが欲しいときはお皿を持ち上げて、ジュースが欲しいときはカップを持ち上げて知らせていた。ジーンの言いつけを守ってきちんと座っている子は何人かいたが、デービッドにとってはそれも苦痛のようだった。

保育園の地下室にはおもちゃが置いてあったが、子どもたちはおやつの後、そこに行くことができた。

「デービッドが気に入っているおもちゃは決まっているのよ」。ジャネットと私が保育園の裏口に向かうとジーンは教えてくれた。「車輪のついているおもちゃが好きみたい」。

「車輪は身近な存在ですものね」とジャネットは言った。

車椅子に向かってやっと歩きながら、デービッドが裏庭で遊んでいる様子を見ていた。彼はオレンジと黄色の車を押して遊んでいたが、すぐその後に芝生の上で縄跳びをしている子どもたちの仲間に入っていった。数分後、ジーンが子どもたちに近づいてきた。

「一緒に遊びたい人は誰かな」とジーンが子どもたちに声をかけた。

「私、私」「ぼくー」とほとんどの子どもが大きな声で答えた。

ジーンは子どもたちに隅に片付けってあった白い椅子を持ってこさせると、それを真っすぐに並べてそこに座るようにと指示した。自分も椅子を持ってくると、子どもたちから数メートル離れた場所に椅子を置き、子どもたちに向かい合って座り、子どもたちが準備ができるのを待っていた。デービッドを除いては全員が彼女の言うとおりのことをしていた。デービッドはというと、彼女が指示を与える前に自分の椅子にきちんと座り、彼女が指示を与えている間は、手を膝の上に置き脚をぶらぶらさせながら周りを眺めていた。が、当然、一〇分後に皆の準備ができたときには彼は待ちくたびれてたいくつになり、ひとり砂場のほうへと向かって歩き出してしまっていた。

この瞬間、この二カ月半私の心の中にあったもやもやした心配や悩み事が突然消えたのは、ジーンが子どもたちを自分の思うように管理したがっているということがわかったからだった。自分というものを持っているデービッドは、だからこそ私の息子なのだが、二歳にして自立して自分の意志をもっている子なのだった。そしてそれがジーンにとってはどうにも気に入らなかったようだ。

再び、ジーンは小さいベルを鳴らして、今度は、丸くなって座るようにと指示を与えた。デービッドもその中に加わり、脚を組んで地面に座った。その時は十二月も中旬でクリスマスの歌をうたうことになった。ジーンは「ジングルベル」の歌に合わせて鳴らすベルを子どもたちに配るようアシスタントにお願いしていた。

「ユダヤ教の祝日をお祝いしたこともあったのよ」とベルが皆に配られている間、ジーンはジャネットと私に説明をした。「ユダヤ人の人と付き合っていたときだけど、その時だけだったわね」。

ジャネットと私は顔を見合わせた。

「ジングルベル、ジングルベル、鈴が鳴る」

デービッドともう一人の子は静かに子どもたちの中から離れると違う方向に向かって行った。デービッドはオレンジ色の自動車に興味がひかれたようだった。

「私が連れてきます」とアシスタントが言うと、彼らの後をおいかけて行った。彼女は最初にもう一人の子を連れ戻して、椅子に座らせると、今度は私の息子に向かって走り出そうとしたその時、ジーンが何事もないように「デービッドはいいわよ」と声をかけると、歌をうたい始めたのだった。

涙が私の頬を伝わって流れてきた。デービッドはまだ二歳にもなっていなかったが、すでにジーンからは相手にされない存在になっていた。それも他の子どもたちの前で無視されたのだ。子どもたちはまだ幼かったが、どんなに小さくてもこれがどういう意味をもっているか、この子どもたちにも充分わかるはずだった。しかも彼女は先生で皆の模範になるべき人であるはずなのにだ。

私はジーンに質問する気もすでに失せていたが、それは私があまりにも感情的になっていて、自分の言いたいことが相手に正しく伝わるとは思えなかったからだ。その上、今はそれをする場でも時間でもないと思った。


ニールは私が神経質になっていて必要以上に批判的になっていると思っていることはわかっていたので、彼が家に帰ってきたときも私はただ、「ジャネットに聞いて」と言うだけだった。

彼がにやにやしていたのは、私が何かをごまかしているのだと思ったからにちがいなかった。夕食後、彼はジャネットに電話をすると、私は別の電話を取って彼らの会話を聞いていた。

「ところで結論は何なの?」と数分の会話の後、彼は尋ねた。

ジャネットは遠慮せずに「結論はあの保育園を辞めさせることよ」とはっきり言った。

「はっきりしているね。気に入った」と彼は言った。

その後、デービッドは二度とジーンの保育園に戻ることはなかった。冬休みの前にデービッドはまた、ひどい中耳炎にかかってしまったのだ。

私はニールとジーンの最後の会話を聞いていた。それは誠意のある会話に聞こえた。ニールが「デービッドにとってお宅は合わなかったようです」と言うと、ジーンもそれに同意したようだった。

しかし、私がデービッドをあのひどい場所から出すのに三カ月もかかったかと思うと、自分自身に対する怒りはなかなかおさまらなかった。それも自分の直感を信じないでいろいろと理由づけをしていたからこんなことになってしまったのだ。

数週間後に気持ちが落ち着くと、私はマンキー医師に彼の偏見に対する抗議文を二ページに渡って詳しく書いた手紙を送った。コンピューターで何度も書き直して、出来あがるまでに何日もかかってしまった。その返事には、彼の専門的な診断が繰り返し記されてあり、詳しい話をするための我が家への招待への断りが書かれてあった。それへの返答として「電話」で了解したことを伝えた。（私たちと面と向かって話をしても理解できないのだから、電話では大変だったにちがいない。）

マンキー医師からの返答に満足したわけではなかったが、この三カ月に起きた私自身の中の優柔不断さを見直してみると、周りの人間が考えていることや言うことは自分の信念から比べたらどうでもいいことなんだということがよくわかった。心の声は耳に聞こえる声より一歩遅れて伝わってくるようだ。はっきりわかったことは、デービッドが何よりも大事で、彼にとって良いことは私が一番知っているということだった。いついかなる時にデービッドに頼られても私はもう大丈夫だった。

第十七章　信頼の種

その日は長い一日になりそうだった。十時には乳癌の検査の予約が入っていたので普通の日より三〇分早い六時に起きて、シャワーを浴び、服を着て、八時四十五分に家を出れるよう、デービッドを起こす前に自分の準備はすべて終了していなければならなかった。九時までにデービッドを幼稚園に連れて行けば、予約先までの一マイルを車椅子で行っても、十時までには着くはずだった。そして私がラッキーで十二時までにそこを出れれば、途中でお昼を買って帰宅し、家で少しは執筆作業ができ、二時四十五分にデービッドを迎えに行って、そこから一マイル反対方向にあるエミーの診療所へ言語訓練のためにデービッドを連れて行くことができるはずだった。

息子を起こすことは決して楽なことではなかった。もちろん目をさませばすてきな笑顔を見せてくれるのだが、彼を深い眠りからさまさせるのに一〇分はかかるし、それから服を着せて、朝食を食べさせて、歯を磨かせて、やっと幼稚園に行く準備が完了するのだった。この二年間の間に、洋服を着せるためにデービッドの協力を得て集中させるために、おだてたり、時計と競争させたり、ごほうびをあげたり、たまには脅したりする私のレパートリーも増えた。が、これらのどれひとつもが一週間として続いて役に立ったことはなかった。どのやり方を使うかは、その週デービッドの成長の段階がどのステージにいるかにかかっていた。

いつものように予定の時間より五分遅れた八時五十分に、デービッドはガータおばあちゃん（ニールの母親）がこの間持ってきてくれたジャケットをやっと着ると、私の車椅子の後ろに飛び乗った。デービッドの小さい手が車椅子のハンドルをしっかりつかみ、私はミッキー・マウスの絵が描いてあるお弁当のバッグをつかんだ。ドアの取っ手に縛ってある古いベルトを手にして引っぱると、玄関のドアはゆっくりと閉まった。

私の車椅子は「ガー」という音をたてながら、ジグザグ式のスロープをゆっくりと下りていった。九月中旬のさわやかな朝日の下を、ちょっと斜めになっている並木歩道を風を切って飛ぶように車椅子を走らせ、二つの駐車場を通り抜けると、玄関に六段の階段があって青く縁どられた小さな白い建物が見えてきた。腕時計を見ると九時三分で玄関はまだ開いていた。

デービッドは小さな強い腕で「行ってきます」と私に抱きつくとお弁当のバッグを手にして玄関の階段を上がっていった。私は安心してホッとため息をつく前に、彼がちゃんと建物の中に入るのを確かめるのも忘れなかった。これで次の目的地までまだちょっと時間があるので、途中でコーヒーとベーグルを買って食べる時間ができた。あと一マイルの道程は二〇分もかからないで行けるはずだった。

二年前に初めて乳癌の検査をした同じ場所での予約だった。建物の二階に小さな検査室とレントゲン室の設備があり、デービッドのかかりつけの小児科医師もその建物に診察室を持っていた。途中で軽い食事をとるために時間を取ったが一〇分前には到着した。受付けの人が私の記録をコンピューターで探している間、私は書類に署名をし、自分の名前が呼ばれるまで、古い雑誌をペラペラとめくっていた。白衣を着た技師は、前の時とは違う女性だった。

「あら、車椅子に乗っているの？」と彼女は眉をひそめた。「ちょっと大変かも。あなた立つことはできますか？」

乳癌検査で立つのは無理だった。検査の機械につかまって、乳房を機械にはさまれてそれで立ってることなどできるはずがなかった。「でも機械を低くすることはできるんじゃないですか。前に来たときはそうしてもらったんですけど」。

最近、最新の機械に買い換えたことを彼女は説明してくれた。レントゲン写真が速く写せるらしいが、車椅子を使う女性のために低くはならないらしい。「ここでちょっと待って下さい。すぐに戻ってきますね」と彼女は言うと、私が何か言う前にどこかに行ってしまった。

私に何の相談もなく、彼女は今日の午後一時に道をはさんだ所にある病院での予約を勝手に取ってきてしまった。私はいらいらしてきたが、こんなことで出直して、もう一日つぶすこともしたくはなかった。どうせここにいるのだから、あと三時間ぐらい無駄になることはしかたがなかった。

時間をつぶすためにこの建物の三階で受付けをしているエリーとソーシャルワーカーをしているジュディに挨拶をし、近くにある本屋で立ち読みをしたり、家具屋やおもちゃ屋をぶらぶらしていると、病院に行く途中に子どものための公園を見つけたのでそこで読書をして待つことにした。昼の強い日差しを感じながら、ジャケットを脱いで今日の朝刊を読もうとしたが、甘い空気の薫りと遠くから聞こえる子どもの声を耳にしながらボーッとして時間を過ごしてしまった。時計を見るとすでに病院に行く時間になっていた。

病院の廊下を検査室に向かって行くと、いくつかの二重ドアを通り抜けて検査室の標示が見えてきた。ドアを開けてガラス張りの受付けへと近づいて行った。白衣を羽織った背の低い女性が私を見おろし、待っていた、と声をかけてきた。私を「ダーリン（子ども扱いした呼び方）」と呼び続けているが、それはあまりいいサインではないように思えた。

文句を言う気力はなくなりかけていた。もうすでにお昼は過ぎていた。今朝は早く起きたので、外の空気は眠けを誘っていたし、お昼ご飯だってまだだったので、私のエネルギーのレベルはとても低くなっていた。だから私は彼女の指示に従うだけで、私を検査するのは大変だと、ぶつぶつ文句を言っている彼女の言葉もただ黙って聞き流していたし、歯ぎしりをして、怒りと屈辱の涙を「ダーリン」と呼ばれるためにぐっとこらえ耐え忍び、この次は必ず友達に付き添ってもらうことを心に誓った。すべてが終わり「さようなら、ダーリン」と言われたときには、私もぷっつり切れてその部屋を思いっ切り飛び出したので、もう少しで壁に車椅子をぶつけそうになってしまった。

風を切るようにして病院を飛び出して通りに出た。時計はもう少しで二時を指そうとしていた。ヨーグルト屋さんは幼稚園からそう遠くない所にあったので、急いで行けば、二時四十五分にデービッドを迎えに行く前にフローズンヨーグルトの店に寄ることができる。フローズンヨーグルトを小さなプラスチックのスプーンで食べるのはちょっと大変だったので私の好きな食べ物というわけではなかったが、少なくともドーナツよりは栄養価の高い食品だった。

幼稚園の玄関の階段の下で、親たちが子どもの使った道具や、お弁当箱を片付けたり、子どもにジャケットを着せているのを見ていた。私の前を「さようなら」と言って駆け出して行く子もいたが、ほとんどの子どもたちはただの幼稚園にもかかわらず、一日の規則やスケジュールはもうたくさんだ、とでも言うように急いで幼稚園を後にしていた。しかしデービッドはといえば、まだぐずぐずとしていた。教師のキムがデービッドの手伝いをしている頃にはすでに三時になろうとしていた。エミーの所に行くまであと三〇分しかなかった。

この一年半の間、言語訓練のために、デービッドと私は一週間に二回、勾配がきつく、曲がりくねって所どころ歩道が欠けているような道程を通っていた。言語訓練のために家から近く、車椅子でも入れる場所に通うこともできたが（エミーの場所は入り口に階段があった）、私はブティックやコーヒーハウスのあるピーディモント通りが好きだった。デービッドが一生懸命で厳しい訓練士のもとで大変な三〇分を送っている間、私はいつもその近くで時間を潰すことができた。

エミー・フォルツが最初に診断したのは彼が二歳をちょっと過ぎた頃だった。私が彼女に最初に連絡をしたのは、最初の保育園での事件の数カ月後だった。友達や近所の人、デービッドの新しいベビーシッターでちょっとおしゃべりだけど経験豊富なルイーズが、デービッドは口が重いのよ、と私を元気づけてくれても、私は何かが違うという気持ちをぬぐいさることができないでいた。デービッドは時間の概念など、二歳児なら理解し始めてもいいようなことがまだわからないでいた。多くの親は子どもに「夕食が終わったらアイスクリームを食べていいわよ」などと言って、原因と結果を時間の概念と共に教える。デービッドは目の前にアイスクリームを見ないかぎり、それを食べたい、という欲求を表現しなかった。同じくらいの年齢の子どもがスーパーマーケットやおもちゃ屋で「あれが欲しい」と言って親を困らせ始めるのに、デービッドにはそんなことを言う気配すらなかった。この話をすると多くの人は「うらやましいわ」と言うだけだったが、私は元気なデービッドの性格とそれらの行動がちぐはぐなような気がしてならなかった。また、友達と遊んでいるときは笑ったり騒いだりするのに、デービッドは誰かがやってきたり、帰ったりすることに対して、それが彼の「マミー」や「ダディ」でもたいして気にならないようだった。

エミーは最初の診察の後、言語の発達の機能には問題はないが、同年齢の子に比べて数カ月の遅れが見られる、という診断を下した。しかし、早急な訓練というよりは様子を見たい、というのが彼女の気持ちだった。彼女からはあと三カ月から五カ月観察してみてほしいと言われた。

五カ月はあっという間に過ぎ、私は再びエミーに電話を入れ、デービッドの言葉がいくらか増えたことを彼女に伝えた。まだおしゃべりをするまでには至ってはいなかったが、彼は本来おしゃべりな子どものようにも見えなかった。ひっきりなしにぺちゃくちゃしゃべる子どもはあまり好きではなかったので、それはそれで悪いことではなかった。私たちは九月になったらもう一度様子を見るために電話を入れる約束をしたが、それは実行に移されることはなかった。エミーが養子としてもらった子と過ごすために六カ月の休暇を取ってしまったのと、デービッドの調子も良くなっていたのが理由だった。

私は当分の間様子を観て見ようと決めた。「二歳児反抗期（アメリカではこう言う）」がいつ来るかと待っていたが、デービッドの二年目はあっという間にニールと私の前を通り過ぎていった。結局、「二歳児反抗期」はやって来ることがなく、デービッドは二歳九カ月までルイーズの家で、もう二人の子どもと一緒に午前中を楽しく過ごしていた。私は彼を二時間の昼寝のために家に連れて帰ると、午後からは買い物に行ったり、公園へと出かけた。彼は他の子どもと仲良く遊ぶこともできたし、貸してほしいと言われれば、いやがらないで自分のおもちゃを貸すこともできた。ただ子どもたちの声や音でうるさい公園では、貸してほしいという声が彼にはなかなか聞き取りにくく、それが原因でケンカになることはあった。他の子どもや母親が黙ってデービッドからおもちゃを取ろうものなら、彼は怒り出し、手に負えなくなるのだった。私は彼のそばにいるのだが、(砂場で)近くまで行くことができないので、中に入ってなだめることもできないでいた。私はただその様子を見ていて、デービッドが私のそばに戻って来たときに彼を慰めることしかできなかった。

その九月、デービッドはモンテソリー方式の幼稚園に通い始めた。

ジーナ・ローレンスとジャン・ガーデナーという二人の園長はジーン・シェットランドとは違い、それぞれの子どもたちの個性を大事にする指導者だった。彼女たちはデービッドの自然な自立心を高く評価してくれていた。十一月にあった懇談会では、彼女たちはデービッドの自立精神と器用さを誉めてくれた。当時彼は水、砂、塩などを秤で量ったり、入れ物に移し替えたりする遊びが気に入っていて、家では、自分の薬を自分で量りたがって仕方がなかった。(もちろんそれは私の鋭い監視のもとでしか行えなかったが。)彼女たちはデービッドの多少の言葉の遅れと、落ち着きのなさ、ルールに従わないことを挙げたが、「こういうことに慣れるのに時間がかかる子どもも大勢いるのよ」と私を安心させてくれた。

デービッドの三年目は予想以上に大変な年になってしまった。「二歳児反抗期」が「三歳児反抗期」

としてやって来たのは、彼の三歳の誕生日のすぐ後だった。彼が危険を冒したり、ケンカ腰になることが多くなったのだ。家具の上にあがったり、食事時に騒いだり、触ってはいけない物を触って壊してしまったりすることが多くなったが、同年齢の子と違って彼には事の重大さがあまりよくわかってはいないようだった。彼はまだ私が抱き上げられるくらい軽かったので（走って逃げることもなかった）、学校でするように悪いことをしたら反省するよう、椅子に座らせることもできた。だが、彼は悪いことをしたらどんな結果が待っているかということを理解することができないでいた。

「ご飯の後で、って言ったでしょう」と、ある晩、私は彼に言っていた。

「ミルク」とデービッドは台所を指して言った。

デービッドはまだ完全に離乳できていなかったのだ。哺乳瓶を使うのは私たち全員にとって楽なことだったし、哺乳瓶をえさにしてデービッドをカーシートに座らせたり、夜ベッドにつかせたりということをしていた。（このことをケイトに話すと彼女はいつも「哺乳瓶を吸っている高校生なんか見たことないから大丈夫よ」と言ってくれていた。）

「デービッド、ご飯を食べなさい」ともう一度強く言った。

「ミルク」。彼も繰り返した。

「だめ」。私は首を強く振った。

私の夕食は冷たくなってきた。ニールはただそこに座っているだけだ。一〇分ほど経って、デービッドが自分の皿を押すと私の飲み物にぶつかり、アイスティーがテーブルの上と床へこぼれた。

「デービッド、なんてことするの」と彼を叱った。デービッドのそばに行き、何も言わせずに彼を私の膝に座らせ、リビングルームにある白い椅子へと連れて行って「ここに座っていなさい」と命令した。

彼は素直にそこに座ると、何かおもしろいことはないかとあたりをきょろきょろと見回していた。数分後に彼のそばに近寄って状況を詳しく説明した。「マミーのアイスティーをこぼしたでしょう、だからここに座っていなくちゃいけなくなったのよ」。

デービッドはただ私をじっと見つめているだけで、事の次第を理解していないようだった。私は彼を抱きしめた。

「マミー、ミルク」と私に抱きしめられるとデービッドは再び口にした。彼の懇願するような青い瞳を見つめると、ただうなずくしかなかった。

私は親として失格なような気がしていた。私はデービッドが手に負えないような子どもになってほしくないだけだった。ニールはいつものようにただそこにじっと座っているだけだった。彼はデービッドが泣いたり機嫌が悪い様子を見るのも耐えられなかったようだ。ニールはデービッドが彼の重要な書類に落書きをしたり、叩いたり、嚙んだりして誰か傷つける（これは幼稚園であったようだ）以外は、めったにデービッドに厳しくしつけをするようなことはなかった。

叩いたり、嚙んだりするということは、言葉で十分に自分の気持ちを表現できず、怒りが自分の中にたまってしまってフラストレーションを感じているということだった。そういう行動をすることによって相手に自分の気持ちをわかってほしいという叫びだということは、私にはよくわかっていた。私はエミーに連絡をした。

今回は、デービッドが成長したので、幼稚園が使う正式なテストを使って彼を評価することになった。今回のテストで彼の言葉の遅れは明らかになった。エミーはテストの結果をいくつかの例を挙げて説明してくれた。報告書には、デービッドの問題点がいくつか挙げられていた。「これは何？」とか「ボールを取ってきて」というような単純な文を理解することはできるらしい。が、「この本で何をするの？」とか「今日、学校にはどうやって来たの？」というような抽象的な質問になると、マミーやダディと学校に来る途中にその質問をされれば簡単に答えられるのだが、そうでないと答えにつまってしまうらしいのだ。会話の流れにのれないことが周りの人間から誤解を招くことの一因だったようだ。時々、「席に着く間、コップを持っていてあげるわね」というような言い方に反抗的な行動を取っていたのもそれが原因だったようだ。デービッドは相手の声や笑顔から丁寧さを理解するということができないでいた。彼の言語の表現力においては、一年ほどの遅れがみられることは明らかだった。発音にも文法にも何の問題もなかったが、他の三歳児がするように自分から話したり何かを説明したりするということがデービッドにはめったになかった。リンゴの話をしているのにシマウマを持ってきてしまうこともたびたびあった。

どうして？　何が原因なの？　生後一週間で調べたCTスキャンに「異常」があったというのはこれのことだったのだろうか？

私の質問にエミーはただ肩をすくめて、「はっきりしたことは何にも言えないわ。ただ言えることは、頭の中の配線がちょっとたるんでるってことかしらね」と言うだけだった。

彼女はデービッドの言語訓練をすぐに始めたがった。それが一年以上も前のことだったが、その後デービッドには確かな進歩が見られていた。幼稚園での生活もうまくいき、ネイスンという親友までできた。デービッドの言葉に遅れがあるということが素人にはわかりにくいことなので、時々どうして言語訓練が必要なのか質問を受けることがあった。ニールと私はいちいち説明するのが大変なことが後でわかってきた。ニールは「けっこう安くていいんだよ」などと適当に答えていたので、私は、デービッドにリンゴを頼んでもシマウマしか持ってきてもらえないんだから、と言いそうになりながらも、「そうなのよ」と言ってニールに合わせていた。

平らな道路ではデービッドを私の車椅子の後ろ（バッテリーの上）に乗せることができた。でも、脚が疲れるしハンドルを握る手にも汗をかいてきた、などと言って、彼は本当は私の膝の上に乗るのがお気に入りだった。それに坂の多い道では後ろに乗っていると、ちゃんといるか何度もチェックしなければならず、膝の上なら何をしているのかがよく見えて安心だった。今までにも何度か、車椅子を走らせている最中に「マミー、見て、手を放しているんだよ」と言わないで、手を放しながら車椅子の後ろに乗っているのを目尻で見たことがあった。

私も彼を膝の上に抱っこするのが好きだった。デービッドの身体の重みが感じられ、彼の温かさがダウンでできた布団のように私の心臓を包んでくれた。彼の日焼けした強そうでも折れそうな首の上にかぶさった金髪が、一日の終わりに私を元気づけてくれた。そして、耳に聞こえてきた「バスの車輪」の歌はデービッドの優しい声でやわらかにうたわれ、世界で一番美しい歌のように聞こえた。こんな素晴らしい時間はずっとは続かないことはよくわかっていた。

エミーの所に行く途中、ピーディモント通りに出るまで住宅街の細い道を通って、それぞれの庭先に咲いている花を見るのが私たちのお気に入りだった。デービッドが大好きだったのは高くそびえて咲いているひまわりだった。

「マミー」と彼はそれを指さして「死んじゃってるよ」と言った。

真ん中が茶色になってしおれているひまわりを見て、私は「悲しいね」と言った。

私がひまわりの種を乾かすと食べられることを説明していると、彼は私の話を中断させ「どうして死んじゃったの？」と尋ねた。

「お花は短い間しか生きられないのよ」

「僕が大きくなったら、ずっと咲いているお花を作るんだ」と彼は言うと、「僕には特別な力があるんだ」と断言した。

彼の横顔を見ながら何て言おうかと考えていたが、私は何も言わずにただうなずいてみせるだけにした。

最後の坂道にかかってきた。坂道を下る前に私は車椅子を止めると、椅子に深く座るよう自分の位置を直した。一日の終わりには緊張と疲れで腰が痛くなっていた。

ピーディモント通りに近くなり交通が激しくなって、声が聞こえにくくなってきたので、デービッドの耳に近づいて声をかけた。「デービッド、今日、エミーと訓練している様子を見ててほしい、ってあなたに言われてたのは覚えているけど、この次でもいいかな」。

彼は「だめだよ」と私のほうに振り返って答えた。「今日、来て」。

私は彼の無邪気で、小さな鼻と、赤い頬にちらばっているそばかすと、目の周りを縁取っている銅色のまつ毛をした丸い顔を見ていた。デービッドが私に何か頼むことなどめったになかった。そんな彼の頼みを断れるはずはなかった。

エミーは八段もの狭い階段の一番下で私に会うと、私の右腕を取って一緒に上がってくれた。数週間おきにしているので、慣れたものだった。車椅子はそこに置いたままにして、階段をやっと上がって、エミーの部屋に続く奥まった部屋を通って行った。デービッドは私の大きな財布を持って、先頭を歩いていた。息があらくなって、汗が背中を流れ落ち始めたとたん、息子がエミーと奮闘しながら三〇分の言語訓練をする小さくて落ち着いた部屋にある肘かけ椅子にどしんと私を座らせてくれた。

エミーに会うまで「言語遅滞」という言葉は聞いたことがなかった。それは息のコントロールや発声という機能そのものより、思考や言葉を受信したり送信したりという言語を生み出すプロセスのほうに問題があるらしかった。もちろん、私にとっては機能的なことのほうがなじみが深かった。言語訓練には小・中学で八年間、週に三回、他の子が休めば時には四回も通い続けた。準備運動のときには顔を動かすため大きな鏡の前に座らなければならなかった。最初の言語訓練士だった気難かしいボブリック先生は、私に息を止めて、母音をできるだけ長く発声するように指示すると、ストップウォッチでその時間を計っていた。その次の訓練が大変なものだった。彼女は舌を押さえる甘い味のする棒を私の口に入れて上、下、右、左に動かすと、それを私のなかなか動かない舌で、触るように指示するのだった。時にはピーナッツバターを私の口先につけると、それを舌を使って口の中に入れるように言ったが、私は彼女がよそ見をしている間に指で口の中に入れたこともあった。私はピーナッツバターが大嫌いだった。

しかし、ボブリック先生の訓練はこれだけではなかった。彼女は「I」と「S」の音と「th」と「ks」「sh」という混ざった音を何度も何度も発音する練習をさせたが、私も苦痛にゆがんだ顔をしながらなんとかマスターすることができるようになった。

デービッドとエミーは私から数メートル離れたところで子ども用の椅子に座っていた。エミーは関連する絵が描かれているカードを持ってきた。

「デービッド、これは何?」エミーが尋ねる。

「バケツとシャベルだよ」とデービッドは簡単に答える。

「そうだね」。次の質問がちょっと難しい。「どこで使うのかな?」

デービッドは肘をテーブルにつくと手であごを押さえた。エミーが姿勢を正しく座りなさい、と言う。彼は言うことを聞いて、手をテーブルにおいた。すでに三時半になろうとしていた。彼は疲れているのだ。私はその姿を同情的に見ていた。

絵合わせカードの後は、いろいろな動作が順序どおりに描かれているカードを出してきた。(連続性というのは抽象思考をするための必須条件だということをエミーが説明したことがあった。)デービッドは、着替え、起床、登校、食事などの様子が描かれたカードを順番どおりに並べなければならなかった。五つのパターンがあったが、簡単にできるものもあれば、全くできなくて、エミーにヒントを出してもらわなければならなかったものもあった。

ストーリーカードという最後の訓練が、デービッドにとっては一番の問題だったようだ。そのカードには子どもと大人がいろんなことをしている様子が地味な白黒の写真で写されていた。バースデーケーキを作っている写真やピクニックをしている様子の写真だった。

「デービッド、何のケーキを焼いていると思う?」とエミーが尋ねた。

デービッドは答える前に三〇秒はその写真をじっと見ていたが、「お店で買ってきたんだよ」と答えた。

私は胸の上にぎざぎざの石が載っているような重苦しさ感じた。どうしてデービッドがそんなくだらない質問に答えなければいけないの? 彼が質問に答えられないからどうだっていうの? そんなことに彼は興味なんかないんだから。

彼の目は部屋の周りをうろうろとしだした。彼にとっては長い一日に違いない。エミーはそんなこともわからないのだろうか。

彼の周りには、いろいろと質問をして彼が何を話しているのか辛抱強く相手をしてくれるような人がいつもいるとは限らなかった。ニールや私がいつも彼のそばにいて、彼の話に説明を加えたり、彼を助けながら話をするというわけにはいかなかった。エミーもデービッドに対しては三〇分という短い時間しか指導できなかった。彼女は自分の仕事に一生懸命だったし、訓練の代金に見合った仕事をしようと真剣だった。ただ大変そうなデービッドを目にするのが、私には耐えられなかったのだ。しかし、私はそれをしなければならなかった。デービッドの母親は私なのだから。

デービッドはエミーが見せた次の写真を見ると、すぐに元気になった。彼のお気に入りの訓練だったが、おかしなかっこうをした魔女がほうきに乗っている部屋の絵だった。絵の中のすべての物がさかさまになっていた。おかしくて笑いながら、デービッドはエミーに魔女が変なことをしていると説明をしだした。「洗面台がさかさまだし、テーブルも壁に立っているよ」。

「そのとおりね。この部屋は何の部屋？」

「台所」とデービッドが答える。

私の気分は良くなってきた。

デービッドはカードを片付けているエミーの手伝いをすると、残りの時間はおもちゃの車庫で遊び始めた。彼女は彼と話をし続けていた。言語遅滞のある子は他の子どもと遊んでいる間は言葉が少なくなる傾向があった。最後にエミーがシールの入っている箱を持ってくるとデービッドはそこから一枚を取り、やっと家に帰る時間になった。


五一番通りとブロードウェイ街の角が見えると、我が家ももう少しだと真っ先に思った。背中がどうしようもないくらい痛くなってきていたし、夕方のこの時間にデービッドを膝に抱いていると、彼の体重四〇ポンドがそのまま私の身体の負担になっていた。実際、あとどのくらい、週に二回のこの坂道のきつい道程を行ったり来たりできるか私にはわからなかった。しかし来週は祝日があったし、その次の週はエミーが出張だったので、私には少なくとも二週間のお休みがあった。

グランドオートという自動車修理会社の前を通り過ぎ、ブロードウェイと五一番通りの角に近くなってきた。そこは私の苦手な横断歩道だった。車はあっちこっちから走ってきて、渡れの信号があっという間に止まれに変わるのだった。ブロードウェイ街と五一番通りの大通りを渡る前にある三角形の歩道と狭い車道ぎりぎりに右折車がスピードを出して走ってくるのだった。

デービッドは歌をうたうのをやめると、しゃがんで私の車椅子の車輪が動く様子を眺めていた。赤ちゃんのときから動く物には異常に興味があった。彼がいつもより離れて車椅子によりかかっている感じだったので、私は何か言おうとした。が、車の流れが止まったので道路を渡ろうとしたその瞬間だった。

私が車椅子を走らせようとしたその時、耳をつんざくような息子の悲鳴が聞こえた。彼は大きく飛び上がった。私はこんな道路の真ん中で何を悪ふざけしているのだろうと、デーッビッドを叱ろうとすると、私のピンクのジャケットの袖、茶色のパンツ、車椅子の足置きにポタポタと真っ赤な血が落ちるのを目にした。デービッドは血だらけになった右手の中指を私に見せた。

とっさに私の手は車椅子のジョイスティックを押して、道路から脇によけようとした。私の車椅子はキーキーと音をたてながら、やっと歩道に上がった。私はそのいやな音を無視して、デービッドの指がまだ手にくっついているかどうかを確認した。もし指がなかったらそれも捜さなければととっさに考えていた。傷は深そうだったが、指の先はくっついてまだそこにあった。

「大丈夫よ」と興奮して大泣きしている息子に優しく声をかけた。彼の舌は震え、柔らかくて丸い頬を涙が滝のように流れていた。私たち親子の身体は別々でも彼の痛みは私の心臓をえぐるような痛みとして感じられた。私は自分の涙を飲みこむと「大丈夫よ、大丈夫よ」と声をかけるしかなかった。

私たちがやってきた角のほうを見ると、カトリック校のチェック模様の制服を着た女の子が目に入った。彼女がこちらに向かってやってくる。

「あそこの会社に入らせてもらって、そこで傷口を洗わせてもらいましょうよ」と、女の子はグランドオートを指して提案した。

私の車椅子は通りに向かって少しずつ動き、歩道に上がるのもやっとという有り様だったが、その女の子は私の車椅子の様子がおかしいことにも気づかず、「私がこの子を連れて行くわ」と言ってデービッドの手をつなごうとした。

会社の入り口は数メートル先だった。私がデービッドに、このお姉さんと行きなさい、と説きつけようとすると、いつもの彼らしくなく抵抗もせずに従った。見ず知らずの人と抵抗もせずに一緒に行くのはよっぽど指が痛くて我慢できないためか、私の、行ってもいいという判断を信頼してのことに違いなかった。

彼らがガラス張りの入り口を入って行くと、突然いろいろな疑問が私の頭に浮かんできてしまった。本当にあの女の子と息子を一緒に行かせてよかったのだろうか？　あの入り口だけがあの会社の出入り口じゃなかったら……。もしあの女の子が他の入り口を使って息子をどこかに連れて行ったらどうしよう。パニックに陥りそうになった私は走りにくくなっている車椅子でそのドアに近づこうとしていた。「信用するんだ」ともう一人の私が叫んでいた。

車椅子の右側には前に進む力がほとんど残っていなかった。ちょっと後ろにバックしてから前に進みやっと中に入ると、受付けにたいくつそうに座っていた二人の女性の片方になんとか近づくことができた。

「男の子はどこですか?」と尋ねた。

「はあ?」

私はもう一度、「男の子はどこですか?」と尋ねた。

「男の子がどこにいるのか、知りたいんじゃない?」ともう一人の人が通訳してくれた。

「ああ、トイレに連れて行ったわよ」と彼女は同僚に答えた。

「そこはどこですか?」と私は尋ね続けた。

彼女は私のいらいらしている様子に気づいたふうもなく、「ついて来て」と言った。

車の備品とタイヤに囲まれた通路を行くと、その女性はどこかに消えてしまった。

キーキーと車椅子の音をたてながら、彼女の後をついて行くとき、初めて車椅子の右側をチェックすると、どこがおかしいのかすぐにわかったので安心した。後ろの車輪から右側のモーターへと接続されているゴム製のベルトが少しはずれているだけだった。それを直すのは、グランドオートにいるのだから簡単なことのはずだった。

「トイレには入ってこれないわよ」と誰かが言っているのが、サイドドアから少し離れたカウンターに近づくと聞こえてきた。「男の子はすぐに出てくるわよ」。

あの女の子はデービッドを連れ去ったりはしていなかった。ホッとして深呼吸をすると、私は頭の中でデービッドを家に連れて帰って、医者に電話してから、そこまで運転してくれる人を探さなければと、いろんなことを同時に考えていた。ここから真っすぐにカレッジ通りを車椅子で急いで行けば、医者までは三キロもないので時間的には同じことだった。しかし、今最初にしなければいけないことは、車椅子についているベルトを直すことだった。これを直さなければ、私たちはどこにも行くことはできなかった。

白いワイシャツを着て青いネクタイをしめた男の人がカウンターの反対側に立っていた。周りにいる男の人たちは作業着を着ている人ばかりだったので、その人がこの会社のマネージャーのように見えた。彼が私のほうを見たとき私は声をかけたが、彼は私からすぐに目をそらすと違う方向からやって来た客に顔を向けて話し始めた。

私は悔しさで歯をくいしばりながらも、じっと我慢をして彼と話すのを待っていた。彼は客との話を終えると私が想像していたようにそこから離れようとした。

「すみません、すみません」と他の人が気づくほどの大声で彼を呼び止めると、彼も私を無視することはできなくなった。「車椅子を直してほしいんですけど」。

私は車椅子のベルトを指差した。彼は作業着を着た男の人を呼ぶ前にちょっとしゃがむようなかっこうをしてちらっとそれを目にしただけで、おどおどした修理工員にどうすればいいか説明すると、さっさとカウンターの後ろへとひっこんでしまった。修理工員に一生懸命に状況を説明していると、デービッドがトイレからやっと出てきた。彼は私を見ると今まで以上に泣きわめきだした。彼を慰める周囲の人たちの声が聞こえてきた。

「指は大丈夫だよ」

「すぐにやって来るよ。すぐに治してくれるからね」

誰がやって来るのだろう、と不吉な予感がしたが、車椅子の説明に気を取られていて、いったい誰がやって来るのか、尋ねる余裕もなくなっていた。茶色のペーパータオルで指を包まれたデービッドは、車椅子の足置きに上がって、私の左脚にまたがると、私の膝の上につっぷしていた。涙が彼の頬を伝って流れていた。私は彼を慰めたかったが、二人の修理工員にベルトの直し方を説明しようにも、デービッドの泣き声で邪魔されてそれもままならないでいた。それは本当に簡単に直せるはずだった。今までに何回も車椅子の修理店で直してもらうのを目にしていたし、自宅でベルトがはずれたときも、その場にいた友達に説明して直してもらったことだってあった。でも、今、デービッドが私の膝で泣き叫び、周りの人間が彼に声をかけ、車椅子を直すことができなくて困惑している修理工員を目の前にして、私も、ベルトを後ろから先に入れるのか前の滑車に入れるのか、思い出すこともできなくなっていた。

もしデービッドが静かにさえしてくれれば、私も落ち着いて説明ができたかもしれなかった。良い手本ではないが、私の親が私が泣き叫んでいたときに怒鳴ったように、私もデービッドを怒鳴りたい気持ちをじっと抑えようとしていた。私は車椅子が直ることだけを願っていた。そうすれば、「誰かが」やって来る前にこの場を去ることができたはずだった。が、不幸にも最悪の事態になってしまった。

女の事務員が二人の救急隊員を連れてやってきたのだ。ブロンドの髪をしているほうがデービッドの前にきてしゃがんだ。あごひげをはやして眼鏡をかけたほうは腰に手をあてて、デービッドのそばに立った。

「この人が母親なの？」とあごひげのほうが尋ねる。

私を母親以外の誰だと思っているのだろう？

誰かがそうだ、と答える。

「この子の名前は何ていうの？」今度はしゃがんでいるほうが尋ねる。

「デービッドです」と答えながら、私は彼の名札をちらっと見た。デービッドの頭が邪魔で姓は見えなかったが、ケビンという名前だった。

「デービッド、ちょっと指を見せてくれるかい？」

「だめ！」とデービッドは耳をつんざくような大声を出した。

「指を見せてあげて」と私はなだめるように優しい声で言ってみた。

「触ったら痛いんだよ」とデービッドは鼻をすすりながら言った。

「わかるわよ。でもちょっと見るだけだから」

デービッドは泣きはらした目で私を見ると、紙でくるまれた指をやっと見せた。救急隊員はその紙を静かにはがした。

「あまりよくないね」と彼はパートナーに向かって言った。「もっとよく見えるように、まずはきれいに洗わなくちゃ」

「だめ！」とデービッドは叫び声を上げると、指をぐいっと自分のほうにひっこめてしまった。

「デービッド、悪いばい菌がつかないように、きれいにしなくちゃいけないのよ」とデービッドが理解できるような言葉で説明をした。

鼻をすすると、彼はゆっくりとケガしたほうの手を出してきた。救急隊員は消毒液がしみたガーゼで指を優しくきれいに拭いた。デービッドはその様子をじっと見ながら怖さにひるんでいた。

「年はいくつなの？」とケビンが消毒をしながら尋ねた。

デービッドは私を見て答えていいのか確認すると、「四つと……」と答えた。

「何だっけ？」と私が優しく彼の耳元で促すと、「半分だよ」と答えた。

「保育学校に行ってるのかな？」

「ううん」

「それじゃ、保育所かな？」

「ちがうよ」

いつものように、デービッドは自分から進んで答えることはできなかった。私が「幼……」と彼の耳元でヒントを出してやった。

デービッドは救急隊員に答える前に私の顔をちらっと見て、「幼稚園に行ってるんだ」と答えた。

「幼稚園か」と救急隊員の目がちらっとデービッドを見ると、またその目は指へと移っていった。

「幼稚園の名前は何ていうの？」

デービッドの目がヒントを求めて私を見つめた。「僕の……」。

「僕のモンテソリーだよ」

そこで会話が途切れると、注意深く指を診察しながらケビンはパートナーに目を向けて「見てみろよ」と言った。「わあ、先っちょがなくなっているみたいだな」。

私のせいだろうか？　デービッドの肩ごしにのぞき見たが、指はそのままあるように私には見えた。

デービッドがまた、泣き出した。

「どこにはさまったの？」と髭をはやしたほうが尋ねた。

「この滑車の近くです」とデービッドの泣き声に消されそうになりながら、はっきりと答えようとした。

彼はしゃがんでそれを見ていた。彼はあごひげをなでながらそれを見ていたが、どこがどうなっているのかわからない様子だった。私にもどう説明していいのかわからなかった。私自身が車椅子のベルトがはずれたのとデービッドのケガが関係しているとわかったのは、状況が落ち着いたずっと後のことだった。デービッドの指が動いているベルトとモーターの部分の金属製の滑車の間にはさまれたので、彼は指をそこから抜こうとしたその時に、ベルトが一緒にはずれたらしかった。

「たぶん、縫わなくちゃいけないだろうな」と鬚をはやしたほうが立ち上がりながら言った。

でも縫うための皮膚もないはずだった。

「とにかく、病院に連れて行こう」

「だめです」と私はとっさに抗議をした。「私がかかりつけの医者に連れて行きます」。

「どうしてだめなんですか？」

「どうしてもです」

「今すぐ診てもらわなくてはいけないんですよ」

「かかりつけの医者までは一〇分で行けます」と私は嘘をついた。

私たちを勝手にどこにも行かせるわけにはいかないというように、二人の救急隊員は用心深くお互いの顔を見合わした。ブロンドの髪をしたほうが口を開いた。「まずは書類に書きこまなければいけません。その書類を取りに行くついでにデービッドにも一緒に来てもらえば、簡単な応急処置ができます」。

デービッドが私から離れたわけではなかったが、私は直感的に自分の腕をデービッドの腰に強くまいた。実際にはデービッドは私の膝にしがみついてきた。

「私も一緒に行きます」と車椅子を走りださせようとすると、彼は「あなたはここにいて下さい」と何かたくらみでもあるように私をなだめるのだった。

私は彼らの言うことを聞く気はなかった。彼らは私の子どもを私から奪い取ろうとしているのだった。医療の専門家たちからプレッシャーをかけ続けられた親を持ちながら、どうしようもなかった子どもとしての経験のある私は、彼らのやり方がよくわかっていた。私はそれほどナイーブではなかった。外に行くときは全員が一緒に行けばいいだけだった。

救急隊員は私たち親子を離れればなれにできないとわかると、私を駐車場の隅に連れて行ってまた、私にプレッシャーをかけてきた。「今すぐ、この子を病院に連れていかなければ大変なことになりますよ」。

「私はどうすればいいんですか?」と反抗的に私は尋ねた。「私はそこまでどうやって行ったらいいんですか?」

私を見つめると、二人はそこまで考えていなかった、と答えた。鬚をはやしたほうが、「お母さんのためにリフト付きの車に電話しよう」と言った。

「お母さんのために」ということはデービッドだけを救急車に乗せることを意味していることはすぐにわかったが、それだけはさせるわけにはいかなかった。

「やめて下さい」

もしデービッドがどうしようもなく出血していたり、骨折していて腕がぶらぶらしていたり、意識がなくなっているのなら、彼を救急隊員に頼んで今すぐに病院に連れて行ってもらっただろう。しかし、息子は私の膝の上にちゃんと座ることもできたし、涙も今は止まっていた。どうしてこんなに大騒ぎになってしまったのか私には理解できなかったが、今ここでデービッドだけを彼らに連れていかせたら、デービッドの私に対する信頼感が薄れてしまうことだけは確かだった。私が三歳の頃の大昔のことだったが、よく覚えていることがあった。私は母親が病院の職員に説きふせられ、ほの暗い廊下を去っていってしまうのを見ながら、狂ったように泣き叫んでいた。母は二日後には見舞いに来たし、三週間の入院の間、毎週末は帰省のために迎えにも来てくれていたが、不信感という種はすでに私の胸の中にまかれ、それが私のその後の人生にも大きな影響を与えたのだった。

小さなグループが外まで私たちを追ってきていた。二人の救急隊員は私から少し離れた場所にいて、内緒話をしようとしていた。小さい声で話をしていたが、小さいときから人の内緒話を盗み聞きするのに慣れていた私には、交通の激しい場所での話も見物人たちのささやきも全部聞こえてしまっていた。「警察を呼んだほうがいいかも」と言うブロンド髪のほうに、鬚をはやしたほうがうなずいていた。

悪い夢でも見ているように、事態はますます悪いほうへと進んでいるようだった。何が起きているのか考えている人もいないようだった。私のことを信じている人はここにはいないようだった。誰か私を弁護してくれる人、私を頭のおかしい障がい者ではない、と言ってくれる人に電話をかけてもらわなければと考えていた。でも誰がいいだろう？　私は頭の中のリストを一人ずつ考えていた。この場合ニールは選ばないほうがよさそうだ。ジャネットが今頃、自分の事務所にいるか不動産を売りに現場に行っているのかよくわからなかった。エミーはデービッドのすぐ後に患者がいたはずだったから、電話をしても留守電しか出ないはずだった。デービッドの幼稚園の午後の部のキム先生は今頃六人の子どもを相手に忙しい最中に違いなかった。

「私のかかりつけの医師に電話をして」

少なくとも私に注目してもらえるよう、一生懸命にお願いをしてみた。「どうか警察にだけは電話をしないで下さい。私の医者にして下さい」。

私の車椅子を直していた修理工員が私のそばにしゃがんでいた。私が彼のほうを向くと、彼の顔は私から数センチと離れていない所にあった。彼は「あんたにはわからないのかい。この子は病院に行ったほうがいいんだよ」と子どもをさとすように私に言うのだった。

「あなたにはわからないのよ」と、自分でも信じられないようにはっきりと明快に言い返すことができた。「この子は私以外の誰とも、どこにも行かないのよ」。

すると、驚いたことにその修理工員と、私の周りに集まっていたグループの人たちは、私の言葉の重みを感じたのか、少しずつその場から離れて行った。

同情的な目をした人をグループの中から探そうと私の頭は緊張していた。救急隊員は私のすぐ前に立っている。未だに彼らは私の話を聞こうとはしていなかった。デービッドをなだめて私の膝から降りるように説得することには成功したようだった。デービッドは驚くほどにしっかりとしていた。彼には何が起きているのかわかっているのか、彼の直感が彼に何かを伝えているようだった。彼に何が起きていようと、私の腕から離されてどこかに行ってしまうことがないことだけは確信していた。

私のトラブルに巻き込まれて心細そうにしていた女の子と再び目が合うと、またしても彼女が私の危機を助けにやってきてくれた。彼女は修理工員からメモ用紙を、そして忙しそうに（私の頭の真上で）パートナーと話しながら警察に連絡がやっと取れた鬚の救急隊員からペンを借りると、私が伝えた名前と電話番号を書きとめてどこかに消えていった。私は彼女が警察がくる前に（私が逮捕される様子が頭に浮かぶようだった）、電話をして相手がつかまることを神に祈ると同時に、医者の事務員をしているエリーかジュディがまだそこにいることも一緒に祈っていた。（今が何時なのか、私にはもうわからなくなっていた。）

数分後に、彼女はごちゃごちゃしている人込みの中に再び現れると「お医者さんが救急隊員の方と話したがっています」と大声で叫んだ。

突然、皆が我にかえると、静けさがあたりにただよった。鬚をはやしたほうの救急隊員が電話に出ることになった。人込みがぱらぱらと散らばると、もう一人の救急隊員が私の目の高さまでしゃがみ、初めて私を人間扱いするように話しかけてきた。この人たちは、私が電話番号を覚えていることに驚いて私に注目し始めたのかもしれなかった。

「私たちは医者の指示に従います」と彼ははっきり言ってくれた。「医者があなたを彼の所に連れて来いと言えば、本来はそれは私たちの仕事ではありませんが、そうします。でも病院に行けという指示がでるかもしれません」

「わかりました」と答えると、彼の私に対する偏見がやっとなくなったことにほっとした。「私たちも医者の指示に従います。デービッドもそうするわよね」。

デービッドは最初に私の顔を見ると、救急隊員にうなずいて見せた。彼は周りに人がいなくなってやっと落ち着いたようだった。彼の乾いた嗚咽もなくなってきていた。私は彼の丸くてちょっと湿った涙のあとがある頬にキスをした。

救急隊員がデービッドの指を診断した結果から、病院に行かなければならない覚悟はほとんどついていた。その時には救急隊員と一緒に行くことを考えていたので「救急車にどうやって入るのですか?」と質問をした。

救急隊員の答えに私は驚いてしまったが、彼は本気だった。「デービッドとあなたを救急車の中のストレッチャーに乗せてから、運転席のそばに車椅子を乗せていくつもりです」。

私は車椅子は私を乗せなくても一五〇キロの重さがあることを告げると、それは問題ではないと心強い答えが返ってきた。数分前とはだいぶ違った態度だ。

髭の救急隊員の知らせは私の予想どおりだった。「デービッドの傷はたぶん縫わなければいけないし、レントゲンも撮る必要があるので病院に行ったほうがいいという医者からの判断でした」と彼が私に話しかけてくれた。

「わかりました」とうなずくと、デービッドを安心させるために彼を抱きしめ、「準備はできました」と彼らに告げた。

まずは鬚の救急隊員がパトカーでやってきた警察官に、警察にお願いすることは何もないと説明をしなければならなかった。

二人の救急隊員が私たち親子が乗ったストレッチャーを両側からかかえて持ち上げると、赤と白色の救急車に私たちを乗せた。

「わあ、救急車に乗るのって初めてだよね」と私たちを乗せている間にデービッドに話しかけると、金髪の救急隊員が「そしてこれが最後になるといいね」と付け加えたので、私には言葉にならない感情がこみ上げてきた。私たちはお互いに見つめ合うと、同じことを考えているんだなと微笑み合った。

四歳半になる息子と一緒にストレッチャーに乗せられて救急車で運ばれるとは夢にも思わなかったが、少なくとも今は自分の思いどおりになっているという感じだった。

私は、私たちと一緒に後ろの席に座っている金髪の救急隊員のケビンに救急車代の三〇〇ドルの請求書が正しく私たちに送られてくるように、私たちに関する必要事項を伝えていた。全員の精神が安定しているようだった。私ははっきりと話すことができたし、彼も私をきちんと理解することができていた。救急車が揺れるたびにデービッドの頭が私の胸に優しくあたった。

「お子さんは他にもおられますか?」彼は最後の質問をした。

私は笑わずにはいられなかった。最初、彼らは私に子どもがいるということを考えもしなかったはずだ。それなのに今は、もしかするともっといるのかもしれないと思うのだから。「いいえ、一人で十分です」と私は答えた。

「大変でしょう」と言うと、同情するように彼の青い目が私を見つめていた。

今までにも何度も同じ言葉を多くの人に言われたことがあったが、私はそのたびにどう答えていいのかわからなくなってしまうのだった。その言葉の裏には私には子育てはできないという仮定があるはずだった。私のような人間に活発な子どもの面倒が見られるのだろうか？　両親に身体的な限度があれば子どもはそれを都合よく利用するのではないだろうか？　多くの人たちは目に見えることだけにごまかされて、子育てに一番大事な親子の関係の深さという目には見えないことをつい忘れがちだった。突然、私には彼の質問の答えが頭にひらめいた。

私は彼の目を真っすぐ見ると「一番大変なことは、周りの人から私には子どもを育てることができない、と思われることです」と答えた。

彼の表情にあった哀れみが消えた。「今日起こったことは許して下さい。本当に申し訳ありませんでした」。

周囲の雰囲気が柔らいできた頃、私たちは子ども病院に到着した。デービッドと私が約三時間過ごすことになった救急治療室に運びこまれている間、ケビンは周りのスタッフに私が母親であることを詳しく説明していた。

私が車椅子に座ると、デービッドもすぐそばにあったオレンジ色の椅子に座り（壁とドアの色とお揃いだ）、絆創膏が貼ってある指を上にあげて空気にあてながら、両脚をぶらぶらさせていた。そして婦長に名前を聞かれると、親切にこう答えた。

「僕には二つ名前があるんだよ」

彼女は不思議そうな顔をしながら「そうなの？」と尋ね返した。障がいをもった母親に変わった子だと思われたに違いなかった。

「ひとつはね、デービッド・ジェイコブソン。もうひとつは、デービッド・ザ・グレート（偉大なデービッド）だよ」

彼女は笑いだした。その後、彼女が私たちの部屋の前を他のスタッフと通り過ぎるたびに、顔だけ私たちの部屋に見せるとデービッドに何度も名前を尋ねるのだった。デービッドも喜んで何度も何度も答えていた。

病院のボランティアに助けてもらって、近所に住むデボラに公衆電話から電話をした。五時をちょっと過ぎた頃だったので、我が家のお手伝いをしているぼんやりとした性格のブレンダ（ニールは「二年間も一生懸命働いているんだから」と彼女をしっかりと弁護していた）が家に来ているとは思えなかった。私はデボラにニールの仕事場の電話番号とポケベルの番号を伝え、彼に電話をしてもらうことと、もう少ししたら彼女の子どもに私の家に行ってもらって、ブレンダに電話には必ずでるよう伝えることをお願いした。

デービッドと私はレントゲン室へと送られた。レントゲン写真には異常は見られなかった。再び治療室に戻ると今度は治療を待つ番だった。医者や看護婦が部屋を出たり入ったりしてデービッドの傷口を代わりばんこに見ては傷口に触りそうになると、デービッドは大声をあげていた。

研修医が消毒液に傷口のある指を浸すよう指示を出したが、デービッドはいやがった。痛さと恐怖におびえている息子に対して、冷淡にしかも敵意をむきだすかのように、医者はデービッドを押さえて、と脅す始末だった。もちろん、デービッドはますます叫び声をあげた。息子をどうするつもりだろう？　この医者には温かい気持ちが全くないようだったが、デービッドを気に入っていた看護婦がやってきて、デービッドの指を消毒液に浸してくれてすべてがうまくいった。

もう一人の研修医が薬をつけてガーゼをまいてくれた。彼女はデービッドに注射をして、明日から飲まなければいけない薬の処方箋を書いてくれた。

「薬はカプセルで大丈夫ですよね」と彼女は私に処方箋を渡しながら尋ねた。

「カプセルですって？」と私は驚いて尋ね返してしまった。

彼女はうなずきながら「ええ、カプセルを開けて、中身をジュースかなんかに混ぜて飲ませて下さい」と無邪気に答えた。

私は明日からの一〇日間をカプセルの薬と奮闘しながら過ごしたくはなかったが、文句も言わずにこの処方箋を受け取ってしまった。今は疲れ過ぎて何を言う気力もなくなっていた。この処方箋を薬局に持って行く気はさらさらなかった。明日、デービッドをかかりつけのバーベリッチ先生の所に連れて行って、液体か噛んで飲む抗生物質を貰ってこようと思っていた。かかりつけの医者にきちんと診てもらいたかったし、彼の傷口をちゃんと見てみたかった。

私たちが病院を出たのはもう少しで七時になるところだった。看護婦さんは心配してバンサービスに電話をしてくれる、と言ってくれたが、私は大丈夫だ、とそれを断った。一〇ブロックぐらいの道程なら一五分もかからないで行けるはずだったし、外はまだ暗くなっていなかった。その上、今電話をしても、バンサービスが利用できるはずはなかった。バンサービスは何日も前から予約しなければ利用できなかったし、今予約が取れたとしても、私たちを迎えにくるまで何時間も待たなければならないのは確実だった。待っている時間があったら、もうすぐ家に帰ってくるニールを待っていたほうがよっぽどよかった。

デービッドと私は車椅子で五一番街までの道の二ブロックを行き、通りにくい歩道を避けるために反対側の道へと渡った。太陽がちょうど沈むところで、空が灰色に変わっていき、街灯がかすかに光り出していた。ニールの運転する青いバンが病院へ向かっているのが目に入ったが、彼は私たちには気づかなかったようだった。

「ダディがやっと迎えに来たよ」と笑いそうになりながら私はデービッドに言った。

「ダディも僕たちといれば楽しかったのにね」

エピローグ

夢が現実のものになることは普通そうあることではない。障がい者の世界を見渡しても、周りをとりまく環境から見て、ニールと私くらい夢が叶いそうにない人間はいそうもなかった。私たちの夢が実現したことは私たちの想像をはるかに超越したことだったし、デービッドが偉大な魂を持った子であるということも私たちには想像もしなかったことだった。

六年経った今もニールはデービッドにめろめろだし、私も彼を心の底から愛している。しかし、私たちの彼への愛情は近視眼的なものではない。どこの家族の子どもにもあるように、時にはデービッドが私たちの忍耐を試したり、私たちを怒らせたり、悲しませたりすることもあるはずだった。

デービッドの私たちへの愛情も幻覚ではない。彼は自分の親が車椅子を使い、「手がいつも落ち着かなく動いてしまう」と友達に説明し、私にもどうしてよだれを流してしまうの、と尋ね、それはいやだ、とはっきり言うに違いなかった。「私もよ」と私は彼に同意すると彼はこう言うはずだ。「それじゃ、僕にいつも頼んでね、すぐにティッシュを持ってきてあげるから」と。

もし私たちがデービッドのあの目立つ青い目で人生を見通せたら……。最初にあの目で見つめられたとき、私の心臓を何かがつき抜け、それは永久にほころびない糸で私たち三人の人生をしっかり縫い合わせたようだ。その糸は強く太くよられ、百年経った古い樫の木のようにしっかりと私たちの絆に深く根をはっていった。

この先、私たち三人に、危機や困難、多くの涙や笑いが待ち受けていることだろう。多くの質問が強情な幼年時代、竜巻のような思春期、そして暗流のような成年期に出てくるのも間違いないだろう。でも私にとって、一番大事な質問を尋ねられたのは、初めてデービッドが私の目を見たときのことで、その答えを、私がデービッドの目を見た瞬間に、デービッドがまぎれもない私たちの子どもで、私たちが間違いなくデービッドの親だと、瞬間的に出すことができたのだった。これからの私たちの人生が落ち着いたものであっても、嵐のように激しいものであっても、私たち三人が一緒にそれを乗り超えていくことだけは確かなことだ。

訳者あとがき

サンフランシスコ湾の東側に位置するバークレー、オークランド周辺には、世界で最初に設立されたCIL（自立生活センター）があるため、多くの障がい者が住む。とはいえ狭い障がい者のコミュニティの中である。そこでは親しく話をしたことがなくても、名前は聞いたことがあるとか、友人の友人だったりとか、障がい者同士が何かしらのつながりがあるのが普通だ。

私がバークレーに住んでいた十年の間、デニース・ジェイコブソンと私の仲もそんな間柄だった。彼女を街で見かけて軽く挨拶をしたり、人づてに養子を迎えた、という話を聞いたり、この本の中にも出てくるジュディ・ヒューマンは私たち夫婦にとっても親しい友人なので、彼女からジェイコブソン一家の近況を耳にするくらいで、私たちはほんの知り合いという関係にすぎなかった。

『デービッドの質問』（本書原題）の出版直後に久しぶりでデニースにワシントンで再会したのも、偶然私たちが同じ会議に出席していたからだった。その時に彼女から買ったこの本を、何気なく読むと、まるで自分がその場にいるかのように感じられる詳細に綴られた文章と、障がい者として女性として、そして彼女と同じく養子を迎えて育てている母親として、他人事とは思えない彼女の体験に夢中になってしまったのだった。

また、障がいをもつ子どもを取り囲む医療関係者の対応、施設暮らしをするための親との別れの悲しい経験、養護学校という隔離教育への疑問、家族との葛藤など、デニースの不満や怒りや憤りが、同じ障がいをもつ女性とはいえ、障がいも違い（私の障がいは脊椎損傷である）、生まれ育った年代、場所、人種、宗教、環境などの異なった私とほとんど変わらないことを知り、障がい者の体験が文化や歴史に関係なくユニバーサルであることに驚かされると同時に、改めて彼女との距離が縮まったような気がした。

この翻訳をきっかけにして、デニースと電子メールをやりとりするようになったり、彼女の家族と私の家族が一緒に食事をしたことも何度かあったが、この本の主人公であるデービッドは、現在一五歳の話し好きなユーモア精神旺盛のキュートな青年に成長している。

特別な宗教など信じてはいないが、今からちょうど二〇年前の九月のある晩に、共通の友人であるジュディ・ヒューマンの家で開かれたパーティーで人生のパートナーに出会い、結婚をし、養子として迎えた子どもを育てるという似たような人生を歩んでいた二人の女性が、一冊の本の著者と翻訳者になったのは偶然では片付けられない強い力が働いたと感じざるをえない。

最後になったが、私の最も大切で最愛の二人の男性、夫、マイケル・ウインターと息子、尚賢に心からの感謝を贈ると共に、長い、長い、翻訳の期間諦めないでこの本のお産婆さん役をしてくれた現代書館の小林律子さんにも「ありがとう」の言葉を伝えたい。

二〇〇二年八月十九日（十八回目の結婚記念日にて）

桑名敦子

書誌情報は二〇〇一年七月一日現在のものである。

履 歴 書

一九〇〇年
【略歴】著者略歴の図はこう記せる「略歴」と、どこにでも書かれる五行前後の、著者名・生年・学歴・職歴・現職・著書・編著書・訳書などの情報を記した履歴書。

一九五〇年
横浜市生まれ。中学時代にバイエルン州・ノルトラインヴェストファーレン州の国費留学生としてドイツに留学。帰国後は東京外国語大学ドイツ語学科卒業。

一九五〇年
一月三十一日、東京都内にて生まれる。一九五〇年代初頭に横浜市に転居。

一九五〇年
一月二日、東京都内にて生まれる。一九五〇年代初頭に横浜市に転居、ドイツ語及び英語を学ぶ。

一九〇〇年
三月、東京外国語大学ドイツ語学科卒業、同大大学院修士課程修了。ドイツ文学・ドイツ語学を専攻。

一九〇〇年三三〇〇年
同大大学院博士課程に在籍しつつ、ドイツ語・英語の翻訳者として活動を開始。またドイツ文学・思想の翻訳者として数々の翻訳書を刊行。

横浜市生まれ。ドイツ文学者・翻訳者
著者略歴はこう書こう！

横浜市生まれ。ドイツ文学・思想研究者／翻訳者
著者略歴はこう書こう！

横浜市生まれ。翻訳家
著者のスタンスを著者略歴にこめて

横浜市生まれ。翻訳家
著者略歴から著者のメッセージを

ドイツ文学者・翻訳家
しってほしい本の内容

翻訳・編・著者
まえがきの役割

Denise Sherer Jacobson（デニース・シアー・ジェイコブソン）

ブロンクスで生まれ、育ち、現在は夫のニールと息子のデービッドとペッパーという灰色の猫とサンフランシスコ近郊で暮らしている。アンソロジー他、多数の新聞、文学雑誌に執筆している。

桑名敦子（くわな・あつこ）

福島県郡山市出身。出生時の事故で脊椎損傷になり車椅子での生活を送る。カリフォルニア大学アジア系アメリカ人学科卒。1984年にアメリカに移住。カリフォルニア州バークレー市にあるCIL（自立生活センター）やサンフランシスコ市にある女性のための財団で働いた後、1997年から99年の2年間、出身地の福島県庁で「共に生きる社会作りコーディネーター」として県知事の任命を受けて働く。ここ数年は日本語を教えたり翻訳、通訳などを行ってきた。

僕の親になってくれる？――脳性まひ夫婦の養子縁組み・子育て

2002年9月20日　第1版第1刷発行

著　者　デニース・シアー・ジェイコブソン
訳　者　©桑　名　敦　子
発行者　菊　地　泰　博
組　版　アール企画印刷
印　刷　平河工業社（本文）
　　　　東光印刷所（カバー）
製　本　矢　嶋　製　本

発行所　株式会社　現代書館
〒102-0072 東京都千代田区飯田橋3－2－5
電話 03(3221)1321　FAX 03(3262)5906
振替00120-3-83725　http://www.gendaishokan.co.jp/

制作協力／岩田純子・東京出版サービスセンター
 ISBN4-7684-3430-4
定価はカバーに表示してあります。乱丁・落丁本はお取り替えいたします。